—————— 阅读之前 没有真相

午 夜 文 库

家人皆凶手？
Everyone In My Family Has Killed Someone

［澳］本杰明·史蒂文森 著

郎子 译

新 星 出 版 社　NEW STAR PRESS

阿丽莎·帕斯,
终于能把这本书献给你了。
当然我以前的作品就是献给你的,以后的也会是。

你是否敢保证,你笔下的侦探在侦破案件的过程中,凭借的只是你乐于赋予他们的智慧,而非神启、天灾、伎俩、巧合、念经念咒或女人的直觉?

——1930年"侦探作家俱乐部"的入会宣言。阿加莎·克里斯蒂、G.K.切斯特顿、罗纳德·诺克斯、多萝西·L.塞耶斯都是这个神秘的侦探小说家团体的成员。

1．凶手须在故事展开阶段出现，但其思路不得始终呈现在读者眼前。

2．理应摒除一切不寻常或超自然的力量。

3．如若出现密室或通道，则数量只可为一。

4．不得使用迄今尚未发明的毒药，不得使用须附复杂科学解释的装置。

5．作者注：该条戒律涉及属于特定时代的文化措辞，现已过时，故此处略去。

6．不得出现对侦探有利的偶然事件，侦探不得无缘无故产生某种直觉，且事后被证明为对。

7．侦探本人不得为凶手。

8．侦探发现的全部线索必须同步告知读者。

9．侦探的糊涂朋友，例如华生，不得隐瞒头脑中出现的任何想法；其智商必须略微且仅略微低于读者的平均水平。

10．双胞胎，或更广泛意义上的替身，不得在前期未作充分铺垫的情况下出现。

——罗纳德·诺克斯《侦探小说的十条戒律》，一九二九年

出场人物

我：欧内斯特·坎宁安（埃尔恩、埃尼）
父亲：罗伯特·坎宁安
母亲：奥德丽
妻子：埃琳
哥哥：迈克尔·坎宁安
弟弟：杰里米·坎宁安
继父：马塞洛·加西亚
继妹：索菲娅·加西亚－坎宁安
姑妈：凯瑟琳
姑父：安德鲁·米洛（安迪）
民宿老板：朱丽叶
巡佐：克劳福德
警察：艾伦·霍尔顿、布赖恩·克拉克
警探：艾莉森·汉弗莱斯
受害女孩：丽贝卡·麦考利
受害女孩的父母：埃德加·麦考利、茜奥班·麦考利
受害夫妇：马克·威廉姆斯、贾妮娜·威廉姆斯

目 录

1	序幕
7	我的兄弟
19	我异父异母的妹妹
71	我的妻子
75	我的父亲
123	我的母亲
183	我的继父
237	我的姑妈
259	我的妻子
285	我的（前）嫂子
327	我的继父（又是他）
345	我的兄弟
361	我的姑父
367	我
371	尾声
379	致谢

序幕

我们家的每个人都杀过人。我们当中的佼佼者还杀了不止一个。

不是我夸大其词,而是事实就是这样。真到了要把我们家的事写下来的时候——单手打字的困难可想而知——我才意识到,实话实说是唯一的出路。道理大家都懂,但当代侦探小说有时会忽略这一点。现在的作者越来越喜欢在设局上下功夫:不看手里拿的牌,只看袖子里藏的牌。然而诚实二字恰恰是侦探小说进入所谓"黄金时代"的关键,阿加莎和切斯特顿都是那一时期最具代表性的作家。我之所以知道这些,是因为我自己也写书,而且写的就是教别人如何写书的书。一行有一行的规矩,规矩就是行事之道。过去有个叫罗纳德·诺克斯的老头就属于这个流派,他曾经立下过一套规矩,他自己称其为"戒律"[①]。这十条戒律就是这本书开篇第一页的引言,大部分人都会跳过去,但请相信我,它值得你翻回去看一看。说实在的,你应该给那一页折上角。我就不在这儿跟你啰唆细节了,不如总结成一句话吧:公平行事是黄金时代的黄金准则。

当然了,这本书不是小说,这里写的都是发生在我身上的真事。谁让我摊上了一桩命案呢。实话跟你说吧,不止一桩。虽然我这么说算是有点儿剧透了。

关键是我读过许多犯罪小说,知道近期出版的这类作品中,大多会出现一个被称为"不可靠叙述者"的角色。这个角色负责

[①] 戒律(commandments),尤指《圣经》中上帝给犹太人的十诫。

给你讲故事，但他大多数时间其实都在撒谎。我还知道，我在讲述亲身经历的事情时，有可能也会沦为类似的角色。所以我尽量反其道而行之，就叫我"可靠叙述者"吧。我讲的每件事都是真的，或者至少是我在某个时刻所了解且真心相信的真相。欢迎大家都来监督我。

我的叙述会遵循诺克斯提出的第八条戒律和第九条戒律。也就是说在这本书里，我既当作者，又当侦探；既是华生，又是福尔摩斯。所以我有义务公开所有线索，并且不隐瞒自己的想法。简而言之：公平行事。

实际上，我现在就准备证明给你看。如果你是专门为了血淋淋的情节来的，那你可以翻到第17页、49页和68页，那里要不就是有人死了，要不就是有人上报死了人。除此之外，第78页可以连看两场，第85页上演了一场帽子戏法。中间的过渡有点长，但在第180页、216页、227页、236页、257页的位置上分别发生了命案，在第251页、257之间（很难说清具体的位置），270页，还有366页上也有。我保证我说的都是真的，除非排版员把页码弄乱了。这本书里只有一个巨大的漏洞，开着货车都能钻过去的那种。我就喜欢剧透。书中不包含性爱描写。

还有什么呢？

说不定我的名字也能有点儿用。我姓坎宁安，名叫欧内斯特[①]。这个名字有点儿老气，所以大家都叫我埃尔恩或者埃尼。按理说我应该先做自我介绍的，不过我只保证过我会实话实说，可没保证过我会精益求精。

前面说了这么多，一时间不知该从何讲起了。当我说"每个

[①] 欧内斯特（Ernest），英文男名，含义为诚实、真诚。——译者注

人"的时候，咱们得在我们家的家谱上圈定一个范围。虽然我的外甥女艾米有一次带着被明令禁止的花生酱三明治去参加公司野餐，她们公司的人力资源代表差点儿因此而丢了性命，但我是不会把她归在嫌疑人之列的。

听我说，我们不是一家子神经病。我们家的人有的好，有的坏，还有的纯属倒霉。我算哪一类？我还没看出来。对了，还有件小事需要说明，有个被称为"黑舌头"的连环杀手和一笔二十六万七千的现金也掺和到了接下来的内容里，我们后面都会讲到。我猜你现在可能越听越糊涂。我确实说的是"每个人"。骗你是小狗。

至于我杀过人吗？杀过。我杀的是谁？

且听我慢慢道来。

我的兄弟　————

1

一束光穿过窗帘，扭转的光束告诉我，我哥刚把车停到了我家车道上。我走出家门，首先注意到的是车的左前灯掉出来了，其次注意到的是血。

月亮已经落下了，太阳还没有升起来，但即使在黑暗里，我也很清楚那些深色的污点是什么——破碎的灯罩上带着斑点，轮拱罩上有一处明显的凹陷，周围也有印痕。

通常情况下，我不是一个喜欢熬夜的人，但半小时前，迈克尔给我打来一通电话。一般接到这种电话，你睡眼惺忪地看看时间，就知道对方肯定不是来通知你中了彩票的。我有几个朋友偶尔会在打车回家的路上给我打电话，给我讲他们那一晚上玩得有多疯，但迈克尔不在其列。

好吧，我是瞎说的。我根本不会跟那些大半夜打电话的人做朋友。

"我需要见你。现在。"

迈克尔在电话里喘着粗气。从来电显示上看，电话不是从付费电话亭或者酒吧打来的。接下来的半小时里，我一边裹着厚外套瑟瑟发抖，一边打着圈儿地擦拭着前面窗户上的水雾，这样他来的时候，我应该一眼就能看见。然而等到他的车灯把我的眼皮照得通红时，我早已经放弃了放哨任务，撤退到沙发上了。

发动机发出一声低吼，我知道是他刹了车。他把车熄了火，但没关掉电源。我睁开眼睛，细细端详了一会儿天花板，仿佛意识到一旦站起来，我的生活就会发生改变。我走到外面，迈克尔坐在车里，头抵在方向盘上。我绕过引擎盖，仅剩的前灯射出的光被我的身子一分为二。我敲了敲驾驶席的车窗，迈克尔下了车，面色灰白。

"算你走运。"我冲他撞碎的前灯扬了下头，"袋鼠最会惹事儿。"

"我撞人了。"

"嗯哼。"我睡得迷迷瞪瞪，勉强听清他说的是人，而不是东西。我不知道人在遇到这种情况时应该说什么，所以我觉得顺着他的话说可能比较稳妥。

"是个男人，我把他撞了，人在后面。"

我瞬间清醒了。在后面？

"你说在后面是他妈的什么意思？"我说。

"人已经死了。"

"人在后座上还是在后备厢里？"

"这重要吗？"

"你喝酒了吗？"

"没喝多少。"他犹豫了一下，"也许吧，喝了一点儿。"

"在后座吗？"我移了一步，伸手去拉车门，但迈克尔伸出胳膊拦住了我。我收回手，说："咱们得把他送到医院去。"

"他已经死了。"

"我不敢相信我们竟然还要争论这个问题。"我用手捋了一下头发。"迈克尔，说真的，你确定吗？"

"用不着去医院。他的脑袋耷拉得像烟斗一样，一半头骨都露在外面了。"

"我宁愿从医生嘴里听到这句话。咱们可以打电话给索菲——"

"那露西就该知道了。"迈克尔打断我。提到她的名字,迈克尔的语气中尽是绝望,他想传达的意思已经很清楚了:露西会离我而去的。

"不会有事的。"

"我喝酒了。"

"只喝了一点儿。"我提醒他说。

"嗯。"他顿了一会儿,又说,"只喝了一点儿。"

"我觉得警察肯定会理……"话已经说出了口,但我们两个都知道,如果在警察局里公然说出坎宁安这个姓,那效果可以说是人神共愤、扑地掀天。我俩上一次和一屋子警察待在一起,还是在一场葬礼上,那简直是蓝制服的海洋。虽然我当时的个头已经可以挎着母亲的胳膊了,但还是处于要一直跟在母亲身边的年纪。我快速设想了一下,如果奥德丽知道我们在寒冷的清晨凑在一起争论一条人命,她会怎么想,但我没敢再去细想。

"他不是被我撞死的。是先有人开枪射中了他,然后我才撞上的。"

"嗯哼。"我想努力让自己的声音听上去值得信任,但从我过往的"演艺生涯"中,你应该也能品出一二:上学时分配给我的角色大多是没台词的那种,比如农场里的动物、谋杀案的受害人,以及一丛灌木。我又去拉车门,但迈克尔上了锁。

"我把他塞进车里了。我觉得——我也不知道,但总比把他扔在路上好。然后我不知道下一步该怎么做,就上你这儿来了。"

我没说话,只是点了点头。家事为大。

方向盘在他额头上留下了一道细微的红印。"咱们把他带到哪儿都没差别了。"迈克尔把手放到嘴边,一边搓一边挤出这么一句。

"好。"

"咱们应该把他埋了。"

"好。"

"别再说'好'了。"

"行。"

"我的意思是别我说什么都行。"

"那咱们应该把他送到医院去。"

"你是不是站在我这边的?"迈克尔朝后座瞥了一眼,然后坐回车里,发动了车子。"我能解决,上车吧。"

我早知道我会上车,但确实不知道缘由。我隐隐觉得,如果我在车里,就能跟他讲些道理,起码我是这么想的。不过,我能肯定的一点是,我哥站在我面前,告诉我一切都会没事的,这跟你今年多大了没关系,不管是五岁还是三十五岁,如果你哥告诉你,他能把事情解决好,那你就会相信他。这就是家人。

快速补充一下:我在这一小段情节中的实际年龄是三十八岁,书中的大部分情节都发生在我四十一岁那年,但我觉得如果我少写几岁,可能会有助于我的出版商把这部作品推销给一位知名演员。

我坐进车里。副驾驶座椅下有一个敞着口的耐克运动包,里面塞满了现金。跟电影里不同的是,这些钱不是用橡皮筋或者白纸条绑得整整齐齐的,而是乱七八糟,快要散在地上了。直接踩在上面的感觉有点儿奇怪,因为钱太多了,而且后座上的人多半就是为了这些钱死的。我没看后视镜。好吧,我瞟了几眼,但只看到一个黑乎乎的影子，看起来不像是一个人的身体，更像是世界上的一个洞，每次它要威胁着闯入我的视线时，我都会怯懦地看向外面。

迈克尔把车倒出车道。一个小酒杯之类的东西从仪表盘上滚下来，掉到座位底下。车里有股淡淡的威士忌的味道。我生平第一次想感谢我哥把车开到发动机过热，因为座套上萦绕的大麻味刚好遮盖了死亡的味道。车轧过路缘，后备厢发出咣当一声，上面的锁坏了。

一个可怕的念头闪过我的脑海。汽车头灯碎了一个，后面的后备厢也烂了：就好像他撞了什么东西两次似的。

"咱们去哪儿？"我问。

"啊？"

"你知道自己要往哪儿开吗？"

"哦，国家公园。森林。"迈克尔扭过头看我，但我没有跟他对视，他只好朝后座偷偷摸摸地看了一眼，但又很心虚，于是马上直视前方。他的身子已经开始发抖了。"我其实也不知道。我之前也没埋过人。"

车开了两个多小时，迈克尔才确定在土路上开得差不多了。他把这辆隆隆作响的"独眼巨人"停到了一片空地上。我们早就轧过防火道，下了主路，一路歪歪扭扭地开了几公里才到了这里。太阳眼看着就要升起。地面上覆盖着一层松软的雪，在晨曦中闪闪发光。

"就在这儿吧。"迈克尔说，"你还好吗？"

我点点头，至少我以为我自己点了点头。但我肯定纹丝没动，因为迈克尔在我面前打了个响指，迫使我回过神来。我竭尽全力，给出了人类历史上最微弱的一次点头，仿佛我的脊椎是生了锈的枷锁。但这在迈克尔看来已经足够了。

"你别下车。"他说。

我直勾勾地看着前面。我听到他打开后座的车门,忙叨了一阵,把那个人——世界崩塌的根源——拖出了车。我的大脑尖叫着要我做点儿什么,但我的身体是个叛徒,我动不了。

几分钟后,迈克尔回来了。他满头大汗,额头上沾着泥土。他俯身趴到方向盘上说:"过来帮我挖吧。"我的四肢在他的吩咐下恢复了行动。我以为地面会很冷,我的脚踩在清晨的冰面上会发出嘎吱嘎吱的响声。然而事实上,我没在意没过脚踝的积雪,直接走了过去。我仔细看了看,地面上并不是覆盖着雪,而是笼罩着一层蜘蛛网。蛛网结在坚韧的野草之间,在离地大概一英尺的位置纵横交错,网的密度之大,颜色之白,让人误以为它们很结实。我原本以为是闪闪发亮的冰,其实是阳光下闪烁的蛛丝。迈克尔踩过蛛网,留下一串坑,就像在面粉中戳出一串洞一样。蜘蛛网覆盖了整片空地,显得壮观而宁静。我让自己不要在意空地中间那个大块头,那里是迈克尔的脚印结束的地方。我跟在迈克尔后面,就像涉足一片飘浮在空气中的浓雾。他把我带到离尸体远一点的地方,想必是不想让我崩溃。

迈克尔明明拿着一把小铲子,却让我用手挖。我不知道自己为什么会同意。我原本以为,出发时迈克尔微微颤抖身子而显露的恐惧,会在开出没多久后消退。总归会有那么一瞬间,他能意识到自己在做什么,继而调转车头。但他却选择了另一条路。他驶出城市,驶进黎明,他越来越平静,平静到坦然。

迈克尔用一条旧毛巾盖住了大部分尸体,但我可以看到一截苍白的胳膊伸在外面,像一根落在蛛网上的树枝。

"别看。"我每扫一眼,迈克尔就会对我说。

我们又沉默着挖了十五分钟,直到我停手。

"接着挖。"迈克尔说。

"他在动。"

"什么?"

"他在动!你看,等等。"

果然,蛛网的表面在颤动,比风刮过空地的动静要大。这里已经从坚硬的雪地变成了一片白波荡漾的海洋。我几乎能通过蛛丝感觉到它,仿佛我就是吐丝的蜘蛛,我是它的中央神经。

迈克尔停下手,抬起头来。"回车上去。"

"不。"

迈克尔走过去,掀开毛巾。我跟在后面,第一次看到了尸体的全貌。在尸体的屁股上方有一块反光的黑色污迹。是先有人开枪射中了他,然后我才撞上的,迈克尔是这么说的。但我不能确定,我只在电影中见过开枪。那人的脖子上隆起了一块,仿佛吞下了一个高尔夫球似的。他戴着一个黑色的头套,但轮廓不太正常。头套在不该凸出来的地方凸出来了。当我还是个孩子的时候,学校里的一个小霸王曾经把两个板球装在袜子里,挥舞着要用它打我。他的头套现在就是那副模样,这给我一种感觉,好像这块布就是把他的头归拢到一起的东西。头套上有三个洞,两个是用来露眼的,一个是用来露嘴的。红色的血泡从他嘴里流出来,似乎还在随着微弱的呼吸轻轻颤动,血泡破裂后变成血沫,血沫越来越多,溢到了他的下巴上。我在他身上看不出任何特征,但从他手臂上的斑驳和晒痕以及他手背上凸起的血管来看,他至少要比迈克尔大二十岁。

我跪在地上,双手交握,做了几次简单的按压。那人的胸口以一种不正常的方式陷了进去,就在胸骨下面的位置,有那么一瞬间，我脑子里想的是，他的胸口就像装钱的袋子一样，没有拉上中间的拉链。

"你这是在害他。"迈克尔说着，把双手伸到我的胳膊底下，把我拽了起来。

"咱们必须带他去医院。"我最后又求了他一次。

"他挺不过去了。"

"万一呢？"

"没有万一。"

"咱们得试试。"

"我不能去医院。"

"露西会理解的。"

"她不会。"

"你现在一定已经清醒了。"

"也许吧。"

"你没有杀他——你说他中枪了。钱是他的吗？"

迈克尔嘟囔了一声。

"钱明显是他偷来的。明眼人一看就知道。你会没事的。"

"一共是二十六万。"

读者朋友，尽管你我都知道，钱实际上是二十六万七，但我还是觉得很蹊跷——迈克尔没时间叫救护车，但有时间粗略地数现金。如果他是靠猜的话，他就会说一个大概的整数，比如二十五万。他说这句话的时候很有感召力，但我无法从他的语气中判断出他是想分我一笔，还是只是在陈述一个在他看来会影响决策的重要因素。

"听我说，埃尔恩，这是咱们家的钱……"他开始求我了。所以他是想分我一笔。

"我们不能就这样把他留在这儿。"我说,然后我用这辈子从没有过的坚定语气对他说,"我做不到。"

迈克尔想了一会儿,点了点头。"我过去看看他。"他说。

他走过去,在尸体旁边蹲下。他在那儿待了几分钟。我很庆幸我来了;我仍然相信这样做是对的。哥哥不会轻易听从弟弟的话,但他需要我在这儿。而我也做到了我该做的。那个人还活着,我们会把他送到医院的。我看不太清,迈克尔个子很高,但我能看到他蹲下的背影,他的手臂伸向那个人的头,因为他知道在脊柱受伤的情况下要搂住伤者的脖子。迈克尔单薄的肩膀上下活动,像割草机那样上下按压着那个人——他在做心肺复苏。我可以看到那个人的腿,我注意到他丢了一只鞋。迈克尔已经在那边很久了。我感觉出事了。现在是第17页。

迈克尔起身走回我身边。"咱们现在可以埋他了。"

他该说的不是这句话。不对,不对,他绝对不会做那种事。我跟跟跄跄地往后退,一屁股坐到了地上。黏糊糊的蛛丝缠在我的胳膊上。"怎么回事?"

"他咽气了。"

"他咽气了?"

"他咽气了。"

"他死了?"

"对。"

"你确定?"

"确定。"

"怎么死的?"

"就是一口气没喘上来。你去车里等着吧。"

我异父异母的妹妹 ———

2

进入正题之前我还要多说一句：我真希望我杀的就是把家族聚会定在滑雪度假村的那个人。

一般来讲，我会干脆利落地推掉所有附带 Excel 表格的邀约。但过度准备向来是凯瑟琳姑妈的长项，况且那封事关坎宁安与加西亚家族聚会的邮件——自带雪花纷飞的特效——注明了请务必出席。倒也不是说他们有多在意我三年没露面了，但我在我们这一大家子里是出了名的爱找托词，什么宠物病了、车剐蹭了、书稿赶不完了，都是我用剩下的。

只不过这一次，凯瑟琳没留给我拒绝的余地。她在邮件中说，希望我们所有人可以一起聊聊近况，还说这个周末保证过得清静又快乐。其中邮件里的"我们所有人"五个字被加粗了，还有"务必"也加粗了。就连我这么一个说话总是模棱两可的人，也不敢对粗体字有什么微词。尽管"我们所有人"并没有特指我，但我知道它指的是谁，所以去还是要去的。再者说，在往表格里填写过敏源、鞋码、喜欢几分熟的牛排、车牌号是多少的过程中，我已经放任自己的思绪，幻想出一座白雪皑皑的村庄，以及一个由小木屋和噼啪作响的炉火组成的周末了。

但实际情况却是，我不仅膝盖受了寒，还比说好的午餐时间晚了一小时。

想不到这边的路面还没被车轧过，雪过天晴，微弱的阳光把积雪晒得恰到好处，我的本田思域在上面不断打滑。我只能原路返回，以一个高到犯罪的价格在山脚下租了防滑链，然后跪在路边的雪泥里，拼了老命地想装上它，我流出来的鼻涕都快冻成冰柱了。多亏一位开路虎的女士停到我身边（她的路虎车上装着涉水器），略带指责地帮了我一把，否则我的车估计到现在还没动窝。再次上路后，我一边来回切换冷暖风给车窗除雾，一边密切关注着缓慢转动的车速里程表，不过由于装了防滑链，我的速度根本上不了四十迈。我完全清楚自己迟到了多久——真是多谢凯瑟琳发给大家的 Excel 表格。

终于看见了该转弯的地方。一堆松散的石头上竖着一块牌子，上面写着"云顶小屋山野度假村"，指向我的右手边。我给牌子上的字脑补了一个逗号，变成了"云顶小屋山野，快逃！"[1] 在坎宁安家族聚会即将拉开帷幕之际，这简直是一句金玉良言。只可惜我没法把它讲给车里的第二个人听。要是放到以前，埃琳一定会被这种玩意儿逗笑的，所以我让想象中的埃琳笑了，这个笑话也算是没白想。我早就发现我俩的名字挺有意思，埃尼（Ernie）和埃琳（Erin），差一点儿就能组成一对异序词[2]。每次被人问及我们相识的故事时，我俩都会说："在人名大全上认识的。"我知道，这话说得有点儿膈应人了。

不过真实情况就无趣多了。我们之间的亲密关系其实建立在单亲家庭的成长经历上。初次见面时埃琳告诉我，她母亲在她很小的时候就得癌症去世了，她是被父亲带大的。我会在后面讲到

---

[1]原文"Sky Lodge Mountain, Retreat!"其中 retreat 既有度假村，又有撤退、逃跑的意思。
[2]异序词，字母相同但排列顺序不同的单词。

我的父亲，但埃琳早在认识我之前就听说过他的事了。正所谓坏事传千里嘛。

路口有座低矮的房子，从招牌上用外墙漆写的"啤酒！"两个大字，以及靠在墙边的一排滑雪板，可以看得出是家酒吧。店里的客人多半是那种就算脑子坏掉，也不会真的想买上一杯的家伙；而副主厨可能是个微波炉：我心里一般把这类场所归为潜在难民营。不管怎么说，这个周末是家族聚会的日子，我希望它的主要构成部分是几顿大餐，中间穿插着战术性转移回各自房间。哎，要是有的选就好了。

对了，埃琳还活着。鉴于我顺带提了一嘴昨日旧情，搞得好像接下来我就该透露她早已经离我们远去了似的。我知道那些书里都是这样写的，但我并不打算这样做。她第二天会开车过来，我俩仍然是法律意义上的夫妻。更何况，序言里可没提到这一页。

转过弯不久，我就察觉到山路从上坡变成了下坡。又开了没多久，我冲出一片树林，发现自己开到了山脊上，山脊下是一座壮美的山谷，云顶小屋就坐落在山谷的底部。广告上说，这里是全澳大利亚海拔最高的汽车旅馆，说实在的，这就好比有人吹嘘自己是世界上坐骑最高的赛马师。度假村里有一个依山而建的九洞高尔夫球场，一片既能钓鱼又能划船的湖，一条通向隔壁滑雪场的小道（住宿费当然不包含雪场滑索的票钱），甚至还有一块直升机起降坪。以上内容均转述自宣传手册，因为一夜大雪过后，从我面前的路面，到那个四百杆高尔夫球场[①]，再到距离客房几百米之下的冻原——我估计就是宣传手册上说的那片湖水，

[①] 一般为七十二杆高尔夫球场，这里是作者的夸张写法。

全都被新雪覆盖了。一时间，整座山谷看上去既平坦，又陡峭；既像弹丸之地，又似乎无边无际。

我沉住气，缓缓开下山坡。纯白的雪地让人很难判断距离。要不是谷底那撮雪埋半截的房子，我可能根本注意不到下坡路的陡峭程度，等我反应过来的时候，刹车已经被我踩废了，紧接着轮胎抱死，我连人带车飞速滑向谷底：结果无疑是赶着投胎，但同时也能赶上饭点。

度假村的中间是一座多层客房楼，亮黄色的外墙在山区里脱颖而出，门前还有两根柱子。砖砌的烟囱像棍子一样紧紧抵着侧墙，烟囱里飘出白烟。房顶上点缀着雪花，恰好是广告商梦寐以求的雪量；房子共有五排窗户，其中几扇透着黄色的柔光，整体看上去像一个圣诞倒数日历。客房楼前簇拥着十二间小木屋，六间为一排，瓦楞铁的屋顶和山体的坡度保持平行，一直延伸到地面，这种设计既能保证正面落地窗的采光，又能将山峰的美景一览无余。我必然会住在这些像鲨鱼牙一样的小木屋里，凯瑟琳在计划表里将我安排在了六号房，但我还不知道具体是哪一间。我把车慢慢开到客房楼一侧，那里已经停了好几辆车。

其中几辆我认识：我继父那辆奔驰SUV，他虚张声势地在后车窗上贴了一个"车内有宝宝"的标识，因为他觉得有了这个，警察就不会那么频繁地让他靠边停车了；凯瑟琳姑妈的沃尔沃旅行车已经被雪埋了，因为她提前一天就开过来了；露西的车【车型已打码】已经和大雪融为了一体，她经常扬扬得意地在她的社交账号上晒这辆"业绩奖励"；我救命恩人的路虎也停在这儿——错不了，虽然这类书一般都会把车牌号写出来，但我只看那个巨大的塑料涉水器就能认出来。

没等我从车上下来，凯瑟琳就气势汹汹地走过停车场。她二十多岁的时候出过一场车祸，自那以后走路就有点儿瘸，连带着身子也往一边歪。凯瑟琳是家里名副其实的老幺，跟我父亲在年龄上相差很多，以至于我母亲在三十多岁时接连生下我们坎宁安兄弟，凯瑟琳跟我的年龄比跟我母亲的还要接近。所以从小到大，凯瑟琳在我的印象里都是一个年轻有趣、充满活力的女孩。她会给我们带礼物，会讲各种离奇的故事哄我们开心。而且小时候的我以为她很受欢迎，因为全家聚在一起烤肉时，只要她不在场，大家就会聊到她的事情。不过随着年龄的增长，我也看清了很多东西，现在的我已经知道了受欢迎与时常被人谈论之间的差异。凯瑟琳的生活是被一条湿滑的马路和一个公交车站打乱的。那场意外导致她多处骨折，腿脚落下了残疾，但也就此摆平了她的问题。现如今你只需要了解凯瑟琳常爱说的两句话就行："你看看现在几点了？"和"详见我早先发的邮件。"

　　凯瑟琳上身穿着一件亮蓝色的保暖上衣，外面套了一件臃肿的北面羽绒马甲，下身穿的是那种防水的裤子，走起路来就哗啦哗啦直响，脚下踩着一双硬得像老面包一样的登山靴。她从头到脚穿的都是从架子上直接取下来的新衣服，看上去就像是信步走进一家户外运动商店，指着一个模特说"我买了"。凯瑟琳的丈夫安德鲁·米洛（我们都叫他安迪）也跟着出了屋，但始终和凯瑟琳保持着一定的距离。安迪穿着牛仔裤和皮夹克，实在是少了点儿御寒的"毛量"，只能说他应该也在同一家户外运动商店里逗留过，不过光顾着看表了。我急忙上前拦住凯瑟琳，包和衣服都没拿下车，因为我宁愿被外面的冷空气吹死，也不愿被凯瑟琳的唾沫淹死。

　　"我们都吃过了。"凯瑟琳只甩给我一句话，在我听来既是批评，也是惩罚。

"不好意思，凯瑟琳。我的车开过金德拜恩，在山上出了点儿问题，这不是才下过雪嘛。"我转身指了指车轮上的防滑链说，"好在有人帮我装上了这玩意儿。"

"你出门前没看天气预报吗？"她的语气中充满了质疑，像是不敢相信有人造了不守时的大孽，还能怪罪到天气身上。

我承认说我没看。

"你应该考虑到这一点。"

我承认说"我应该"。

凯瑟琳动了动下巴。我太了解她了，她这是有话要说的意思，所以我没吭声。"那行吧。"她最终开口说，然后往前凑了一步，在我脸上留下了冰凉的一吻。我一向不知道该怎么回应脸贴脸的问候，但我决定接受她的建议，把天气因素——她疾风骤雨般的态度——考虑进来，于是冲她脸旁的空气使劲亲了一声。她往我手里拍了一串钥匙，说："我们昨天来的时候，房间还没准备好，所以你住的是四号房。大家都在餐厅里。见到你真高兴。"

没等我寒暄两句，她就扭头走回了客房楼，但安迪还在等着跟我一起走。他不准备把手从兜里掏出来跟我握手，而是随意地用肩膀撞了我一下，权当打过招呼了。天冷得能把人都冻精神，但我却碍于人情冷暖，不得不让我的外套留在车里兀自凋零。凛冽的寒风灌进我的每一处衣缝，无情地拍打着我身体，像我欠了它钱似的。

"刚才对不住了，"安迪说，"你得理解她。"安迪是个什么样的人，全在这句话里：一边想跟你称兄道弟，一边不忘向着自己的妻子。他就是典型的那种男人，在饭桌上会说"对，宝贝儿"，但妻子一去洗手间，他就会摇着头来一句："嗨，女人嘛，是吧？"安迪的眼镜有点儿起雾，他鼻尖通红，但很难断定是喝了酒还是气温低的缘故。他留着乌黑发亮的短山羊胡,就跟从一个小伙子脸上揭下来的一样,他今年已经五十出头了。

"又不是我昨天晚上让老天下雪的,我可没招她没惹她。"

"我知道,哥们儿。这个周末对大家来说都不好过。所以你也能明白,你用不着为了活跃气氛而拿她开涮。"他顿了顿,"不是什么大事,嘿——别让这个耽误了咱哥儿俩这次好好喝几瓶。"

"我没拿她开涮。我不过是来晚了。"我们走近客房楼,我看见我异父异母的妹妹索菲娅正坐在门廊上抽烟。她扬了扬眉毛,好像在说,里面更完蛋。

安迪沉默地走了几步,然后吸了一口气——尽管我在一旁暗暗祈祷他不要——说:"对,但是……"一瞬间,我突然发现,没有比一个男人试图维护一个明明可以自己维护自己的女人更可悲的事情了。"她为了邀请大家过来,下了很大的功夫,你真没必要拿她做的电子表格开涮。"

"我什么都没说啊。"

"你现在是什么都没说,但你在发回表格的时候说了,你在过敏源一栏里写的是'电子表格'。"

"哦。"

索菲娅在听到我们这段对话后露出嘲弄的表情,一股烟从她鼻孔里飘了出来。依然健在的埃琳也会喜欢这个笑话的。用不着安迪再把我在"直系亲属"一栏里写的话说出来——既然是家族聚会,那到场的各位除了雪崩,都是我的亲人。我尽量表现得不那么浑球。"我不会惹事了。"

安迪笑了,很满意自己展现出了"丈夫的品格",即便不是发自肺腑,至少也算是完成了任务。

我们走到门口,安迪临进去前比画了一个喝酒的动作,意思是他一会儿要请我喝一杯,顺便巩固一下我们之间的兄弟情谊。我则停下来跟索菲娅打招呼。索菲娅是厄瓜多尔裔,出生在湿热的瓜亚基尔。正因如此,她特别怕冷,大衣领口露出的脖子上起码套了三层衣服,她的头好比花骨朵,从层层叠叠的花瓣领里探出来。别看穿了这么多层,她的一只手还是按在腰上,想把自己捂得更暖和些。尽管我深知自己比她更适应严寒,毕竟这么多年以来,我扎进过各种冰块浴里(趣味小知识:低温环境显然会提升男性生育能力),但我不想跟她过多纠缠,因为冷气一个劲儿地往我身体里钻。

索菲娅递给我一支烟,虽然她知道我不抽,这事儿就像她能干出来的。我挥手扇着烟。

"开门红啊。"她嘲讽地说。

"我一直都说,我要尽量表现得好点儿。"

"你可算来了。我一直等着你来救我——我就知道你会引开大家的注意力。给你。"她递给我一张方方正正的小卡片,上面印着格子。每个方格里都写着几个字,和家里不同的人有关:马塞洛朝服务员大呼小叫;露西想给你推销东西。我看到了我的名字——欧内斯特搞砸了一件事——就在左侧中间的那一格。

"宾果游戏?"我问。我瞟了一眼标题:大团圆宾果。

"我觉得会很有意思,就只给你和我做了。"她举起自己那张,我看见上面已经有被划掉的格子了。"其他人都太扫兴了。"她皱起了鼻子。

我一把夺过她那张卡片。除了共通的事项,上面还有几条跟我的卡片上不一样的内容。语法错误遍地都是,突出重点的粗体字,随意使用大写字母,括号加得毫无道理,句号该有却没有。其中一些简直是胡说八道。你可以指望我会迟到,就像你可以指望马塞洛会大骂接待人员一样,但我分明看见右下角的方格里写着:雪崩。我拿起我那张看了看,同样位置的方格里写的是:骨折(或者死人),后面还跟着一个不和谐的笑脸。索菲娅划掉的那一格里写着:欧内斯特迟到。

"这不公平。"我把卡片塞给了她。

"你该进去打招呼了。咱们进去吧?"

我点点头。索菲娅抽完最后一口烟,把烟蒂弹到了门廊外的雪地里。那个烟蒂在薄薄的新雪之中很是扎眼。她绝望地看了一眼,然后艰难地从门廊上站起来,弯腰捡起烟蒂,揣到了自己兜里。

"你知道吗?"她把我领进屋里,说,"要想活过这个周末,你就得好好表现。"

我对天发誓,她原话就是这么说的,甚至还冲我眨了下眼。仿佛她才是这个该死的故事的叙述者。

3

可以说，这座客房楼就是一家冒充丽兹酒店的狩猎小屋：墙面、扶手、门把手，无一不带有华丽的纹路和木料抛光后特有的光泽。墙上的壁灯散发出柔光，吹塑成花形的磨砂玻璃灯罩，门厅里甚至还铺着红毯，一盏水晶吊灯从房顶垂坠而下，在楼梯的转角平台旁闪闪发光。这么说吧，凡是高度在腰部以上的东西都很雅致，险些就能弥补被雪毁掉的下半截的不足：这家旅馆给人的感觉，好比是一个上半身穿着带领衬衫，下半身一丝不挂地打视频电话的男人。地毯让沾着泥雪的鞋底踩得破破烂烂，地毯下面的木地板鼓了起来，走上去嘎吱作响，好像压根儿就没被钉牢过一样。装修风格可谓东拼西凑——镀银的门把手、奢靡的水晶灯、晦涩的画作——都在证明这座房子的维护理念：随便找人糊弄两下比专门从山下请个手艺人上来容易得多。屋里别提有多潮了，闻起来就像是打开汽车天窗，然后把车留在雷雨中一样。拜高海拔所赐，这家旅馆在酒店评级中多得了几星。尽管它是以两星的水准维持着四星的名誉，但确实有种舒适的魅力。

我一踏进餐厅，谈话声就消散了，里面的人已经到了餐后甜点环节，迎接我的是一阵此起彼伏的勺子碰撞餐盘的声音。我母亲奥德丽坐在主位，上下打量着我。她一头渔线般的银发挽在脑后，右眼皮上有一个疤。她的目光滞留在我身上——可能正在判断来者究竟是我还是我哥（我俩都有一阵子没看到她了）——然后当啷一声，身起勺落，她把椅子往后一推，想要提前离场。这是一种避免争执的技巧，这种阵势我从小到大见得多了。

坐在我母亲左手边的是我继父马塞洛。他是一个敦实的秃头，脖子后面胖出了好几道褶，我总觉得他要用牙线才能避免里面藏污纳垢。马塞洛用他的铁腕按住奥德丽的手，他不是想要控制她。我不想你以先入为主的印象误会了我母亲和我历任继父之间的感情。你看，马塞洛手上戴着一块二十世纪八十年代的劳力士铂金总统表——我好奇地去网上搜过，眼睛差点被这块表的价格闪瞎了，并了解到它差不多得有一斤重——说明他每一次高抬的贵手，都具备严格意义上的"铁腕"作风。我记得这块表的广告非常扯淡：家族传承经得起历史检验。自打我认识马塞洛，他就从没有摘下过这块表。我估计自己并不在这块表的继承者名单里。广告语虽然傻了点儿，但总比我看过的另外一些强——比如什么三百米防水，防弹表面；像银行金库一样安全——说得好像所有百万富翁都兼职当潜水教练去了似的。

"我吃好了。"奥德丽说着，把马塞洛的手咚的一声甩到一边。她盘子里还有一半没吃完。

"哼，幼稚。"索菲娅嘟囔着坐到露西旁边的位置上，露西和马塞洛是对着坐的（露西是我嫂子，你或许还记得迈克尔在第一章里提起过她）。露西显然为这个周末精心打扮了一番：她的金发新剪成了波波头，新买的针织开衫的标签从领口翻了出来。我不知道索菲娅做出这种反应，是因为有露西在中间当挡箭牌，还是她的胆子变肥了，抑或纯属没注意到我母亲想要抄起刀的话会有多顺手，反正我们这些亲生的孩子要是敢这样顶嘴，那就是活腻歪了。没想到，索菲娅不仅毫发无损，我母亲还打消了离席的念头，她又一屁股坐回到椅子上。

加上先前提到的安迪和凯瑟琳，在座各位就是准时出席的家庭成员了。我悄悄坐到索菲娅身边，面前放着一个罩起来的盘子。原来他们给我留了主菜，牛肉的熟度和电子表格上登记的一致。我觉得凯瑟琳一定狠狠地瞪了餐罩好一会儿，因为里面的饭菜还是温乎的。露西面前比别人多了个碟子，说明她偷摸端走了我的前菜，也不知道她这么做是因为饿了，还是因为想给我来个下马威。

我有一个特性，就是习惯于从正反两方面看问题。也就是说，我总想看到硬币的两面。

"那个，"安迪拍了下手说，企图打破僵局——只有我们家的姻亲才会傻到做出这种事情，"这地方怎么样，嗯？有人上楼顶看过了吗？听说那儿有个按摩浴缸。还能直接从房顶上击球。服务台的人跟我说，你要是能把球打到气象站那边去，他们就会给你一百块钱。有人想去试试吗？"他关注着马塞洛的反应，想看看后者是否与他兴趣相投。马塞洛的穿着不大适合赏雪景，反倒适合打高尔夫。他身上的那件格纹背心，连我都能看出来是棉线的而不是羊毛的，在这种湿冷的天气里打扮成这样，无疑是一心求死。我想到那位开着装有涉水器的四轮驱动车的女士，按照她评判我的标准来看，我好歹还穿了一件带领的羊毛开衫呢。

"埃尔恩？"安迪还在扫视着这一桌人。凯瑟琳坐在他和马塞洛中间，她默默用胳膊肘推了他一下。跟仇人说话是万万不可的。

大家都在默默吃饭，但我知道桌上的每一个人都在思考跟我同样的问题：明明谁都知道，让我们聚在这里的那个人明天才能来，那别管是谁想出的主意，要提前一天开始过周末，都应该被绑在平底雪橇上，沿着下山最短的那条直线推下去。

从一个人如何应对尴尬的沉默——是泰然处之还是拍案而起，你大概就能知道他是什么样的人，坎宁安家的姻亲似乎都少了一分忍耐，露西正是下一个试图开启话题的人。

那我就多讲两句露西这个人吧。露西做的是线上个体生意，其实就是定期在互联网上亏钱。她当小老板就跟安迪当女权主义者一样，常常喊得响亮，但实际上就自己一个人信。

我就不说公司的名字了，因为我不想被起诉，但我记得她前一阵子被提拔为区域执行副总裁之类的职务，跟她一起被提拔的大概有一万多号人吧。这个头衔给得相当随意，当然，要是论她对朋友死缠烂打的本事，非叫人家买人家不需要的东西，那她当董事长也理所应当。我刚才在楼前看到的那辆车就是这么来的，我通过她在社交账号上发的帖子得知，那辆车是她干项目得的奖励。据我所知，车实际上是租给她的，送她的部分不过是月供而已，而且附带条款极其严苛，一旦违约，"免费"的部分就会被要回去，而车主就会背上高昂的贷款。换句话说，那辆车在不免费之前，都是免费的。

我敢说，露西现在已经不符合免费的条件了，她正在自掏腰包还月供。但这恰恰是整个生意的关键所在：永远不要让现实击垮虚无的成功。一个做汽车销售的朋友告诉我，有那么一群女人会专门去停车场上跟车合影，然后把照片发到网上，假装车是自己的。店里的人每次都得过去撵，那群人就会特别愤怒，叮铃咣啷地开着两厢车就走，一路上冒着黑烟，车屁股后面还挂着一个毫无用途的大红蝴蝶结。我这么说你就能理解我为什么刚刚要给露西的车型做"打码处理"了，因为她们公司的车实在太明显。

露西精通说话之道，在她嘴里，她做的可是正经生意，如果有人说出了那个特定的词，她立刻就会变成刺猬。所以出于尊重，我是不会那么嘴欠的。我只会说她们的商业模式是埃及人建的。

为了努力融入这个家庭，埃琳过去一直尽职尽责地参加露西的聚会，购买当月在售的最便宜的产品。一进家，她就会打印一份收据放在我的枕头上，上面有饭店名，还有花销乘以聚会的无聊系数或困难系数。妯娌税务发票：睫毛夹15元，费用乘以3（化妆教程费用）；贝拉意大利餐厅：超过1小时，超时费乘以1.5等于52.5元。

"你们来这儿的路上都没事吗？我让测速的给坑了——我也就超了七迈的速，被罚了二百二十块钱。太扯淡了。"露西说。大家发现她不是想要推销，空气都变得释然起来，虽然这对我赢得宾果游戏（露西想给你推销东西）没什么好处。

"税涨了，"马塞洛接过话茬儿，"他们雇了一群额外的巡逻车专抓游客，把当地人都放走。这就是为什么要限速四十迈，这种路一般都限速七十迈，但他们就故意让你忍不住超速。"

"你觉得咱们可以去告他们吗？"露西抱着希望问。

"我觉得不行。"我知道马塞洛是实话实说，不是故意要显得毫无兴趣，但他冷漠的回复让桌上的气氛再次降至冰点。

"有谁去看过他们这儿的小木屋吗？还挺不错的。"下一个尝试破冰的是凯瑟琳。"我们昨天在那儿住了一晚，早晨的景色真的是……"她的声音变低了，仿佛穷尽全世界的词汇，也很难想到一个词同时能赞叹日出之美和她能挑到这么划算的山景房的技能。

"我是没想到啊，"马塞洛慢悠悠地说，"从旅店到我们住的地方还要走一段距离。"

"相信我，那里比楼上的房间好太多了。"凯瑟琳回敬道，"再说了，我希望给他留些个人空间。你能理解吧？我想让他得到彻底的放松，好好地享受美景。太闷的房间可不行，比那个什么大不了多少……"

"我觉得他不会在意的，只要有干净的床单和冰镇啤酒就行。"露西说。

"那也不代表我们不能住在这栋楼里。"马塞洛咕哝着说。

"订六间小木屋能打折，你忘了吗？"

"省下来的钱刚好够你付罚单的。"我忍不住调侃了露西一句，但除了索菲娅露出了一闪而过的笑容，其他人都没有反应。

马塞洛摸了摸兜，掏出了自己的钱包。"我要是想换房，需要补给你多少钱？"

"走不了几步路的，爸爸。"索菲娅说，"你要是愿意，我可以背你过去。"

这句话终于让马塞洛咧嘴笑了。"我受伤了。"他紧紧抓住自己的右肩，带着夸张的愁容。索菲娅是个外科大夫，亲自给马塞洛的肩膀做过复建，那都是三年前的事了，马塞洛的肩膀早就好了。他明显是在装可怜。参见第三十二章中他给了我一拳的情节，你就知道手术做得有多值得，他恢复得有多到位了。

一般来说，外科大夫是不能给亲属做手术的。但马塞洛习惯于想要什么就得到什么，并且坚称自己只信得过亲闺女的医术。他的固执加上医院察觉到了他潜在的金主身份，使这件事情有了一个讽刺的结局——该瞎的人都瞎了，那些眼疾患者足够撑起一所眼科医院。

"别着急，老爸。"索菲娅一边戳着牛肉，一边开玩笑说，

"听说你请了一个顶级大夫。"

马塞洛装愤怒的样子还是那么做作。他突然捂住自己的胸口，好像中箭了一样，即便真是这样，他照样能把索菲娅放到肩上，扛着她到处走。当然，他本可以选择让自己的肩膀伤得不那么重。旁人一眼就能看出他们父女情深。马塞洛只有一个女儿，虽然他对我和迈克尔都很好（他刚跟我母亲结婚时，显然很享受白得俩儿子的快乐），但索菲娅永远都是他的小棉袄。连他那副律师特有的冷漠表情，都在她面前荡然无存，他像所有父亲一样，为博千金一笑甘愿学大猩猩走路。

"或者咱们可以偷辆雪地摩托。"这段快慰的对话让安迪兴奋起来。"我那会儿看外面停着几辆，就问他们是不是可以外租。管理员说他只管养护。没准儿咱们可以打点他一下。"他捻着三根手指说。

"你多大了，十二岁吗？"凯瑟琳说。

"亲爱的，我就是觉得应该挺有意思的。"

"有意思的可以是景色，可以是气氛，也可以是咱们这群人，但不是在房顶上泡澡或者打高尔夫，更不是开着摩托去送死。"

"我听着还挺有意思的。"我插话说。凯瑟琳又用那种眼神帮我加热了饭菜。

"谢了，埃尼——"安迪刚一开口，就被奥德丽用大声的咳嗽打断了。他转过身对她说："怎么了？咱们都要假装他不在这儿吗？"他说这句话的时候，确实假装我不在这儿。

"安德鲁……"凯瑟琳提醒说。

"快拉倒吧！你们这些人上次见面是什么时候？"

犯大忌了啊，安迪。在场的人都知道这个问题的答案。

但我母亲是唯一一个大声说出来的。"审判的时候。"

一瞬间，我又回到了证人席上。恍惚之中，我看到律师一只手揣在兜里，另一只手拿着激光笔在屋子里照来照去，仿佛陪审团成员都是猫科动物。他正在基于一张贴在巨幅纸板上的照片陈述自己的假设，照片上有一片覆盖着蛛网的空地——那片空地时至今日还时常出现在我的梦里——上面画着箭头、线条和叠映的色块。我正在回答一个问题，我母亲突然起身走了出去。当时我满脑子想的都是，为什么法庭偏要安装最高、最重、最响的木门，明明有那么多低调的选择都更适用于这个场合，那位建筑师私下里一定是好莱坞的兼职编剧，否则谁会想到把入口和出口搞得这么浮夸。我的确是唯一一个在琢磨那两扇该死的门的人，因为那样我就不用看向被告席上的我哥了。

有一定理解力的读者大概注意到了，家族聚会的饭桌上还剩下几个空位。我已经告诉过你，埃琳明天会开车过来。凯瑟琳的独生女不来——就是引发花生酱三明治事件的那个艾米——因为她住在意大利，而这次聚会的重要性大概只值五到七小时的车程，不能再多了。你肯定也不会对迈克尔的缺席感到意外。我可能，在一定程度上，对这件事负有责任。

所以你现在已经掌握了如下情况：为什么我母亲拒绝跟我说话；为什么我哥不在现场；为什么他盼望着干净的床单和冰镇啤酒；为什么我不能像以往一样找个借口躲过这个周末；为什么露西打扮得花枝招展；为什么凯瑟琳在邀请邮件上把"我们所有人"加粗。

距离我跪在蜘蛛网上看我哥埋一个快死的人，已经过去三年半了。距离母亲在我向陪审团叙述他的行为时走出法庭，也已经过去了三年。然而还有不到二十四小时，他就会作为一个重获自由的人来到云顶小屋。

4

　　棺材上叠放的国旗散发出不祥的预兆，教堂的长椅上挤满了戴白手套、衣服上装饰金扣子的警察。那场葬礼过后，我体会到了被人排斥的滋味。警察的葬礼总能展现出兄弟情最动人和最糟糕的两面，它为许多人提供了归属感和自豪感——我看见一位警官把警帽托夹在腋下，扳开一把瑞士军刀，在棺材的木板上刻下一个象征着永恒联结的无限符号——却把其他人拒之门外。在我的印象中，死者的两个家庭——血缘和婚姻家庭以及蓝色制服家庭——在火葬还是土葬的问题上发生了争吵。双方站在门厅里争执不下，都坚持说知道什么是对死者最好的。最后血缘家庭胜出，逝者入土为安。从法律上讲这很合理，但我认为警察坐在巡逻车里时，肯定会聊到"如果我死了"的话题，就像士兵会把朋友的信件折好揣在胸前一样，所以谁说得清呢？

　　那是一场忙乱的葬礼，举行地点与其说是神圣的教堂，不如说是闹哄哄的电影片场。全场所有的焦点——教堂门口的摄影师，扭转的头和斜瞟的眼，震惊的窃窃私语：天哪，那就是他的孩子——无一不在教给我被关注和被看见的区别。压迫式的窥探如影随形——"他的孩子"——在你周围形成一个气泡，把你封在其中。我记得当我们走出教堂时，我看着鲜奶油从妈妈本来崭新的黑裙子上滴下来，一瞬间明白了两件事，就像一个孩子在明白任何事时那样肯定。爸爸死了。我们都在那个气泡里。

一个母亲拉扯大几个没了父亲的儿子不是件容易的事情。

奥德丽恨不得把自己掰成八瓣，一人身兼数职：既是监狱长，又是脾气暴躁的狱友；既是收受贿赂的看守，又是富有同情心的保释官。马塞洛在成立自己的公司之前是我父亲的律师，我父亲死后，他开始频繁地出现在我们的生活中，我以为他这么做是因为同情我妈妈。他和我爸爸过去一定是朋友。别听我这么一说，你就错把他想成一个穿着白背心，拿着电动工具出现在家门口的男人（马塞洛确实钉过一次书架，我母亲抱怨说那个书架歪得让她看一眼就感觉像是要晕船），他一般只会带着支票簿雇人来干。很快，马塞洛就从伸手帮忙变成了伸手求婚。马塞洛牵着他的小女儿向我母亲求婚那天，我母亲把我们带出去吃汉堡，问我们愿不愿意让他进入我们的气泡。其实只要她能想到问我，我就一定会同意。迈克尔则只关心马塞洛是不是有很多钱，然后就一头扎进了面前的芝士汉堡里。

成长过程中，我们也有过叛逆的日子，那是青春期男孩常有的情况：有时多玩五分钟电子游戏的诱惑可以胜过十五年的养育之恩。但无论摔了多少次门、吵了多少次架，永远是我们三个与世界抗衡。连凯瑟琳姑妈都只有一只脚能伸进来，这还是因为她是爸爸的妹妹。我母亲一直在保护我们，她希望我们可以相互扶持，这一点胜过一切。

显然，甚至要胜过法律。

我其实理解她为什么会走出法庭，因为我踏出了我们的气泡，站到了其他人那边。

我知道你可能会想，三年刑期对一个杀人犯来说并不算长，你是对的。那个男人——如果你想知道的话，他的名字叫艾伦·霍尔顿——已经中弹了，很难断定到底是那颗子弹还是迈克尔该对他的死承担更多责任。中枪后，艾伦跌跌撞撞地走到路中间，迈克尔的车撞了他，这没错。迈克尔犯了一个严重的错误，没有直接把艾伦送到医院，这也没错。但迈克尔拥有一位所向披靡的辩护人——马塞洛·加西亚（不仅以加西亚·布罗得布里奇律所——目前全国最大的律所之一而闻名，还以拒绝在雪地里步行四十米而闻名），他的辩词主要围绕艾伦职务犯罪的恶名，对于那个下落不明持枪者的身份的怀疑，以及那把没找到的枪而展开。

单是马塞洛愿意为一起谋杀案出庭，就出乎了所有人的意料，我觉得那个拿着激光笔的哥们儿可以直接出局了，但这么说不足以凸显马塞洛的辩护发挥的重要作用。他提出，在当时的情况下，我们不能期待迈克尔还能做出理智的判断。迈克尔把艾伦放到车上，却没有开车送他去接受医疗帮助，在这一点上，迈克尔确实没有履行救护艾伦的责任（这一点很重要，因为依照澳大利亚的法律，只有当你开始救助他人时，你对他在法律上的救助义务才得以实现，这是我在庭审现场学到的），他是在担心自己的生命安全啊，法官大人，他不知道枪手是否还在附近，也不知道自己是否会遭到攻击或尾随。所以最后的结果是，法律诉讼程序没有完全走完，迈克尔被判处三年监禁。

出庭作证让我付出了很大的代价，而当最后的谈判条件敲定时——刑期是在法官办公室里闭门商议的——我的证词甚至已经不重要了。我在一生中做过很多错误的选择，尤其是接受了安迪饭后去酒吧喝一杯的邀约，但我仍然不能确定作证是否算其中之一。没错，我本该学会保持在沉默中生活，然而我也该学会在道出真相后继续生活，我不知道哪种情况更糟。我很想告诉你，我之所以这样做是因为这样做是对的。可事实却是，当我哥对我低吼着说出"他不动了"时，我有一种异于往常的感觉。我可以说些老套的话，比如，"他当时给我的感觉已经不像是我哥了"，但事实恰恰相反。他给我的感觉就像是一个坎宁安家的人。我看到了表象之下的他。如果他的身体里存在某种东西，比如那声怒吼，比如他在勒死一条性命时紧绷的肩膀和前臂，那么那种东西是否同样存在于我的身体里？我想要除掉这一部分特质。所以我转而配合警察，并希望母亲能在某种程度上理解我的做法。而当明天到来，我希望我还能在某种程度上坚持自我。

我承认，当我嘎吱嘎吱地踩着雪走回我的小木屋时，整个人都有点晃。安迪对有人答应跟他喝酒这件事兴奋不已，恨不得要跟我肝胆相照，而只要他请客，我做个顺水人情也无妨。安迪是个园艺师，每天的工作就是按照规格给板球场或足球场铺上高度合适的草坪。他是一个极其无趣的人，处于一段极其无趣的婚姻中，我总觉得这段婚姻让他在请客喝酒上变得特别大方。

我带了一个可伸缩的拉杆行李箱，这个箱子在机场里用着很方便，但在山路上就不太行了。我肩上背着个运动包，一路上像只兔子一样上蹿下跳，连拖带拽。山峰遮住了太阳，别看才下午三点，山上已经开始变得昏暗。尽管我身上还残留着几瓶啤酒下肚的温热，但还是能感觉到瞬间的温差。我听说火星上就是这样，天一黑东西立马结冰。安迪打算喝完酒去看看按摩浴缸，但愿他改变主意，否则又要被人宰上一笔。

虽然温度很低，但当我步履维艰地把行李搬到那间被雪埋半截儿的小木屋时，身上已经出了不少汗。雪下得有屁股那么高，不过工作人员已经帮我在门口铲出了一条深谷，我拖着行李走在其中，旅行箱像进了弹珠台一样左弹右跳。小木屋向阳一面的窗户上装有探出的雪篷，所以景色并没有受到雪堆的影响。

我正摸索着钥匙，突然发现在门边的小雪堆上有人用小树枝插了一张破纸片。我捡起纸片，上面用浓黑的记号笔留了一句话，纸被雪沾湿，字迹有点洇了，所以看着有种毛骨悚然的感觉。

纸片上写着：冰箱太垃圾了。你挖。

右下角有一个大大的"S"：是索菲娅。我弯下腰，用手拨开雪堆，露出了她替我埋好的六罐啤酒的银色罐顶。迈克尔的庭审结束之后，索菲娅是唯一还跟我保持联系的人。当露西都不再给我发电子邮件邀请我参加他们的免费研讨会时，我就知道我遭到了强硬的驱逐。但索菲娅还是联系了我。也许因为她和我一样，都是局外人。她被她的父亲塞进了一个陌生国家的陌生家庭里。我用了"塞"这个字，是因为就算马塞洛对索菲娅宠爱有加，但一个靠着研究公司法而勇攀事业高峰的人，是不会有太多注意力放在孩子身上的，所以我真正想说的是"扔"。尽管索菲娅永远不可能主动说自己在我们家不受欢迎，但我觉得她一直都能感受到我们无形的气泡。迈克尔的庭审使我跟她站到了相同的位置上，我们从亲切友好的继兄妹变成了真朋友。这就是为什么她邀请我，并且只邀请我加入宾果游戏。

我把啤酒重新埋进雪里，心里很高兴，觉得山上尚有温情在，然后就进了屋。小木屋是个一居室，屋顶的角度让人有种奇怪的倾斜感——就像在船上失去了平衡一样。但开阔的全景弥补了这种不适：这是这次旅行中第一个与宣传相符的部分。我甚至激动到想要拍着我姑妈的背对她说："这也太美了吧。"特别是当最后一抹夕阳燎过山脊，山峰投下的长影延伸到山坡上时。

窗户那一侧的屋顶有三米多高，下面架着木头梁框，越往屋里越接近地面，一路掠过客厅、电视、无边无际的地毯和铸铁的壁炉。但屋顶肯定没有倾斜到地面，只到了积雪的高度，因为我竟然还能发现一堵后墙。墙上除了一排摆放着酒店厨具的壁橱之外，还有个方方正正的凹室用作浴室，同样设计得很敷衍：歪七扭八的淋浴器再度削减了美景带来的惬意。在房间的三分之一处，有一架通往阁楼卧室的梯子。工作人员已经预先打开了暖气——壁炉注定只是装饰，因为压根儿没点燃——我刚从室外的温度中缓过来，便被热得身上一阵刺痛。酒店主楼的潮味被一种橡木的木调气味所取代，可能是贴着"乡野壁炉"产品标签的蜡烛散发出来的。

　　我把拉杆箱往地板中间一放，正想把运动包塞进其中一个壁橱里。这时，电视旁边的电话响了。我屋里的这台电话上贴着一个小小的数字4，没有用来拨打外部号码的按键，只有一排快速拨号键和对应的迷你灯，拨号键上标有其他小木屋的号码，最后一个键上标的是"前台"。现在亮起的是5号灯，是马塞洛。

　　"奥德丽有点不舒服。"他说的是"奥德丽"而不是"你母亲"，"我们今晚准备叫客房服务，明天早上见。"

　　少吃一顿家庭晚餐正中我下怀。午餐已经快要把我为整个周末积攒的忍耐力消耗尽了。我先从冰箱里拿出一瓶温水仰头都喝了，因为我在哪儿读到过，人在雪地里待一天比在海滩上待一天更容易脱水。索菲娅说得没错，冰箱确实很垃圾，然后我从雪里扒拉出一罐啤酒，斜躺在沙发上，不知不觉中，我睡着了。

　　一阵砸门声惊醒了我。你以前已经读过不少这类书了，你知道我注定会被惊醒的。

我感到一阵心慌，因为我有时会梦到——不对，是会记起——这种窒息的感觉，而且当我从睡梦中猛地醒过来时，巨大的窗户和陌生的空间让我一度以为自己睡在了外面。明亮的星星布满无云的天空，山脉融入了漆黑的夜。屋外的风听起来像是在哀号，山上簇簇雪花被扬起，打着旋儿飘荡在空中。邻近的山谷里为夜间滑雪者安装了聚光灯，灯的余光把离我稍近的山照得朦朦胧胧。落光叶子的树在山坡上留下斑驳的树影，大多只有手指粗细。持续下降的温度试图钻入屋内，我几乎能感觉到窗户在户外冷气和室内暖气的夹击下微微战栗。

　　我揉揉眼睛，费劲地起身走到门口，打开了门。

　　索菲娅站在门口，双手交叉抱在胸前，风吹乱了她的黑发，上面还落着冰碴。"怎么着？"她说，"钱带来了吗？"

5

好吧，你看，事情是这样的。我没说谎，是迈克尔让我把钱收好的。

那天早上他开车送我回家时——我坐在副驾驶的位置上一言不发，还在从胳膊上往下扯着一绺一绺黏黏吧唧的蜘蛛丝——他说可能这笔钱由我暂为保管更安全。我知道他在想什么：艾伦要么准备把钱自己收着，要么可能准备交给别人，总之在这个过程中出了岔子。我不确定迈克尔跟这个"岔子"有多大关系，但如果有人一下子少了几十万，怎么着也得惦记着把钱要回去。以防持枪者记得迈克尔的车，于是我成了安全措施的重要一环。当然，前提是如果持枪者确有其人的话。

出于一种无声的理解，我接过了包。迈克尔或许有意要给我保管的报酬，但我当时什么都听不到，我看着他翕动的嘴唇，脑子里却是人处于水下时听到的那种回响。我昏昏沉沉地走进家门，把包扔到床上，先是吐了一阵，然后报了警。

二十分钟后，我戴着手铐坐在一辆警车的后座上，引导着两位哈欠连天的警探前往那片空地。我知道他们一开始并没有把我的话当回事，因为他们还在路上去了一趟麦当劳得来速，我从没见过有谁在亲历了一场谋杀后还得停下来等一个麦满分的。不过这是在一切开始之前。后来，警车、救护车、新闻车纷至沓来，甚至还有一架直升机停到了空地中央。关于谋杀案的新闻报道屡见报端，关于蛛网之地的社论文章甚至更受关注（周边河水泛滥，迫使大批蜘蛛迁移至此结网，致使附近一带大部分生物聚集到这片盈尺之地，形成了自然奇观）。我被关进一间问询室里，几张照片和麦当劳的气味扑面而来。他们告诉我说，迈克尔已经供出了我，我不如趁早坦白。

直到他们把我放出来——我猜是拘留的期限到头了——我才知道迈克尔根本什么都没说。他们只是想看看我有没有为了自保而撒谎。在回家的警车上，我问他们想不想在路上买个比萨，反正我也不着急，结果发现这趟车上的是几个铁面刑警。

到家后，我看见那个黑包放在床上，还跟我走的时候一样，才意识到我忘了告诉他们这笔钱的事了。

我发誓，我真以为他们会搜查房子的。一开始，我的注意力主要集中在艾伦身上，此外还要努力回忆起每次转弯的地方，以及我哥接送我的具体时间和中间让我在车里等的时长。后来我以为钱已经到他们手里了，他们早晚都会来问我，结果他们没有。转眼就到了第二天，我签了一张纸，保证自己所说的话都是真实准确的，但我还是没提钱的事情。迈克尔也没有，我估计他那时还不知道把他供出来的人就是我，所以我猜他可能以为我还站在他那边，替他保管着那笔钱。再后来就是我出庭作证，依然没人说钱的事，迈克尔和马塞洛都没有，否则我就会当场玩儿完，我多少是有点盼望他们提起这事的，因为我知道自己已经彻底错过了在不搞砸事情的基础上提起它的最佳时机。到最后，那袋钱一直放在我的床上，相关的人都对它只字未提。法官宣读了判决，我回到家里，包还在房间，但整个世界已经不一样了。我哥锒铛入狱，而我多了一个装有二十六万七千块钱的包。我之所以现在能准确地说出这个数字,是因为我后来终于有时间去数钱了。

这就是我不能错过这个周末的另一个原因。几周前,我把我的计划告诉了索菲娅,我打算明天把包还给迈克尔。我没把这件事看作请罪,因为我并没有做错什么,但也许可以算作对他的补偿。虽然这笔钱不是橄榄枝,但它确实是绿色的(至少在隐喻层面上是如此,因为澳大利亚的纸币有好几种颜色)。再说,里面的钱大部分都没动过,我可真是太够兄弟了。

"都在这儿了吗?"索菲娅盯着面前沙发上那个咧着大嘴的包问道。她没有坐下,而是守在一边,碰都不敢碰一下。

"大部分吧。"我坦白说。

"大部分?"

"嗯……我也有着急用钱的时候。这都过去三年了,我其实也不知道他有没有数过。"

"你说了他数过。"

"他有可能数过。"我只好承认说,"但我指望他记不清楚了。"

"要是换作我在里面蹲了三年,想着我弟从我这儿偷走了一袋钱,你知道我会怎么做吗?我会每天都惦记着这件事,一分钱都不会差。"

"我觉得他肯定以为我把钱都花了,所以他会很高兴把钱——"

"大部分的钱——"

"大部分的钱都拿回去。"

索菲娅夸张地呼了一口气,末了噘着嘴发出噗噗的声音。她走到窗边,用一只手指抵着玻璃,出神地看着远山。过了一会儿,她转用柔和而严肃的语气问我:"你为什么要拿?"

她看穿了我劝自己要守好这笔钱时对自己念叨的那一堆屁话，说什么因为一再错过把钱上交的时机。因为我太尴尬了；因为我觉得这么做会让事情变得更复杂。但她能看出来还有别的原因。只是贪婪那么简单吗？我说不好。我并不指望到了明天，迈克尔能一把将我搂住，当场跟我分钱，但如果说过去三年来，这袋放在衣柜深处的钱没有给我带来丝毫慰藉，那我就是在说谎（虽然我保证我不会），尤其是在我和埃琳经历了所有那些事之后。可以说这是一笔打包走人的钱，一笔跌入谷底却能翻身重来的钱。这笔钱我并不想要，但却庆幸自己拥有。

"我没拿。"我重复了一遍自己常说的话，"我是被迫保管的。"

索菲娅失望地皱起眉头。她知道这是我排练过的借口。

事实上，我在去法院的当天早上，就拿出两卷钱藏到了我的内衣抽屉里。事实上，直到马塞洛在法庭上力挽狂澜时，我还觉得迈克尔服刑的时间会很长，所以钱已经不重要了。事实上，我没花掉更多钱的理由只有一个，就是我不知道钱是哪儿来的，是不是能追踪到；否则我至少会把钱存到银行里天天花利息。事实上，我还没想好第二天要不要把钱给迈克尔。

我把钱带来，是怕他会问到。我告诉索菲娅我出于责任打算把钱给他，是为了阻止自己第二天醒来变卦。

人们在下定决心做一件事时会露出一种神情。这种神情不是靠面部显露的，而更像是第六感，好比有人在看你的时候，你会感觉脖子上被刺了一下。接下来就发生了这样的事。空气中的分子在变动。索菲娅已经下定决心做一件事了。

"要是我跟你说，我需要一部分呢？"她说。

电话响了，把我俩吓了一跳。你以前已经读过不少这类书了,所以你知道电话注定会吓到我俩。二号键旁边的迷你灯亮了。电话只响了两声,我还没来得及过去接就挂断了。我看了一眼我的手机。十一点十五分。如果你有在留意页码,就该知道刚刚有人死了,只是我还不知道。

"你考虑考虑。"索菲娅说。我这才反应过来她是在等我说话。

"你需要多少?"

"大概五个吧。"她咬着嘴唇说。她从包里抓出一把钱,好像在手上掂量。"五万。"她补充说,好像我会错以为她半夜三更来找我,就为了要五块钱似的。

"迈克尔知道钱在我手上。"

"他只知道他把钱留给了你,并不知道钱还在你手上。"她肯定在家里练过了,她讲出的道理已经像子弹一样上了膛。"你可以告诉他钱被警察拿走了,被你捐了,被你烧了。"

我可以假装我从没考虑过这些选择,但我不会那样做。我是很可靠的,还记得吗?

"你遇到什么事了?"我问。我这样问的意思是,她明明可以跟更有钱的人去要更合法的钱。比如说,她的父亲。五万块钱当然不是个小数目,但她可是个有房产的外科大夫;如果她想要五万块钱(她说的是"大概五个",在我听来就是她正正好好需要五万),那她就是需要一笔钱,去填补自己能挣到的钱和总共需要的钱之间的漏洞。而且她要的是现金。现金代表快速、安静、不入账。她实际亏空的比她跟我透露的还要多。

"我不需要帮助,我就是需要钱。"

"这不是我的钱。"

"也不是他的钱。"

"咱们明天再说这个行吗?"

她把钱放下了，但我能看出她在快速翻看脑子里的笔记，以确保自己把来这儿该说的话都说了，好像她在经历一场面试，而面试官刚刚问出了那个可怕的问题："好，你还有什么问题要问我们吗？"她肯定已经在她准备的所有有力的论点前面都打钩了，因为她走到门口，打开了门。一股寒气打着旋儿钻进来。

"你想想他们是怎么对你的，你还觉得是你欠他们的吗？总有一天你会明白，家人不是指你身体里流着谁的血，而是你的血为谁而流。"

她把手揣进兜里，踱入了夜色中。

我走回屋里，神情恍惚地看着那笔钱，试图分析刚刚发生的一切。

我想知道是不是让索菲娅说中了。尽管我的家人故意把我拒之门外，我依然觉得自己对他们负有责任。这就是我来这儿的原因吗？在这么深的夜里喝了这么多的酒，我已经无法思考这么大的问题了。于是我放弃了自省，拿起电话，回拨了二号房间。

"喂？"怎么也想不到，对面传来的竟是索菲娅的声音。"埃尼？"

"哦，嗨，索菲娅。"我看了看电话上的提示灯，我确实按的是二号键。也许我之前看错了是哪盏灯在闪，索菲娅不可能人在我这儿的时候给我打电话。"没事，就想看看你有没有安全回去。好好休息吧。怕你走着走着掉进冰窟窿里，错过了家族聚会。"

"这也能叫家族聚会，一共七个人？"她笑起来，电话里传出电流声，"噗。白人。"

我努力想跟着她一起笑，但脑子里想的却是，我俩真装得像没事人一样，这个想法让我全身僵直，最后只能挤出了奇怪的咕哝一声。

"好了,埃尼。"她说,"多谢关心。答应我好好想想,好吗?"

我根本不用答应,因为让我想别的事我也想不了,但我还是答应了。互道晚安后,我挂断了电话。我喝完剩下的啤酒,为了感受日出而刻意没有拉上窗帘,然后爬上了小木屋的阁楼。我侧过身子,看着山脉清晰的轮廓融入广袤的天空,感觉自己非常渺小。我想象着其他人此时此刻正在干什么。索菲娅和我一样,躺在半山腰上,琢磨着一袋钱的事;埃琳住在半道儿上一家床单不怎么干净的汽车旅馆,琢磨着天知道什么事;迈克尔最后一次从监狱的窗户里看着同一片天,可能琢磨着要怎么收拾我。

我迷迷糊糊地睡着了,带着几分天真地希望,一切都会在明天迎来转机。

6

当我醒来时,穿着羽绒服的人群正接二连三地从我的窗前经过。他们沿着山坡向上走,大概是要去和聚集在白茫茫的高尔夫球场上的人群会合。两拨人相隔几百米远,加起来有二十来个。一辆雪地摩托从众人身边飞驰而过,发动机发出轰轰的响声。山上有人挥舞着手臂,分不清是在说"快过来"还是"别过来"。照明弹从空中蜿蜒而下,留下一条明亮的光带,随后"砰"的一声炸开,地面的冰层映照出一片暗淡的红光。光在雪的反射下显得格外耀眼,直到强光散去,我才注意到雪地上依旧闪闪发亮:不是单一的红色,而是掺杂着蓝色;不是隐隐绰绰、忽明忽暗,而是反射着一组源于客房楼附近的彩光。警察来了。

我用消防员的姿势从梯子上滑下来,顾不得火辣辣的手掌,就开始把钱胡乱塞进包里。幸好人们的注意力似乎完全集中在山上,我才得以赶在有人看见不该看见的东西之前,把钱装好,放回壁橱。我以最快的速度穿好衣服,一拉开门,就看见山上唯一穿牛仔裤的人走过去了。

"安迪!"我在门口一边喊,一边蹦跶着穿上左脚的靴子。他停下脚步,转身冲我挥了挥手,然后等在原地。我赶紧一摇一摆地冲他走去,看上去雪性很差。山上空气稀薄,等我走到他跟前时,已经喘得上气不接下气了。我呼出的白气氤氲在我俩中间，让他的眼镜蒙上了一层雾气。"出什么事了？"

"有个倒霉蛋。"他指了指山上，开始往前走。他脸上那副好奇而非担心的神情回答了我没有问出的问题：是不是咱们的人？我跟着他的步子往前走，庆幸自己昨晚无意间拨通了索菲娅的电话，确定她已经回到了自己的木屋里。即便是像昨晚那样平静的夜晚，一晚上困在外面也绝对是要人命的。我打了个寒战。这种死法真是太可怕了。

雪地里躺着一个死人，双颊被冻成了黑紫色。他全身上下都裹得严严实实，穿着黑色的滑雪夹克、黑色的靴子，戴着黑色的手套，只有脸露在外面。有那么一秒钟，我的脑子里闪现出另一个躺在白色空地中央的黑色大块头。我甩了甩脑袋，赶走了这个想法，然后从站在我前面那个人的肩膀上望过去。这里有几十个伸长了脖子看热闹的人，一场注定会上演的好戏把人们像黄蜂一样从旅馆的房间里熏了出来。

人群前站着一个警察，男性，和我差不多大，也许比我还要小一点。他戴着一顶护耳便帽，穿着一件毛领夹克，一边让人们不要靠近，一边对着他肩上的对讲机说话。如果你让我说实话，他看起来已经乱了方寸，好像不知道自己在做什么。安迪已经慢悠悠地和凯瑟琳会合了，尽管这件事不在凯瑟琳的日程表上，但她到得比我们还要早。大家似乎在沉默中达成了共识：十米左右的距离足以保护犯罪现场。所有人想都没想就围成了一个半圆，空出的地方除了尸体，还有三组明显的脚印，一路从山下走到尸体所在的位置。昨晚的雪下得不算太大，一切都被清晰地保存了下来。

三组上山的脚印当中只有一组返回了山下。那串往回走的足迹变得很凌乱，脚印之间还偶尔夹杂着一些小坑：我猜是最先发现尸体的人急着回去喊人，一路上惊慌失措，吓得屁滚尿流，时不时需要手脚并用才弄出的这种效果。第二组脚印走出了一条清晰的直线，我猜就是目前站在尸体旁边的那个警察留下的。

第三组脚印像其他两组一样走到了山坡上，但随后就失去了规律，在几平方米的范围内来回走动，仿佛脚印的主人被困在了一个看不见的盒子里，并在盒子的几个面之间弹过来弹过去。这组脚印停在了尸体附近，没有留下回程的痕迹。

我身边的人都在嘀嘀咕咕，纷纷掏出手机拍照录像。但似乎没有谁的心情真正受到了影响。没有安慰的拥抱，也没有震惊中优雅捂嘴的动作。好像每个人都在和我做着同样的事情：满怀求知欲地看着尸体。也许是因为这个男人被冻僵了，所以给人的感觉不像是一个十二小时之前还在喘气的大活人，而更像是山体的一部分。这一幕确实很奇特，不过没什么冲击力。但总该有个什么人会尖叫着推开人群跑上山来，来到心爱的人身边吧。我不禁想，难道没人认识他吗？

"有谁是医生吗？"那位警察已经放弃了驱散人群的想法。他一连问了好几遍，用目光扫视着围观的人群，这恰恰暴露出他的观察能力处于睁眼瞎和福尔摩斯迷之间的最低档。现在正是这种高档滑雪度假村的旺季——入住的这群浑球中应该有一半都是医生。

我突然看到了索菲娅，她站在半圆的另一端，举起了手。

凯瑟琳凑过去对安迪耳语了几句，摇了摇头。

警察招手叫索菲娅过去，把她领到接近足迹的一块空地上。起初他们站在离尸体几米远的位置，索菲娅向地上的男人做了一个手势，然后警察点点头，索菲娅向前走了几步，跪在男人身边。她用手托起他的脖子，把他的脖子扭向一侧，接着扭到另一侧，又扒开他的嘴唇。她拉开他外套上的拉链，把手探到了衣服底下。她挥手让警察过去，警察跪在她身边，在她的指引下犹豫地按照她的方式在尸体上摸索了一遍。索菲娅确认自己已经向警察展示了足够的情况后，拉上男人的拉链，随后站了起来。索菲娅和警察进行了简短的交谈，谈话内容被一股大风卷起又吹散到空中。我看到一片浓郁的乌云正慢慢挪向山脊。

"埃尼，安迪。"索菲娅挥动着胳膊。快过来。我看了看警察的反应，他也效仿着索菲娅的动作。尽管安迪和我已经尽量避开了雪中的足迹，但越往上走，那几串足迹就越拥挤。走出围观的人群，我才感觉到风越来越大了，吹得我脸颊生疼。等我们走到跟前，我却不敢低头往下看，而是把注意力放到了索菲娅身上。只见索菲娅凝视着那具尸体，陷入了沉思。

"我们得把尸体移走。"警察扯着嗓子大喊，声音盖过了呼啸的风声。"把他移到大家看不见的地方。我看见上来的路上有一个维修车库，里面应该足够冷。"

安迪和我一起点了点头。警察指着对面的山坡。

"我们得往上走。"索菲娅夸张地用胳膊挥舞着大圈，"然后绕过去！这样才能保护现场！"

尽管马上就要下雪了，索菲娅却还惦记着要绕过脚印，虽然那么做很可能没什么意义，但说明她跟那个警察不一样，她不仅在考虑移动尸体的事情，还把这里当作犯罪现场。那个警察显然没有调查周边的情况，也没有拍照，最终可能还得跟这群多管闲事的客人要照片，如此看来，他应该庆幸没把我们撵走。

安迪和我站在尸体脚边，心照不宣地各自抓住一只脚踝，索菲娅和警察则分别握住了男人的一只手腕，我们使出了吃奶的力气想把他抬起来。但当我们在齐膝的雪地里往山下挪动时，他的脑袋还是会时不时地耷拉到下面,在新雪上凿出一个大坑。这个人并没有多沉,但却很难驾驭。为了防止脱手,我把手指塞进他那双结实的钢头靴里。索菲娅倒着走在前面,尽量把男人的手腕拉到自己胸前,那个警察却转过身子迎着风走,身后的胳膊只抬到腰的高度。我能听到旁边的安迪累得直哼哼。走到一半时,安迪扭过头,我看到他的面色凝重,下巴僵硬,胡须里的唾沫星子窸窣作响。

他发现我正在看他。"你还行吗,哥们儿?用歇会儿吗?"

我摇了摇头,把想说的话咽了下去:还行,干这活儿我有经验。

7

维修棚里，一摞运货的木板暂时成了尸检台。我们周围有几条长凳，上面扔着各种工具，此外还有一辆雪地摩托，一半的"肠肠肚肚"都暴露在外边。最远的那面墙底下摆着一排发电机，发电机挨着一摞轮胎，墙钉上像挂着网球拍似的挂着各式各样的滑雪鞋。棚里没有暖气，再加上铁皮墙和水泥地带来的效果，让人感觉像是迈进了冰箱里。这地方确实能当临时停尸房用。严寒的好处之一就是尸体不会发臭。

我们把尸体放到木板上，木板有点小，死者的四肢从边上垂了下来。我们四个全都累得气喘吁吁，待了一会儿才缓过来。我尽量不去看死者失去血色的脸。我读过的关于冻伤的文章里提到，像鼻子、手指这样的肢体远端，在冻伤后会变黑甚至脱落，但我从来没有近距离看过。那个警察最终想起拍照来了。安迪的脚趾在小腿后面蹭来蹭去。索菲娅哆嗦了一下，把手捂在嘴边哈气，突然想起自己刚刚碰过一具尸体，于是又把手收了回去。警察拍完照片，冲我们转了过来。

"谢了，哥儿几个。"他说。索菲娅翻了个白眼，想要提醒警察，把尸体从山上费劲地搬下来这事也有她的份。他犹豫了一下，但没有更正，而是坚持说了下去。"一般来说我是不会动尸体的，但因为冷锋马上要过境，我不想之后再去把他挖出来。"

也许是因为这个警察的鞋底厚,他看起来比我高几英寸[①];也许是因为他穿着厚外套,看起来也比我胖几斤,但我无法忽视他丰满的脸颊。他的腰间没有配枪,我不知道为什么我会注意到这些,反正我就是注意到了。他的眼睛是深绿色的,小冰晶落到了他的睫毛上。这一早上显然把他折腾得够呛,因为他茫然地在维修棚里看了一圈,才把目光落在尸体上,好像尸体的存在拖慢了他的整个思考过程。

"我叫埃尼。"我说,想让他回过神来,"欧内斯特·坎宁安。这位是安德鲁·米洛。你已经认识索菲娅了。她也姓坎宁安,不过是坎宁安-加西亚,中间有个连字符。"

"是加西亚,连字符,坎宁安。"索菲娅微笑着纠正了我。

"咱们,连字符,他妈的出去吧。"安迪说。他和警察一样全程身体僵硬,眼睛盯着尸体。"这地方太瘆得慌了。"

"哦。"警察把注意力转回到我们身上,"我叫达利斯。我觉得你们应该叫我克劳福德警官,但叫我达利斯就行,没必要搞那么多形式主义。"他伸出右手,想要跟我们握手。我指了指他的手腕内侧,那儿有片深色的痕迹。他的另一只手腕上也有类似的斑点,想必是搬运尸体的时候留下的。

"你的外套弄上血了,克劳福德警官。"我说,但没跟他握手。仅是点头之交,不足以让坎宁安家的人相信来自司法机构的家伙。克劳福德脸色一白。他低头看了看自己的手腕,深吸一口气。

"你没事吧?"我问。

"我,怎么说呢,我没怎么处理过这种事情。"

---

①一英寸约等于3厘米。

"你是说尸体吗?"

"他是说谋杀。"索菲娅插嘴说。

"嗯,也许吧,但现在还不能下结论。"克劳福德无力地笑了一下。别看他在雪地里看着傻了吧唧的,凑近了一看,好像还不如在雪地里的时候。很明显,袖口的血迹不仅让他恶心,也让他意识到局面超出了自己的能力。

安迪对索菲娅做了一个"谋杀?"的口型。即使没有出声,我也能听出他语气中的难以置信。索菲娅严肃地点了点头。

"我觉得我应该问问你们认不认识这个人。你们认得他吗?"克劳福德又说。

"这就开始审问了吗?"我问。我已经花了太多的时间坐在双向镜后面被问问题了,不知道是谁在问,也不知道他为什么要问。"你为什么不去问问发现尸体的那个人?"

克劳福德摇了摇头。"我只想知道你们认不认识他。我是能从金迪最快赶过来的人,但更有经验的警探还在来的路上,他们知道该怎么排查嫌疑人。不过我觉得我应该先弄清楚他是住在这里的,还是从山那边过来的,有可能他是在夜里滑雪时转错了方向。"

"他没穿滑雪板。"索菲娅说。我发现她的脸色也很苍白,白得像外面的雪一样。

"是,我知道。不过还是要请你们帮忙——再仔细看看。"他向我们展示了他手机上的一张死者面部特写照片。大部分都变黑青了,包括他的嘴唇。"有印象吗?"

我们三个人都摇了摇头。我不仅没有认出他来,而且这么仔细一看,还发现他不像是我见过的冻伤的情况。索菲娅突然举起一只手,跑出门外。我们困惑地看着她离开,直到风中传来显然是在呕吐的声音。安迪和我站在原地，思考要是我们和她一起出去，是会对情况有帮助，还是会让场面更难堪。思考未果，我们便选择了不作为。

我在这里要提一下，我知道有些作者不会让一个女人随意呕吐，除非它是怀孕的线索。这些作者似乎认为恶心是妊娠的唯一迹象，更不用说他们认为在为推动情节发展的射精发生之后，呕吐物在几小时内就会从女人嘴里喷出来。我这里所说的某些作者，是指男性作者。轮不到我来告诉你哪些线索需要特别留意，但索菲娅没有怀孕，好吗？她在这本书里想吐随时可以吐。

"好吧。"克劳福德对我和安迪说。我们对照片的反应似乎让他很满意，他调查的义务宣告完成，甚至在尸体周围也显出了一丝丝的舒服。"现在就这样吧。"他走到长椅旁四处翻找，直到找到一把挂着钥匙的黄铜挂锁。我们跟着他走出前门，他关上锡门，门发出刺耳的声音，然后他摆弄着锁。"我应该说不要去任何地方——"

"——但你不能。"我替他把话说完了。

"欧内斯特以前经历过，"索菲娅从棚子的一侧走出来，擦了擦嘴，补充说道，"死尸。"她怯生生地说，作为解释，"但这不是一回生二回熟的事。"

克劳福德呼出一口粗气，显得很疲惫。依我之见，他是一个乡下警察，在他职业生涯的大部分时间里，他的脚都是架在桌面上，或者给像露西这样的游客开超速罚单的。与其说他对这具尸体感兴趣，不如说他对自己被从舒适的日子中拉出来感到恼火。"好了，这事我已经上报了。你们还在等一个客人入住对吗？"

"跟这事有什么关系？"我说。

"就是想再确认些细节问题。如果有需要你们可以去客房找我，但幸好过不了多久警探就能赶来了。这取决于积雪和交通情况。"他怀疑地瞥了一眼斑驳的天空，然后扣上了门锁。

"谋杀？"我们往山下走时，安迪还在嘀咕。看热闹的人虽然散了，但还有零星几个人点缀在度假村的不同位置，看着我们把尸体搬进维修棚。我很高兴维修棚没有窗户，否则那里很可能会出现几个冰冷的脑门。"他显然是在外面过了一夜，把自己冻死了。你现在都已经不是医生了，还要跟着瞎掺和，跟警察说这是一起谋杀案？"

我不知道索菲娅已经不是外科医生了。所以，她举手回应克劳福德警官的求助时，凯瑟琳悄悄在安迪耳边说了几句，说的是这个吗？她需要五万块钱，也是因为这个吗？我瞥了索菲娅一眼。如果安迪这么说是为了侮辱她，早就会被她怼回去了。但她的表情没有变化，什么也看不出来。

"血？"我脱口而出，想要弄清楚，"克劳福德警官在搬运尸体时袖子上沾了血。如果这家伙死于夜间暴露在雪地，他怎么会流血呢？你是说他被袭击了？"

"他的脸都被冻伤成黑青色了。"安迪争辩道，"你到底跟那个警察说了什么？"

如果我们家族有一个座右铭，那就是：*non fueris locutus est scriptor vigilum Cunningham*。这是一句拉丁语，意思是"坎宁安家的人不和警察说话"。我不会说拉丁语，所以我不羞于承认我是在谷歌上搜了这句话才明白的。安迪代表凯瑟琳对索菲娅的合作举动表示不快。"代表"是安迪的一个典型立场。他的中间名应该是"代理人"。

"血是自他脖子上的伤口流出来的。你俩抬的是他的脚，你们没有好好看一看吗？他脸上不是冻伤，"索菲娅说，"是灰。"

"灰,你是说炭灰?"我说,"在这个地方?"

"灰堵在他的气管里,把舌头都盖满了。如果我们把他解剖,就会发现他的肺里也有灰,我肯定。这不合理。如果不是因为他身上一点烧伤的痕迹都没有,而且他在雪地里,周围没有任何融雪,我会说死因其实很明显。"

"那你倒是讲讲。"安迪显然没被说服。

"他是被烧死的。"

8

我现在有一个心愿,就是能在死后成为早餐时段的热门话题。今天的早饭要和大家一起吃,餐厅里满是谈话的声音——昨天的午饭一定是凯瑟琳预订了包间。当我从长条凳之间挤过时,零星的片段钻进我的耳朵:冻硬了!我去年也被卡在第十一洞的沙坑里,不过没这个人那么严重,也许他得好好练练切球;我听说他甚至不住在这里?我不会让杰森和霍莉离开我的视线。

我加入取餐的队伍,一边排着队往前蹭,一边在经过电热自助餐炉时装满了我的盘子。培根没人动过,多半是因为人们在刚刚面对一场死亡后,总想避免摄入饱和脂肪。我端着满满一盘食物走向我们家的桌子,坐到了露西的旁边,也就是索菲娅的对面。我没想离我母亲这么近,但我觉得坐在安迪和凯瑟琳的另一边而空出一个座位,未免有些太明显了。周围桌的人都在对山上那个人的事情各抒己见,我觉得这是索菲娅提出她的谋杀论的好机会,但她一反常态,低着头,来回扒拉盘子里的食物,就是不吃。相反,我不得不听马塞洛轻声拒绝加入露西的最新投资计划,那是一个多层式直销,层级多得需要一个电梯。我过去没少拿这事取笑她,直到我意识到,这些公司欺骗女性的手段,就是利用某些女权主义的理想——也就是财务自由和自主创业,来营造出一种自我价值感,继而对妇女进行掠夺。露西有一个蹲监狱的丈夫，这让她成为完美的目标，可以沉迷于这种虚假的成功。

马塞洛身上值得称道的一点是，他可以沉着应对这位女强人的攻击，等她自己觉得厌烦了，自然就会停止。"我很高兴看到你有了自己的事业，但也得多加小心。想想他们给你车的事情。"马塞洛忍不住多挖苦了她一句，"我听说那辆车还附带一个相当严苛的合同，一不小心就会背上高昂的月供。"

"我自己心里有数。"露西生气地说，"其实我已经提前还清了。"她说后半句时特别骄傲，但马塞洛显然不相信。之后露西就没再吭声了。

我环顾四周，看到克劳福德警官一个人坐在窗边的桌子，抬头望着山顶。我不确定他是不是在等真正的警探过来，这样他就可以回家了。饭厅内所有的灯都亮着，但在阴云密布的天空下，外面看上去还是像傍晚的天光。也许他在观察入口的道路，担心会被困在这里。我突然发现，从他的角度可以看到维修棚，他一直在留意那里。我为没有给予他足够的信任而感到懊恼。他可能正在思考索菲娅告诉他的事情。我也一直在思考这个问题，忘不了那些脚印——它们在那个狭小的、正方形的区域里来回冲撞，仿佛被困在一个无形的盒子里。我现在知道，我所看到的是一个燃烧的人的最后动作。在他被火焰吞噬的时候，正在盲目地疯狂扭动。然而他的周围找不到一滴融化的雪水。

"我是说，"安迪的声音打断了我的思路，他兴奋地对凯瑟琳说，"比特币算是给大家上了一课。我们并不是在谈论像传统股票那样双倍或三倍的利益。我们说的这个东西将会彻底改变游戏规则。"我注意到索菲娅从兜里抽出一张纸，在上面潇洒地画了一个 ×，并冲我眨了眨眼。我意识到我并没有玩儿我那张宾果卡。我没法划掉露西推销的那一格，因为她是在对马塞洛说话，不是和我。右下角的方格（断骨或有人死亡）可以划掉了，但我觉得这样做很不道义，至少不能在人前这样做，虽然我确实想赢。

桌子中间的盘子上摞满了羊角包。安迪伸手要拿，挨了凯瑟琳一下打。

"我洗手了。"他抱怨说。

"有些脏东西洗不掉。"她用纸巾包住一块面包，扔到安迪的盘子里。安迪气哼哼地拿起餐具。

"别担心，他会在暴风雪以前赶到的。"这句话是马塞洛对奥德丽说的，但由于我们这桌上的对话太稀缺了，每个人都借此机会竖起了耳朵，我也不例外。

"咱们还要在这儿待着吗？"露西问。

"你觉得每次黑钻雪道上有人撞树出了事，度假村就会把人都撵走吗？"马塞洛不动声色地摇了摇头，"人死在大自然里，就是因为缺乏正确的技能和知识……一个人如果不尊重一座山，还能指望他干什么？"他耸了耸肩，带着那种如果在一件事上成功了，就会在所有事情上都成功的人的自信。我见过马塞洛因为拿铁咖啡上的奶沫而对一个十几岁的孩子大呼小叫。如果他不尊重一个咖啡师，我很怀疑他是否会尊重一座山。

凯瑟琳在喝下两口橙汁的间隙补充说："这儿不能退款。"她看了一眼索菲娅，好像她是最有可能反对的人，然后说："我们不准备走。"

"而且走又有什么意义呢？"马塞洛显然完成了他的思考，"我们现在已经更充分地意识到危险了。"

安迪和我同时瞥了一眼索菲娅。我是因为好奇，想看看她做何反应，安迪则更像是在挑衅。她用叉子刮着盘底，但没有抬头。

"迈克尔可不想一来到这儿，就看到满街都是警察，询问一些关于死人的问题。"露西说。

"他们没有理由问他问题，"马塞洛说，"他昨晚还在两百公里之外呢。"

"我只是觉得这可能会让他想起——"

"等迈克尔到了，他可以自己决定。"奥德丽坚定的声音打断了我们。作为母亲，她有种结束争论的能力。我们会继续留下来，所有人都不能走，没有商量余地的。

"如果是'黑舌头'呢？"索菲娅终于开口说话了。安迪惊讶得哼了一声，鼻子里喷出的气把羊角包的碎屑吹到了桌子上。"你们知道吧？火灾中最常见的死因不是被烧死，而是窒息。火耗尽了空气中的氧气。"

"别在吃饭时说这些，亲爱的。"马塞洛说。

"感觉有点戏剧性。"安迪捶着自己的胸口，好让嘴里的面包咽进去。

"'黑舌头'是什么意思？"露西和我不约而同地问。

"你对目前发生的事多少有点看法是吗？"安迪说着，在空中做了一个神经病式的刺杀动作。

"我是认真的，安迪。"索菲娅说，"就像我在外面告诉你的那样，这事情有点奇怪——"

"你可别把我扯进去。"安迪说。

"嗯？"

"我相信你，但我真没看清楚。"

"我不会指望欧内斯特的，他有点喜欢背后捅人刀子。"

"露西，我说真的。"索菲娅已然是在乞求了，"听着，从我所看到的情况看，我认为它符合——"

"'想当英雄的小姐'对此事有诊断书了是吗？我们应该相信你？"凯瑟琳恶毒的语气，以及她拖长"相信"这个词的方式，都让我大吃一惊，"你观察了尸体多久？一分钟还是两分钟？"

"是我把那个该死的尸体搬下山的。你们得相信我，有些地方不对劲儿。克劳福德警官肯定希望他的伙伴们尽快赶到这里，因为我认为他没有意识到他可能已经先一步陷入了麻烦。"

这类书中通常有两种警察："唯一的希望"和"最后的救星"。在这个阶段，达利斯·克劳福德唯一的希望就是成为最后的救星。我不准备指望他，就像我不准备指望一个制造炸弹的人的手指一样。索菲娅显然也对他做出了同样的评估。

"你知道自己在说什么吗？"凯瑟琳这回只是在嘲弄她。这儿简直就像学校食堂一样，如果凯瑟琳手上有一杯巧克力牛奶，她很可能会把它浇在索菲娅头上。"你到底清不清醒？"

如果安迪继续被羊角包噎到，就需要有人给他使用海姆立克急救法①了。马塞洛猛吸一口气，对凯瑟琳的言论表示震惊。

"我看你没有上前帮忙啊。"我介入了她们之间的对话，仅仅是为了让索菲娅知道有人站在她这边。我本来不打算在餐桌上问她，因为这很可能会演变成一场全面争论，但我很想听到更多关于"黑舌头"的信息。而且，再说了，凯瑟琳自从车祸后就滴酒不沾，没有比完全清醒更激怒她的事情了。

凯瑟琳没理我，而是继续和索菲娅说话："那是因为我以为他要找的是正经的医生，而不是那种被吊销执照的。"

半小时前，当我手上抬着一具尸体的时候才得知，索菲娅的外科手术生涯被叫停了，所以我一直想弄清楚为什么。我只能想

---

① 腹部冲击，是一种清除上呼吸道异物堵塞的急救方法。"海姆立克法"得名于美国医师亨利·海姆立克博士。

到这是一次中年危机或者一次人事变动。但凯瑟琳明显是在谴责她，和她当时在人群中在安迪的耳边说的一样。

索菲娅涨红了脸，站起来，有那么一瞬间，我以为她要从桌子上扑过去，那克劳福德警官可能会面临更忙的一天。但她却把餐巾折好，扔在盘子里。临走前故意说了一句："我还是在编的。"

"说这话有意思吗？"等索菲娅走到听不见我们讲话的地方，我对凯瑟琳嘶吼道。

"谁能想到她没告诉你呢？我以为你俩现在已经形影不离了，我早该想到的。"

"告诉我什么？"

"告诉你她要吃官司了。"凯瑟琳幸灾乐祸地笑着说，但我满脑子都是那句话：大概五个吧。"死在她手术台上的那个人的家属一定要告她。"安迪在她身后做了一个咕噜咕噜的哑剧。我现在知道，凯瑟琳在说索菲娅是个酒鬼时是话里有话了。我想起埋在我门外的那六听啤酒。我当然知道她爱喝酒，但我从来不知道她会酗酒。她是犯错了吗？她为什么不告诉我？

我把注意力转向了马塞洛。"如果她被起诉了，你会为她辩护吗？"

马塞洛看向凯瑟琳，眼神中几乎带着恳求，但却遭遇她强硬的目光。他摇摇头，直截了当地说："这是她的烂摊子。"

我认为这非常不符合他的性格，我一直觉得索菲娅是他的小公主。"你愿意为迈克尔的谋杀指控辩护，却不愿意为自己的女儿辩护？"

"迈克尔进去，"露西说，"还是多亏了你呢。"

"你还要向着他吗？"我顶了她一句。这句话比我想的更刻薄，因为虽然我很生气，但实际上我没有生露西的气。至少在这个问题上，她和我应该团结一致，但她明显决定把头埋进沙子里，把她的愤怒外包给一个"替罪羊"（我），而不是处理她婚姻破裂所带来的实际痛苦。

奥德丽又使出了那个"从桌子上起身就走，以便让我们闭嘴"的招数。大家想要走，但我还没说完。我正在气头上。克劳福德好奇地看向我们一家，我们的声音一定比我意识到的还要大。我不知道他是否知道我们是坎宁安家的人，也就是说，可以自动代入嫌疑人的角色。他知道迈克尔会来和我们团聚，所以我想他知道。

"真不敢相信这话是从我嘴里说出来的，但咱们真的要每顿饭都不欢而散吗？咱们就不能好好待上半分钟吗？既然是来团聚的，那是不是现在就应该开始团聚或者干些类似的事情了？"我不知道自己为什么会说这些，也许见到死人多少对我产生了一些影响，何况我在索菲娅的背影里看到了过去三年中自己遭受的排斥，也许我已经想好了要向谁坦白，也许我只是吃了太多培根。

如果一个着火的人不能融化雪，那么我母亲在那个周末第一次直接对我说话时，她所爆发出的愤怒肯定可以。

"我儿子什么时候来，家族聚会什么时候开。"

我的妻子 ———

9

我现在不想谈这个。

我的父亲 ———

10

现在我应该告诉你我父亲是怎么死的了。

那是我六岁的一天，我们先看到新闻，然后接到了警察局打来的电话。电影里的警察总是直接出现在门口，而且一般都不戴警帽。接下来的剧情你都能猜到，门外响起一阵低沉的敲门声。每到这时候，屋里的人用不着开门，就已经知道会有什么样的坏消息等在门后了。说起来有点傻，但我清楚地记得电话响了，我当时觉得声音格外庄严。那种短促的铃声我之前已经听过无数遍了，但在那一瞬间，它听起来要比平时慢一毫秒，高一分贝。

我爸爸总在晚上出去，因为他要去辖区巡逻。我对他怀有很深的感情，这是真的，但当我想起他时，我能想到最多的是他并不在场的人形。看出我爸爸去过哪里，比看到他此时人在哪里更容易：客厅里没坐人的扶手椅，烤箱里的盘子，浴室水槽里的胡楂和冰箱里半打啤酒空出来的三个位置。在我的记忆里，父亲是一串脚印，是残留的物品。

电话响起时，我正坐在厨房的桌子旁，我的两个兄弟在楼上。

没错，我是说了"两个"，后面我会跟你解释。

电视开着，但妈妈刚刚把声音关了，她说那个记者说的话她实在听不下去了。一架直升机的探照灯照着一个加油站，看起来像是一辆警车撞上了白色的大冰柜，变形的引擎盖上散落着破了的冰袋，但我仍然不知道发生了什么。妈妈一定有预感，尽管她装作不感兴趣，但我还是察觉她好几次斜眼瞟向电视。她有意无意地挡在我和屏幕之间，一会儿突然决定必须在那个特定的柜子里翻来翻去，一会儿觉得现在是用清洁剂擦拭长椅上这个特定位置的最佳时机。之后铃声大作。电话挂在门边的墙上，她接起电话。我还记得我母亲的头砰的一声撞在门框上，她低声说："该死的，罗伯特。"我知道电话那头不是他。

我其实不知道事情具体是怎么发生的。如果让我说实话，我从没想过要去深究它的前因后果，但这么多年来，我还是从新闻报道中，从我母亲以外的人那里，从关于葬礼的回忆中拼凑出了事情的全貌，我会把这些东西讲给你听。然而在我对事情的描述中，注定会存在一些假设，同时夹杂着我所确信的部分以及我所确定的事情。

所以让我们先从那些假设开始。假设加油站有一个无声的报警按钮，假设服务员的脸上有一把手枪指着他，他颤抖的指尖在柜台的底部一点一点地挪动，直到摸到那个按钮。假设那个按钮向警察局发送了信息，而警察局则向离那里最近的巡逻车发出了信号。

再来说说我确信的事情。我非常确信，枪击是在巡逻车停下来之前开始的。我非常确信颈部中枪是一种缓慢而痛苦的死法，听说就像溺水一样。我非常确信司机是第一个被击中的人，而且我很确信他脖子上的子弹是他撞上冰柜的原因。

以下是我所确定的内容：副驾驶位置的警察下了车，走进服务站，向我父亲连开三枪。

我之所以确定这一点，是因为正是这位警官在国葬现场拿着一块厚厚的蛋糕走到我母亲面前，说："我告诉你我射中了他哪里。"说完，他用手指蘸了奶油，抹在她的肚子上，低吼道："这里，"又缓缓地在她的臀部画了一个黏稠的圆圈，"这里，"然后把剩下的蛋糕按到她的胸口中央，"还有这里。"

我母亲没往后躲，但我记得当那位警察回到了他的一圈相互拍后背的朋友中时，我听到她从鼻子里呼出了一口憋了很久的气。

这恐怕属于那些作家惯用的伎俩。我小时候参加的葬礼不是我父亲的葬礼，而是为被他杀死的人举行的。我母亲说我们必须去，因为这是应该做的。她说到时候会有摄像机，如果我们去了，他们会谈论我们，但如果我们不去，他们更会谈论我们。就是从那时起，我知道了被抛弃的滋味。我不再是我了。不仅仅是在葬礼上，在学校里也是如此。后来的时间里，我不得不向我正在约会的女孩讲述我的童年。我不想告诉她我的童年，但她还是上网搜索了我（因父亲家暴而遭受巨大创伤的埃琳是最早在这个层面上理解我的人之一）。有一次，一位警探驱车十小时从昆士兰来到悉尼，只是为了指控坎宁安家的人该为在他巡逻区发生的未解决的袭击事件负责。当时我才十六岁，从未离开过这个州。我想对于那个家伙来说，开车返回北方一定是一个漫长的过程，因为他不仅要面对他的首要嫌疑人是一个没有驾照的少年的羞辱，还要面对马塞洛让他把那不可靠的头发分析塞回自己身上的羞辱。我的观点是，我们的名字突然出现在一个名单上，即使是像头发匹配这样不可靠的东西（自二十世纪九十年代以来便出于某种原因而不能作为法庭证据），也可能被特别留意。就像几十年后，麦克马芬侦探把我关在一间审讯室里，依然不相信我告诉他的一切。我不再是欧内斯特·坎宁安，我是"他的孩子"，我的母亲则成了"他的遗孀"。我们的姓氏是一个看不见的刺青：

我们是一个杀害警察的凶手的家人。

妈妈成了法律。她不喜欢警察,所以我们也不喜欢。我想她一开始喜欢马塞洛只是因为他是像我爸爸一样的小混混律师:他对法律的态度不是尊重,而是钻空子和招摇撞骗。公司法只是欺诈行为的一种演变:都是一样的罪犯,他们只是开着更好的车。即使是现在,爸爸留下的阴影也很大,如果是一个城市警察而不是小镇警官来处理这个灰脸男人,我知道我们都已经被铐上了——主要嫌疑人。

现在你知道我父亲是怎么死的了。他在死前吸食了一些东西(他们在他的尸体旁发现了一个注射器),试图为了几百美元打翻一个伺服机①。我知道,我一直到第十章才说这些是挺浑蛋的。但我把它安排到这里,因为它很重要。我想你应该知道成为"坎宁安"的含义了:把自己封闭起来并保护彼此。这就是索菲娅在早餐桌上感觉到的那扇在向她关闭的门。即使是我,一个彻头彻尾的局外人,也只能半心半意地支持她,仍然试图一只脚留在圈子里。这就是我们做事的方式。直到那晚在蛛网空地上,我在迈克尔的眼神中捕捉到一丝父亲的影子,我才开始试图尽可能地远离它。

Non fueris locutus……我忘了剩下的怎么说。

---

①指在伺服系统中控制机械元件运转的发动机,常应用于激光加工设备、机器人、自动化生产线等对工艺精度、加工效率和工作可靠性等要求相对较高的设备。——编者注

11

从酒店一楼到屋顶的楼梯上铺着破破烂烂的地毯,每段有六个台阶,踩上去咯吱作响。我一边顺着楼梯上楼,一边往各层走廊的深处瞟。我这样做有如下几个原因:第一,我想估算一下入住的人数。一趟看下来,我发现每层大概有八个房间,加起来就是四十个,减去几间空房,可能一共住了六十到八十人。第二,我想看看克劳福德警官是不是正在挨户敲门。他在尸体旁边显得有点心慌意乱,我估计他之前没有参与过谋杀案调查,不过我觉得他还是能想到要做一次基本排查的。毕竟一具尸体摆在那儿,多少会带来一丝紧迫感,但他似乎下定决心并不着急。考虑到早餐大厅里并不阴郁,反而充满了八卦的活跃气氛,我仍然想知道这里是否有人认识死者,是否有人在乎。第三,我一直有一个习惯,就是试图偷看正在铺床的酒店房间,只因为我喜欢看看里面有什么。曾经我会回到酒店房间,告诉埃琳对面的房间的两张床不挨着同一侧,电视挂在墙上,或者那个房间的窗帘颜色和我们的不一样。我知道这说起来都是很无趣的见闻(来,编辑,把这部分给我删掉,我看你敢不敢),但你可以扪心自问,你住酒店时,路过一个开着门的房间,你会不往里看?谁看谁是小狗。

说到这儿,我突然知道为什么早餐时的气氛让我很不爽了,因为那感觉就像是大家走过一扇门,但没有一个人往里看。

也许我在说的是那种人类与生俱来的好奇心。我是那个坐在我哥装着尸体的车里，只是为了看看他会怎么做的人。我是那个为了手机信号而走到屋顶上，只为搜索"黑舌头"的人。我是那个准备查看很多门的人。也许这些事终究会很重要。

每层楼都有小牌子，上面的箭头指示着房间号和其他设施。一楼有餐厅和酒吧，还有一间烘干室（推理小说中重要房间的名称总会首字母大写）①，此外楼上还有独立的洗衣房、阅览室、健身房和活动室，活动室门边写着"桌球／飞镖"。我估计阅览室里一定有宣传册上的那种壁炉，我一开始就是受到它的吸引才陷入了这些麻烦事，所以它最好能提供一种近乎童话般的温暖和"噼啪"声，以弥补我当前的处境。我提醒自己不要把注意力放在死人身上，而要努力去享受度假的部分，就像我在这件事发生之前那么放松，并且下决心在这趟旅行结束前至少要打卡几项享受型的服务。虽然我认为迈克尔不会愿意和我打一局桌球，但我相信我们可以找到适合兄弟一起做的事情。他或许会喜欢向我丢飞镖。

我继续向楼上走，"屋顶"指示牌上的小箭头从向上指变成向旁边指，我在旁边的走廊上看见一辆客房服务车。让我赶上了。我偷偷看向里面：双床房，有台破冰箱。

屋顶上已经有个女人了，正在抽着早餐的饭后烟。在其转身之前我就知道她不是索菲娅，因为虽然索菲娅也抽烟，但她是个懒人。她要是不留意，能让手上的烟一直烧到指尖，接着她会"哦"一声，然后再点一支。而露西抽烟就像在吸氧，所以我从那短促而绝望的大口呼吸中认出了她。

---
① 这些房间名在原文中均为首字母大写的专有名词。

冷风把人都吹精神了。我揣着手向露西走过去,手在兜里还能摸到几小瓶洗发水,都是我从客房服务车上刚顺的(我也不能免俗)。

她说:"你等等。"然后狠狠地嘬了一口烟,像是把烟的魂儿都吸没了。我大学时有个朋友,临睡前把嚼过的口香糖贴在床头,早上再取下来接着嚼。这就是露西对待香烟的方式:物尽其用。我看得出来,她心里在想这是最后一支。我也能看出她是真心的,我保证她每次都这样。事实证明,这一次,她几乎说到做到了。她只会再抽一支。

"没网。"我掏出手机向她解释(剩余电量54%)。

我站在屋顶上才能收到一格信号,即使这样,也还是很不稳定。我相当清楚,这类书中经常会出现这个问题,你得忍受一下。我知道暴风雪就要来了。我知我忽略了一个事实,就是这座楼里有一个带壁炉的阅览室(恰好那也是我要解决问题的地方)。此刻几乎涵盖了整个"如何写推理小说"的清单。如果这能让人感到一些安慰的话,所有人的手机一直到第288页都会有电。找信号和手机没电都是用烂了的梗。我不知道该怎么跟你说,但我们一群人是在山上,你还能指望什么呢?

"吃饭的时候不好意思。"我说。因为我俩是并排站着的,所以我是朝前说的,把我的道歉抛到了山涧里。这种站位是男人唯一知道的可以展示谦虚的方式,就像假装我们正并排站在小便池前。"我还在消化所有这些事,但我不应该对你那样说话。我就是觉得,你知道吧,咱们今天要相互支持,分享经验。"

"你修复你的婚姻,我修复我的,如何?"

对一个靠尼古丁来获得勇气的人来说,这是一句逞强的话。但我不想再开启一段争执了,所以我只是说"很公平"。

我们默默站着，望着远山。从远处隐隐传来索道的机械叮当声。时间还早，现在穿上靴子还来得及，但我觉得最热衷滑雪的人已经上山几小时了，他们想找到最新的雪。从我所站的位置，可以看到雪道像血管一样从树梢之间穿过，一条河在下方白色的平原上开凿而过，从纯白的雪地上流经斑驳的褐色地面，最终流向散落的积雪。屋顶上有一排木桌子，桌上固定着伞，风呼啸着刮过屋顶，伞边泛起涟漪。安迪说得没错，这里有三片带发球台的高尔夫人造草坪，在屋顶的一面排成一排，在远处，铝制栅栏后面有一个温泉，其盖子半开，雾气笼罩着水面。

我忍不住瞥向尸体被发现的地方，那里离一切都很远。即便是山脊上距离最近的雪道，一排排的树林，甚至出入口的道路，都离那里很远。从高处往下看，我的视野足够清晰，让我明白：死者不可能跌跌撞撞地走到他所躺的地方，除非他生前已经住进云顶旅馆了，否则实在是太远了。

"你看了他一眼。"露西的话让我吃了一惊。她看到我的视线停留在那片特定的雪地上。来这儿之后，我第一次端详了她。她涂着亮粉色的唇膏，画着乌黑的眼线。我确信她的妆容是想营造一种风情万种的感觉，但她的脸被冻得没了血色，所有色彩都仿佛浮在脸上，使她看起来像个卡通人物。她换了一件新衣服，一件黄色的高领毛衣，非常适合套在滑雪服里面穿。"我是说警察让你和安迪搬运尸体的时候。他让我们都退得远远的，什么都看不见。你就不一样了，你看清楚了？"

我清了清嗓子。"也许吧。这要是万圣节，我属于驴屁股。"

"嗯？"

"我是负责抬脚的。"

"那，"她有所期待地问，"那人像迈克尔吗？"

"哦，露西。"我明白她的声音中为什么会有一丝绝望了。

她可能在吃早餐时就做出了这样的假设，否则我们的谈话内容会完全不一样，不过话说回来，当时并没有人直接告诉她。"那不是迈克尔。"

"一点儿也不像？"

"我是说，那个人不是他。而且我大概是这里唯一一个长得跟他像的人，我想我还——"我夸张地拍打着自己，证明我还活着，"没错，我还站在你面前。听着，索菲娅就是在吓咱们。要不要查查她一直在唠叨的是什么？"我举起手机。露西和我是早餐桌上唯二不知道"黑舌头"是什么意思的人。

她摇了摇头。"我查了。虽然已经有段时间了，但当时好像还挺轰动的，好多媒体都在报道，所以他们当然要给杀手想出一个响亮的名字。布里斯班的一对老年夫妇被杀害了。还有悉尼的一个女人也被杀了。"

我反应过来为什么我没有听说过这件事了。在过去几年里，自从我自己卷入了一起谋杀案，我就一直看不下去更加骇人听闻的新闻故事。"受害者叫什么？"我问。

"啊。"她滑动着手机页面，快速浏览着那篇文章，"叫艾莉森·汉弗莱斯和……不知道了。哦，那对夫妇姓威廉姆斯，分别叫马克和贾妮娜。"

"索菲娅说他们是窒息而死？就像……一种刑罚？"

"这是一种很慢的死法。要是我，我宁可痛快点。"她用手指比画了一把枪，举到自己太阳穴上假装打了一下，"人们担心这是一起连环谋杀案。他们杀的人里有一对夫妇，但该算一起还是算两起呢？我的意思是，明显是两个受害者，但为了把杀手打造成连环杀手，还需要满足什么条件？"

"这不是我的专业领域。"

"你不就是在写这些东西吗?"

"我写的是怎么写这些东西。"

"也许这和戏剧性有关。也许两起惊人的谋杀案比一串普通的谋杀案更有价值。对于报纸来说当然也是如此。"没等我问她,一个人在没融化的雪地上被烧死算不算是一件惊人的谋杀案,她就继续说道,"索菲娅疯了。我不相信一个连环杀手会藏到这个度假村里。我只想问问你昨天吃午餐的时候,或者你跟安迪在酒吧的时候,或者在这附近,见没见过那个死者?"

"你为什么想知道他是谁?"

"因为好像没人知道,这让我起鸡皮疙瘩。而且好像也没有人失踪。"

"他们肯定有来客登记簿。也许他是一个人住。"

"据说所有该在的人都在这儿了。"

"你怎么知道的?"

"我跟人聊过啊。就是老板,你有空也该聊聊。"

"我没见过他。"我对她实话实说。我知道我是这本书的叙述者,但让我感兴趣的是,我并不是唯一一个想要对死亡刨根问底的人。犯罪小说总喜欢列出嫌疑人,然后开始研究他们的动机,但一般都是从能力比较强的调查者的角度。我能成为这本书的侦探,可能是因为你只能听我来讲这个故事。但凡让另一个人来写,估计整个故事都会不一样。也许我只配当华生吧。

所以露西为什么会这么好奇,还和我一样来到上面,为了上网找线索而试图连接断断续续的信号呢?我从她紧绷的下巴上看出了一丁点失望的意味,顿时明白了。"你这么上心是因为你想摆脱克劳福德。"我说,"因为你知道,这个无名尸体的确认工作拖得越久,被派到这里的警察就越多。如果迈克尔处于紧张之中,这件事就会毁了你的周末计划。"

"我不想有任何差池。"她低声说。我不忍心告诉她,如果秉持这个政策,她荧光色的口红首先就不合适。"迈克尔理应回归家庭,这是我最后一次满足他心愿的机会。"

我意识到她出现在屋顶上的另一个原因,她在寻找那一格信号,希望会有一条短信通过那格信号穿过来。

"他给你发消息了吗?"我问。

"没有。"

"她呢?"

露西笑了。"我觉得她大概已经把我的号码删了。毕竟我是前任。你呢?"

"我没期待她给我发消息。"

"我猜咱俩是站在同一战线的。"她叹了一口气。

"见到他你会紧张吗?"

"我知道他会变样,我担心的是他会变多少。前一天晚上我没睡着。我一直梦见他连我是谁都不知道了,我止不住地去想,那副躯壳下,到底还剩下多少'原来的他'。我真怕什么都不剩了。"

我没告诉她我的恐惧是相反的:他根本就什么都没有变。

我突然想到,露西从没问过我关于钱的事情。她一定不知道这件事。我想这在一段婚姻中是一个巨大的秘密。

她伸出一只手,又让我吃了一惊。我握住她的手,宣布休战。她的手抖得厉害,我得扶住她的手肘才能让它保持不动。"你不应该对他那样。"她在松手之前喃喃自语道。她的声音很低、很轻,我差点儿没听见。我刚想张嘴争辩,但她举起一只手。"我不是说这是你的错,我没那么小心眼。但如果你没有做出那个选择,一切就都不会发生。他可能会被关进监狱,但罪名会不一样。我就是因为这个恨你。"她并没有生气,相反,她很平静、很真诚,所以我知道她说的是真的。"我只是想当着你的面大声说出来。就这一次。"

我点了点头。她没说之前我就预料到她会说这句话——就这一次,就像她抽烟时喜欢说就抽这一次一样,我很理解她。因为在过去的二十四小时中,我也想了很多同样的事情,所以我并不怪她。

屋顶上回荡着轰隆隆的声音,那是汽车发动机在与崎岖地形的搏斗中发出的咆哮,风卷起这些声音,送到我们这儿。我看向道路入口处,看到树林里出现一对车灯。但那不是一辆小轿车,而是一辆中型厢式货车,雇来搬家的那种。这种车很不适合这样的路况,在山坡上颠簸。过不了五分钟,顶多十分钟,应该就能到。

"来了。"我说。

露西沉着地深吸一口气,摸出自己最后一支烟。

12

停车场里的嘈杂声，一直延伸到酒店大门。这群人与早前聚在山上的那群人没什么不同，都谨慎地围成了一个半圆，只不过那群人是吵嚷着要看一眼死人，而这群人是要看一个人重生。

露西不是唯一一个想知道迈克尔有多大变化的人：我们谁都没去监狱看过他。你应该可以料到，我发出的申请信都在"邮寄中丢失了"。也许是出于尴尬，也许是出于羞耻，反正迈克尔不希望任何人去探访。他决定把监狱当作自己的茧，把自己藏在里面。他和家里的几个人有交流，但从来没见过面。不是打电话，就是发电子邮件，我不确定递离婚协议书算不算写信，如果算的话，那他也写了几封。总之他与我们鲜有联系，所以他这次回来的确是个重大的时刻。

先是拉手刹的咔嗒声，然后发动机熄火，货车发出一声叹息，处于静止状态，耳边只剩下山风的呼啸。如果再有一声雷鸣的话会把气氛烘托得更到位，但我保证过不撒谎。我注意到迈克尔坐的货车上完美地装着防滑链。

露西捋了捋头发，检查了自己的口气。我母亲把双臂交叉放在胸前。

副驾驶的门开了，迈克尔走下车。

看到这里，一些读者会产生一些想法。不过我准备先放一放。

经过三年来的变化,我承认我准备好了会看见一个荒野求生版的我哥:及肩的粗硬头发,胡子拉碴,眼神中充满提防和紧张,心里想着"原来这就是文明世界"。可我们看到的一幕却恰恰相反,他的头发的确长长了,但却打理出了波浪卷,而且非常浓密,没准儿还染过。他一定有时间收拾形象,因为他的胡子刮得很干净。我本以为他的眉梢上会增添苦难的线条,但他的皮肤其实很光滑,双颊红润,眼神明亮。也许是因为突然接触到了车外的冷空气,也许是远离外界的监狱本身是一种被低估的护肤良方,反正,他看起来比离开时还要年轻,骗你我就去死。我最后一次见到他时,他坐在被告席上,弓着身子,穿着一件紧身衣似的西装。但这次见面,他看起来容光焕发——他还真重生了。

他穿着一件黑色的北面牌羽绒服,里面套着一件纽扣领衬衫,看起来像是一个会花钱去爬珠穆朗玛峰的人。他深深地吸了一口山里的空气,在胸腔中酝酿片刻,随后喊出一声狂野的"呜呼"。那声音在山谷中回荡。

"哇,"他说,"凯瑟琳,你选的地方真是绝了。"他摇了摇头,夸张地赞美了难以置信的美景,也有可能他是真诚的,我不太确定。然后他径直朝我母亲走去。我想从现在开始,我应该管我母亲叫"我们的母亲",或者是"他母亲",不过我还是会坚持叫她"奥德丽"。

迈克尔上前拥抱了我们的母亲,在她耳边低语了两句。她摇晃着他的双肩,好像在验证他是不是真人。迈克尔笑了笑,又说了些什么,传到我耳朵里的只剩下喃喃低语。然后迈克尔转向马塞洛,马塞洛与他用力地握了握手,还像父亲一样拍了拍他的胳膊。

迈克尔周旋在半圆形之内。凯瑟琳得到了一个拥抱和一个空气吻，安迪得到了一次握手机会，握的时候他说"车不错"，并补充说他希望这辆车还有再回山顶的魄力，那对话就像是男人们在尴尬的时候会选择谈论汽车一样。他顺着这一排人走过来，每问候一位，我胃里就搅动得更厉害。大家这样排成一队，感觉就像等待女王接见似的。我感觉我的心快跳出嗓子眼了。我用力扯了扯自己的衣领，感觉我穿太多了。我怕等他走到队尾时，我已经把脚下的积雪融化了，那会让我显得矮上一英尺。索菲娅像在学校舞会上被不情愿地配了对一样，伸出一只手拥抱了他，并例行公事般地说了一句"欢迎回来，迈克"。这句话让人眼前一亮，因为我哥这辈子有很多名字，比如米奇、康纳斯、汉姆、被告，但没有人叫过他"迈克"。当他走到露西身边时，她已经咬掉了一半的口红，她一下子倒在他怀里，好像鞋跟掉了似的。她把头埋进他的脖子边，低声说着什么。我是唯一因为离得近而能听到迈克尔回答的人，他说的是"别在这儿。"她收拾好情绪，站直身子，抽着鼻子快速地吸气，想要表现出平静的样子。索菲娅把手放到她背上。然后迈克尔来到队尾，站在我面前。

"埃尔恩。"他伸出手，他的手指和监狱一样脏，指甲缝里嵌着泥。他和善的笑容极富感染力，我说不清他是很高兴见到我，还是他在监狱的戏剧社团中获得了出色的演技。

我拉着他的手，半天才说出一句"欢迎回家"，尽管我不确定他是不是也同样欢迎我。

"凯瑟琳一定有很多计划，但我希望我们能找个安静的地方喝点啤酒什么的。"他说。这句话在我听来，就是在问钱的事情，但他的语气好像又不是这个意思。我意识到索菲娅正在看着我们，想要听清我们在说什么，我怀疑她刚才过来安慰露西实际上是为了靠近我们。"我有一些话想对你说，我觉得我欠你的。希望你能接受我的邀请。"

如果你换一种表达，比如把"欠"和"想对你说"这样的词换掉，他说的话就会变成威胁，但他的声音却非常……谦逊，这是我能想到唯一可以描述它的词。我所想象这次见面会发生的所有事情都没有发生。我在努力调和我面前的这个人和我脑海中的那个人的形象：一个充满愤怒、痛苦和报复的人。我想这可能是给其他人看的一个幌子，当我们单独在一起时，面具就会掉下来，但这并不像一个骗局。你可以说这是兄弟情或者血缘。我带来了一袋现金，希望他能听我解释。他带来了握手和微笑，也抱着同样的希望。

我点头的速度快赶上露西呼吸的速度了。我设法从我的屁股和舌头之间的某个地方挤出了一个字——"好"。

这时，货车的驾驶员门打开了。当迈克尔从乘客座位上走出来时，大多数读者就应该想到会有这一幕。

"真是漫长的车程。"埃琳说着伸了一个懒腰，"这里的咖啡怎么样？"

13

事情如你所见，但它确实没有重要到需要中断我的讲述。我们都知道驾驶座上坐着谁，也没法不知道，因为露西已经来了，凯瑟琳也不可能不把接迈克尔这种大事提前安排好。所以看到埃琳从车上下来没什么好意外的，看到她和迈克尔在一起也没什么好意外的。

先别急着指责我迟迟不说埃琳也在车上，因为埃琳就是这种自带悬念的体质，更准确地说，是埃琳不想让迈克尔的到来变得更加尴尬，所以她选择在迈克尔挨个儿慰问所有人时待在车上。

我是在迈克尔入狱六个月后发现的。我觉得我是第一个，之后家里其他人才渐渐都知道了。不过我总会想象，露西和我是在同一个时间发现的——她穿着睡袍，兴奋地拆开一个大大的黄色信封，信件有被拆开、取出和重新封好的痕迹，所以她知道是从监狱寄来的，而与此同时，我妻子在一顿平平无奇的早餐时对我说，她打算花更多时间和我哥迈克尔在一起。

好吧，这句话是我从她嘴里套出来的。

如果你对我的用词感到好奇，好吧，我吃的大部分早餐都是平平无奇的，我从来不觉得一顿有那么多奶制品的饭会有多戏剧化。在我这一辈子里，只吃过三顿意义不凡的早餐，其中的两顿我已经讲过了，另一顿涉及精子的问题，这个得留到咱们更熟悉了之后再细聊。

人们常常谴责那些失去了火花的婚姻。就好像每段婚姻有一股超自然的能量，可能操作不当也可能失去掌控。但这件事也可以这样解释，如果我的妻子和我被判有罪的兄弟单凭电话和电子邮件（因为没人去探监）就可以培养出一段感情，而我对此却毫无察觉，那是不是可以说，我们的婚姻已经结束了。别让我在这里把她描述成一个坏人，因为她并不是，而且我们的感情已经结束了，就是这样。迈克尔来找我的那天晚上，他的后备厢里装着一具尸体的时候，我们就已经分房睡了。否则她很可能会看见我扔在床上的那些钱。但我们之间的问题不在于火花，而在于打火机、打火石或者火柴，而且它们不是被弄丢了，而是被拿走了。也就是说，不是我们之间的火花没有了，而是我们再也找不到制造火花的工具了。

那天早晨吃饭时，她轻声说："我不想让事情变得奇怪。"她说话的时候在转动着手指上的结婚戒指。那一幕在我看来，与其说预示着一段婚姻的崩塌，不如说证明她瘦了太多。一个人短期内胖了还是瘦了，最能从脸和屁股上显现，但如果单从手上就能看出来的话……我知道我俩都在变得消瘦。在过去，如果我想要把戒指从她手指上撸下来，基本和启动电锯一样困难，如今那个戒指却可以在她手指上轻松转动，我不禁开始反思，我究竟对她做了什么。别误会，我们之间没有暴力相向，没有尖叫着对打，也没有相互扔盘子。但我们已经达到了那种地步，就是连共处对彼此都是一种折磨。如果她没有转动戒指，我的反应也许会不一样，但她转动了，所以我说了。

"你可以想做什么就做什么。"我说。

她冲我笑了一下，但她的目光表明了她并不是真的想笑，然后她对我说，先不要告诉露西。

我觉得没必要再问她什么，早餐不是合适的时机，至于后来，我也没有再问。我当然会思考这件事。有时我在想，她是不是就是喜欢刺激。我曾经读过女人爱上死刑犯的故事，有的死刑犯还有好几个老婆。也许对她来说，爱上一个关在监狱里的人是一种解脱，这段关系有字面意义上的界限，使她不需要担心其他的东西，但就是那些破坏了我们感情的东西。迈克尔不会有我身上的毛病，因为他根本不会与她的日常生活产生交集。相信我，我已经经历了所有的选择。也许她喝了坎宁安家的迷魂药，而且讽刺的是，她竟还觉得这是一种忠诚。也许比起我她更相信他。也许他拥有打火石。我尽量不去恨他们，但当我感觉到恨意时，我就会想也许因为他们有一些共通之处，是我没有的，这就是命。

琢磨迈克尔的动机比较容易。我一直都认为他只是想从我这里拿走点儿什么。

埃琳从货车上下来，虽然不出乎意料，但也算是一个重大的时刻了。因为迈克尔在监狱里时真的没有访客，这说明他们之间没发生过超出友谊的事情。这个周末不仅是我第一次看见他俩同时出现，也是他们第一次见面。他们的关系是一个谜，我们每一个人对它真正的意义都抱有不同看法。你可以说我是一个宿命论者，也可以说我就是懒，反正我很乐意听天由命。我考虑过他俩在一起，但还没有到把他们看作一对儿的地步。对于有着一柜子没拆标签的衣服和紧急信号灯一样红的口红的露西来说，她明显是觉得事情依然有转机。其他人的态度似乎都在不相信和接受之间，只不过程度各有不同，大部分人还是持怀疑态度。

回过头来想一想，我并不像我在这里描述得那么满不在乎，因为我确实想到了他们有没有在一起过夜的问题。埃琳那天早上才去库马监狱接迈克尔，从那儿到这儿的车程大约两小时。昨天晚上，她理应住在我设想的那个床单脏乱的汽车旅馆里。我不知道为什么这事很重要，毕竟，谁会在乎他们有没有一起过夜呢，但我得承认，这件事突然出现在我的脑子里。我会在这里提到这一点，是因为我觉得如果我想过这个问题，那露西可能也一直在想。

埃琳比迈克尔更加高效地绕了半圈，一部分原因是她需要握手的人比较少，像露西就大张旗鼓地开始系上了鞋带。当她走到我面前时，我伸出了手。

"真不赖。"我说。这是一个属于我俩的梗。我在试图博她一笑。

但她不仅没有笑，反而握住我的手，把我拽进一个冰冷的单手拥抱。她呼出的热气吹在我的耳边，只听她低声说："那是家里的钱，埃尔恩。"

她说得很急切，这句话是她跟别人学的。埋葬艾伦的那个晚上，迈克尔也曾对我说过同样的话。这是咱们家的钱。我知道他是什么意思。钱是他搞到的，他为此而杀了人。他是在宣示主权，如果我保持沉默就会有我一份。我说不清我指望埃琳会对我说什么，也许是道歉的话，或者当她凑到我耳朵旁边时，我以为她会说一些挑逗性的话，或者两者兼备——挑逗性地道歉。但我万万没想到，她竟然成了迈克尔的传话筒，而且就在迈克尔刚刚说完他欠我一杯冰镇啤酒之后。那是家里的钱，埃尔恩。这里面是否有潜台词，如果我不配合会怎么样？我不确定。她的目光非常真诚，没有威胁的神色，可能只是单纯地提醒。没等我想好怎么回应,她就走了,我也不好当着大家的面追问。

我们这群人很快分成两拨。露西和索菲娅围着迈克尔和我,露西多半是不想让迈克尔离开她的视线,索菲娅大概是不想让我在没有决定把钱分给她之前说破钱的事情。埃琳跟我母亲和马塞洛站成一组。我试着解读我母亲的表情,并尽量装作毫无兴趣。她的表情在我眼里非常陌生,因此我认定她现在一定是温和而欢迎的态度。凯瑟琳加入了埃琳的队伍,安迪暂时滞留在中间,然后飘然走到了我们这边。

迈克尔也许意识到了,接下来需要由他来打破僵局,如果他不说话,其他人就不会开口。于是他给我们讲起他怎么逼迫埃琳在沿路的每一家加油站停车,好让他能在每一家都品尝到不同的巧克力棒。

"哪家的最好吃?"我暗下决心,要用迈克尔对待我的友善态度对待他,所以我想我应该试着接话。

"结果还不确定。"他点点头,然后拍了拍肚子,"我还需要更多数据。"

露西的笑声震耳欲聋。

"怎么租了辆货车?"索菲娅问,"你应该明白邀请函里的'山林小屋'是什么意思吧?我很佩服你们能开上来。"

"本来是订了一辆面包车的,但租车公司的订单爆满,只有这一辆了,不然我们就得开埃琳的两厢车,那车又装不下我的东西,因为我的仓库明天续合同,我快要被这个仓库榨干了。所以我基本把客厅都装在这辆车上了,我俩也有点担心,但它还真是有点力气。"

"你竟然带着扶手椅去看雪?"安迪笑着说。我仍然在消化他说的"我俩"这个词。

"换作是我，我宁愿多付点。你把全部家当都带来，就是为了省钱吗？"索菲娅问。

"我觉得没什么问题。"露西嘀咕道，"我以为你大部分东西都在我——"

"都是别人的东西。"迈克尔没有理会她，"再说了，我俩肯定先要确认他们给一个合理的折扣。下周我会去收拾自己的东西，所以还要多保管它们几天，这么看来，冒险上这一次山也值了。"

"需要的话，你可以把东西先放到我家。"我说，一方面为了不让空气凝固，另一方面是因为我没有仔细在听，我有一只耳朵竖着在听埃琳和凯瑟琳对话的只言片语。一个小提示：说悄悄话时不要使用太多"s"，因为这种嘶嘶声很容易在空气里传播。我听见凯瑟琳说"分房"。但我不确定她说的是问句还是陈述句。我希望这个词没有进入我的耳朵，但它确实刺痛了。我这才反应过来，迈克尔和索菲娅正在好奇地盯着我，我花了一秒钟才反应过来我刚刚说了什么，而我反应过来之后，还以为迈克尔会说："我已经放进去了。"

然而他却说："我考虑一下，兄弟。"

"我戒烟了。"露西插话道。

迈克尔看着她，就像父母看着一个打断他们酒局的孩子做了一个后空翻一样，他说"不错"，实际上却是在说"走开"。"跟我说说，这里有什么好玩的？实话跟你们说，我特别想试试这里的餐厅和酒吧，但我也不想整个周末就在室内窝着。"

安迪和我异口同声地说："屋顶上有按摩浴缸。"

"各位！"马塞洛把我们叫过去。露西做了一个堪比 F1 赛车超车的动作，从安迪的一边挤到了迈克尔旁边。索菲娅和我慢悠悠地跟在后面。

"你脸怎么红了?"索菲娅故意问道,"见到大明星不好意思了?"

我摇了摇头。"我有点不在状态,完全没想到见面后会是这样。"

"我也没想到。"索菲娅吸了吸鼻子,说,"Cuidado。"尽管我不会说西班牙语,索菲娅有时还是会甩出来几个单词。不过这个词我还是知道的,她以前也说过几次,意思是"当心"。

我们赶上马塞洛他们,迈克尔缓缓走到埃琳身边,埃琳不声不响地把手伸进了他裤子的后兜里。我俩是夫妻的时候——不好意思,我俩现在还是夫妻,严格来说是我俩在一起的时候——埃琳可不喜欢在公开场合秀恩爱。埃琳是在单亲家庭长大的,她的父亲会背着人打她,当着人拥抱她。这样灰暗甚至暴力的童年经历,让她很难把过分的爱的表达看作真情实意的流露,她觉得那不过是一种表演,她不信这个。我提到这点,是因为我们很少在公开场合接吻,当然也不热衷于任何涉及后兜的动作,她顶多就是把手掌放在我的后腰上。在我眼里,她对迈克尔表达爱意的行为就是做给别人看的,甚至就是一种占有,只不过我不确定她针对的是我还是露西。也许是嫉妒让我想多了,也许只是我哥的屁股长得不错。

"我们决定,"马塞洛以足够让这群人都听见的音量对着迈克尔和埃琳说,"趁着大家都在一起,我们应该告诉你们一些事情,省得你们从别人那里听到。"

"我不确定……"

"拜托了,露西。迈克尔,我们这个周末最不希望的事情,就是让你承受太多的压力。但是我们要么就现在一起告诉你,要么就等着谣言散播。"

我母亲边听边点头，一般来讲，这比马塞洛的话更有分量。迈克尔快速朝我们看了一眼，但我可以发誓他是在寻找我。也许他认为马塞洛接下来要说的话与钱有关，或者与他和埃琳有关。

"发生了一起事件。"马塞洛说，"今天早晨，有人在这儿发现了一具男尸。那人好像是半夜迷路，在外面冻死了。"马塞洛环视着所有人，视线最终落到索菲娅身上，好像是让她不要说不该说的话。"就是这么简单。"

"所以警察也来了。"迈克尔猜测道，"我在维修棚那边看到一辆巡逻的SUV。我当时没多想，不过我现在明白了。好吧，那哥们儿挺惨。"

"还有一件事你也需要知道。"这次是索菲娅在说话。

露西转身对她怒目而视。马塞洛清了清嗓子，想劝她别说。但迈克尔朝他的方向举起一只手掌，我想纯粹是因为马塞洛以前从未遇到过这种情况，所以他刚要说话就闭嘴了。我发誓，他合上嘴的声音都在山谷中回荡。"他们不知道死的人是谁，很明显不是住在这里的人。现在没人真正在负责调查这件事，但许多警探都在来的路上，他们可能会进行一些审问。"

大家都附和着点头，为索菲娅刚刚学会的得体深表敬意。但我不吃这套，我觉得她是在故意惹迈克尔发火，什么"警探"，什么"审问"，她就是想要吓住他。

"警探还会专门为了冻死的人特意赶过来？"埃琳不由自主地说。说完她自己觉得不合适，担心地看了一眼迈克尔。索菲娅双唇抿成一道缝，脸上带着笑意。她已经埋好了她想埋的雷。

"如果你不想待在这儿，我们可以换一个地方。"我们的母亲说，"我们想让你来决定。"

"没什么好担心的。"马塞洛说，"从我的经验来看，在监狱里是一个相当好的不在场证明。再说这儿的那个警察，不是我们所说的那种有经验的人。一具尸体就把他吓傻了，所以他只能等着他的上级来。那些人会来，但待不了五分钟就会离开。"

"咱们定的住宿——"凯瑟琳开始说话了，我知道她喘完这口气就要说"不能退款"这四个字。

"警察叫克劳福德。"我插话道。

"对，是克劳福德。"凯瑟琳说话的语气表示这不值一提，"但他的肩上没有城里警察那样的筹码。看来坎宁安这个名字已经不像以前那样流行了。"

"至于现在的那个警察，"露西直接跳到了安抚环节，因为她想得很清楚，如果我们一伙人解散了，她就离永远失去迈克尔只差一百块钱和一间汽车旅馆的房间了，"基本等于摆设，他也不问问题，我们很少看见他。"

"你们说的那个什么都不做的警察，"迈克尔说，"是他吗？"他指向宾馆的台阶，克劳福德警官正从上面下来。他急匆匆地走到我们面前，从我们这些人的脸中找出那个新来的面孔。然后他注意到了我哥。

"迈克尔·坎宁安？"

迈克尔开玩笑似的举起双手，说："罪人在此。"

"很高兴我们达成一致。你被捕了。"

14

凯瑟琳说得没错,坎宁安这个姓氏已经不像过去那么有威力了,否则克劳福德警官在大步走向我们这一圈人时,也许就会多考虑一下个人安危。

"你知道你在做什么吗?"露西是第一个爆发的。她冲到迈克尔前面,形成了一道物理屏障。

"这里一定有什么误会。"凯瑟琳说。她走到露西身边,安迪也不情不愿地被她拽了过来,进一步加强了防御。

"大家都冷静一下。"安迪说,挤出一个嘴角抽搐的笑。别忘了,他是坎宁安家的女婿,所以他的身上依然保持着普通守法公民对警察的敬意。

"闪开。"我注意到从克劳福德左手手腕上耷拉下一副手铐,就像一条倦怠的鞭子。

"麻烦您——"我母亲发话了。虽然她的声音还没有高亢到能够起到拦截作用,但语气中的狠劲儿却足以形成抵挡。"让我们这一家子他妈的安生点吧。"

我瞬间相信了曾经读到过的那些关于母亲为救孩子而把汽车扛起来的报道,反正就是他们爱写的那些东西。

"奥德丽,"马塞洛在一旁安抚她,"这样是没用的。"他上前一步,把手腕上的劳力士"介绍"给克劳福德警官认识了一下。

"我是他的律师。咱们进屋坐下来，把事情说清楚。"

"我得先把他铐住再说。"

"你我都知道执法不是这样的。他刚到这里，怎么会——"

"爸，"迈克尔说，我一下子都没反应过来他这是在跟马塞洛说话，"没关系。"

但马塞洛已经进入状态了。"就因为你是这个度假村里唯一的警察，你就胆敢在这里实施管制？我知道现在的情形让你很不舒服，某个人失去了父亲、兄弟或者儿子，我的家人和我愿意进行非正式的问话，协助你的调查工作。但如果你在暗示这里有什么犯罪行为……那么……这无非是一种无端指责，我们完全不能接受。你的指责源于家族历史，我们会控告你。如果你准备拘留他，你得拿出个说法，也得正式提出控诉，这两样你都没有。由于我只提供六分钟的义务法律服务，我觉得我们的时间已经用完了。你的问题解决了吗？"

马塞洛还没结束他的长篇演说，我就产生了一种想要道歉的冲动。但克劳福德毫不退缩。"没解决。鉴于发生的是一起谋杀案，我有权行使自由裁量权。"

所有人都不可置信地重复着"谋杀"这个词，掀起了一阵关于谋杀的低语。我发现索菲娅笑了一下。马塞洛攥紧了拳头。我母亲不是一个会倒抽一口气的人，但她也用手捂住了嘴。

"你刚刚说的是一起事件。"迈克尔直接说了出来。

"你完蛋了。"马塞洛对克劳福德咬牙切齿地说。这种法律用语连我也听得懂。"毁在我手里的人不多你这一个。"

"我对付过的人也不多你这一个。"

宾馆门砰的一声打断了他们之间的对峙。一个和我岁数差不多的高个儿女人来到了室外的平台上。她的脸被晒成了褐色，但眼睛周围却很苍白，一看就是戴滑雪镜戴的。她露着两条胳膊，只穿着T恤和马甲，好像这寒冷的天气跟她没关系似的。我认出她就是那个开着水陆两栖路虎车，帮我安装防滑链的人。

"需要帮忙吗，警官？发生这样的事，大家都很紧张，你们在这儿吵什么呢？"

"跟你没关系。"马塞洛说，他已经疲于开展另一场争辩了。

"这个度假村是我开的，所以我觉得跟我有关系。"

"好吧，既然这样，那能不能请您让这位大侦探波洛停止骚扰您的客人？您要是真想抚平恐慌，就不要让他再到处宣扬'谋杀'这个词。"

"我倒是头一次听到'谋杀'这个词。"度假村的老板冲克劳福德挑起眉毛，"真的吗？你是说'绿靴子'？"

同样是以颜色作为代号，"绿靴子"明显要比"黑舌头"更好理解。"绿靴子"是人们对葬身于珠穆朗玛峰登山者的称呼，由于在珠峰上移动一具遗体危险重重，所以他的遗体会被留在路边，脚上荧光绿的靴子会成为登山者的地标。尽管今天早晨被发现的尸体没穿绿靴子——我知道是因为我当时抬着他的左脚——但他们显然已经把这个名字作为这位冻僵的神秘客人的代称了。

"我有理由相信，他死得很蹊跷。"

"因为什么，因为她吗？"凯瑟琳的音调可谓"先抑后扬"，前半句难以置信，后半句她是指着索菲娅说的，嗓音一下子提了上去。"你找个萨满巫师都能比她的医学意见专业。你跟他说什么了？正经的警探什么时候到？"

"我是医生。"索菲娅跟克劳福德保证。

"我们是不是准备一直忽略这个事实？就算这起命案很蹊跷，但迈克尔可是有不在场证明的。"

"爸，让我——"

"让我来，迈克尔。你确定你要一条路走到黑吗，警官？你的怀疑不过是基于你挖掘出来的犯罪记录，或许还有一点家族历史，以及你对警徽的忠诚，因为你们身上都流着同一种血什么的。你的偏见不仅人尽皆知，而且使你看起来像个傻子。你倒是告诉我，迈克尔今天早晨才从监狱出来，他怎么会跟这件事有关系？"

所有人都因为马塞洛的爆发而大气不敢出。克劳福德逐一看过我们，我觉得他在试图寻找哪怕是一丁点的支持。我躲开了他的目光。连索菲娅都在看着自己的脚趾：就算她相信"黑舌头"和"绿靴子"，她也清楚一个人在大红脸的时候会怎么样。

"来吧。"马塞洛说。他拉起奥德丽的手，准备进宾馆。

但迈克尔站着没动。他和埃琳交换了一个紧张的苦笑。

不是我要刻意渲染，但最终的消息如同晴天霹雳。

"我之前也是这么想的，"克劳福德说，"你想自己告诉他们吗，还是我来说？"

"我没有伤害任何人。"迈克尔举起双手，朝克劳福德面前走了几步，"但我很乐意配合你找出真凶。"他说这句话的时候一直看着我。

"迈克尔！住口！警官，他不知道自己……"

"他不是我的律师。"

"你在干什么？"奥德丽走回来，把手放到他的肩上，"你昨晚还在库玛。没关系，你告诉他就是了。"

"外面太冷了，妈，咱们进去说吧。"

"你只管说这一句，说出来，告诉他。"她的另一只手握成拳头，开始捶打他的胸口。好像这样就能使他说出来。接着，我觉得是在寒冷和疲惫的双重作用下,她缓缓地跪下,瘫在雪中。迈克尔想把她搀扶起来,但他除了让她慢慢地坐下,什么也做不了,她就那样坐在雪里。克劳福德、索菲娅和我赶紧上前想搀她起来,但她把我们都打走了。凯瑟琳和露西一起冲克劳福德警官大喊,指责他把一位老人扔在寒冷里。

"坎宁安夫人,"克劳福德说,他的声音很响亮,足以让这群闹事的人安静下来,"迈克尔昨天下午就出狱了。"

昨天?我现在都记得真相仿佛缓慢蔓延的拂晓一般逐渐在我脑海中成形的感觉。这就意味着——

迈克尔迅速扫了一眼埃琳。我觉得我看见露西的脸垮了下来,第一片雪花落到了我的睫毛上。

"好吧,这不在场证明并不完美。好的。好,所以他当时没在监狱里。没问题。"马塞洛一边想把奥德丽拽起来,一边脱口说出了他的思考过程,他想要找到最佳方案。"但那并不代表他当时在这儿。亲爱的,你不能待在这儿,你身上都湿了。这样的话,你只要告诉我们你昨晚在哪儿就好了,迈克尔,然后事情就了结了。"

"我还是跟你走吧,警官。"

咔嗒一声,手铐落了锁,克劳福德给了迈克尔一个安抚的眼神。尽管这位警官还没弄清迈克尔隐瞒事实的动机,但他已经看出迈克尔的选择是为了减少伤害。我注意到他把手铐铐得很松,可能没松到能够挣脱的地步,但也确实不带威胁的意思。他转而向老板求助——你看,我知道按照事情的发展顺序,老板此时还没有告诉我她的名字,但这就让我很难办了,所以我准备先叫她朱丽叶,因为她很快就会告诉我——他说道:"为了保证其他客人的安全,我需要把他单独关押。"

"无论你把他关在哪儿,他都能出来。这儿没有房间或小屋只能从外面反锁,否则就会有火灾隐患。"朱丽叶回答说(看,我告诉过你,这样会容易很多),"我们这儿是旅馆,不是监狱。"

"烘干房怎么样?"露西说。她的脸比现在的天都黑,声音嘶哑,因为生气,话都有些说不清。我后来会知道,但她当时一定就知道,烘干房不过是衣橱大小的一个房间,里面放满了靴子和条凳,以及挂大衣的衣架,闻上去一股潮湿发霉的气味,还有那种你只有在穿着防水又闷汗的防水服时才能闻到的汗味。这是一次小小的报复,但也是她在得到通知后,这么短的时间内能想到的最佳方案了。她用沾沾自喜的语气补充说:"我看外面有一个门闩。"

"唔,烘干房可不是人待的地方。"朱丽叶说。

克劳福德抬起头,伸出一只手掌,看着几片小雪花落到手掌,随即融化了。他想赶紧把这件事处理完,然后回到屋里。他一脸歉意地转向迈克尔说:"只需要几小时。"

迈克尔点点头。

那一刻我突然想到,这正是埃琳替迈克尔辩护的最佳时机。如果监狱不能作为迈克尔的不在场证明,那么她可以。反正大家都知道他们当时是在一起的,那么他们二人的良宵又是如何度过的呢?结果她什么都没说,于是我意识到,不管他们想对别人隐瞒的是什么,这件事都重要到让迈克尔宁愿被当成嫌疑人关到烘干房里也不说。这就由不得我不好奇了。

"你这身警察本事是跟谁学的?"要不是我母亲还在他的肩膀上靠着,马塞洛也许早就把克劳福德揍了,"没一样合法。"

出现在这类书中的警察,不是唯一的希望就是最后的救星,但他们也有性格特征之分,比如有循规蹈矩的,也有打破常规的。克劳福德似乎还有更多的惊喜。

"我很乐意配合。"迈克尔重复道。

"没事的。"埃琳说着,给了他一个拥抱。她的手顺着他的脊柱,一直摸到了他的裤子后兜,不是上次被我看到的那一边。

然后他们一起向宾馆里面走去。我跟在后面,属于被人群带着走的。马塞洛把奥德丽托付给索菲娅,然后保持着和克劳福德一样的步调,他一直在对克劳福德说话,所用的语言在我听来极其生动,不仅包含丰富的法律词汇,还有生动描述细节的脏话。

"我需要你给我一些空间。"克劳福德站在楼梯顶上说,他的语气非常严厉,一听就是打破常规的那种警察。他在对马塞洛说话,但我们都停下了脚步。因为我们正站在楼梯的不同台阶上,所以感觉像是在舞台上演戏,或者在摆拍一张婚礼纪念照。"先暖和暖和,我们待会儿再说。"

克劳福德把手放在迈克尔背上,把他引向门口。

"没有我在场,你不能和他说话。"马塞洛最后蹦出一句。

"那个人不能代表我。他不是我的律师。"迈克尔说。然后他转过身,举起了戴着手铐的手腕,两手的手指交叉握紧,只留下两根食指,他用两根并在一起的食指指向我,说:"他才是。"

14.5

没错，一下子发生了许多事，所以我们先来快速回顾一下。

我知道这么做有点怪，但我希望我们了解到的信息是一致的。如果你对自己的认知能力有信心，你也可以跳过这一节。

一般来说，这类书都会先选出一群堕落的人，每个人都有自己的背景故事，然后把他们关到一个与世隔绝的地方，之后就会出现一具尸体，他的死可以与每个玩家的背景故事中的某一点有牵连，每个人都有作案动机。我自然也不例外。

背景故事：三年前，我哥迈克尔来到我的住所门前，他的车后座上躺着一个叫艾伦·霍尔顿的人。艾伦死了，然后他又活了，然后他又死了。尽管我知道，在我父亲抢劫加油站被射杀后，我的家人就对警察极度不信任，我这么做很有可能被逐出家门，但我还是选择站在法律的一边，告发了我哥。

事发地点：我们所有人相聚在云顶小屋山林度假村欢迎迈克尔出狱，这里是澳大利亚海拔最高的自驾游住宿地，一场暴风雪即将且必将来临。但请不要认为我们会像那些俗套情节一样被困在那里，因为我们没有：我们只不过是一群优柔寡断的抠门儿鬼。

当然了，我猜我们现在确实有一些被困在那里的意思，因为迈克尔被关进烘干室，我们不能把他落下——但这是接下来几个章节的重头戏，我们现在只是回顾。

全体成员：我母亲奥德丽，她因我们家庭目前的分裂状态而责备我；马塞洛，我的继父，知名的加西亚·布罗德布里奇律师事务所的合伙人，手腕上戴着大学学费，在迈克尔的谋杀案中为他辩护，却不接索菲娅的过失案；索菲娅，马塞洛的女儿，也是我的继妹。她至少需要五万块钱，也许是与可能使她失去医疗执照的渎职诉讼有关，她是一名外科医生，除其他成就外，还负责马塞洛的肩膀重建；凯瑟琳，我那组织能力极强的戒酒阿姨，整个周末的活动最先就是她提出的；安迪，凯瑟琳的丈夫，他戴着结婚戒指的心态就像有些人戴着紫心勋章[①]一样；露西，迈克尔的前妻，在审判期间一直支持他，但他们在他入狱时离婚了，因为他与……；我的现任妻子埃琳，虽然我们分居了，但她在我哥的信中找到了慰藉（而且，显然，她在他的怀抱中度过了一夜），我想这是相当明显的，过去的一些创伤把我们分开了；迈克尔，他那天早上谎称要出狱，之前让我照看一袋二十六万七千元的现金；店主朱丽叶，集道路救援和礼宾于一身；达利斯·克劳福德警官，这个警察太不自量力了，他可能刚从地球的另一头来，现在飘得很；还有我，与家人分道扬镳被一袋牵涉命案的钱困住。这就是全部出场人员了。我想我们都够格能称得上是一群堕落之人了。

尸体：今天早上，有人发现一名男子死在白雪覆盖的高尔夫球场中央。索菲娅认为这是一个名为"黑舌头"的连环杀手所为，而且受害者并不是冻死的。据露西说，酒店的客人名单中没有人失踪。如果你认为她告诉我这些显得可疑，那我可得提醒

[①] 紫心勋章：Purple Hearts，美国授予作战负伤的军人的勋章。

你，朱丽叶，作为老板，可以接触到客人名单，她给这个无名尸体取了个"绿靴子"的代号，这意味着露西的八卦消息显然是正确的。这让我们并没有足够的杀人动机，与死者产生什么关联，毕竟我们都不知道他到底是谁。

这里有一些我想在此强调的重要线索：

1. 索菲娅在我的小屋时，有人正在她的小屋，那个人往我的房间里打了电话。

2. 索菲娅也是唯一有不在场证明的人，因为在"绿靴子"死亡的确切时间点上，她和我正待在我的小屋里，严格意义上讲你不应该知道，但我反正告诉你了。

3. 马塞洛取消了晚餐，因为我母亲身体不舒服。我整晚和安迪、凯瑟琳和露西都没有联系。

4. 索菲娅、安迪和我看到了"绿靴子"的脸，鉴于克劳福德并没有一上午都抱着一个敞开的棺材给大家看，所以我们可能是为数不多过的人。我们都不认识他。

5. 我仍然不知道那袋钱是哪里来的。但我马上就会意识到，可能有人在找它。

6. 共有三组脚印走到了"绿靴子"旁边，但只有一组走了回来，而且昨天夜里没下过雪。

7. 露西对化妆的品位仅次于埃琳对男人的品位和迈克尔对适合地形的车辆的品位。

8. 我当然记得我在前面提到过我有"两个兄弟"。

9. 迈克尔宁可被怀疑成谋杀犯，也不愿透露他跟埃琳前一天晚上到底在哪儿。

10. 距离下一起死亡事件还有69页。

而把这些串联在一起的人是我。一个写教别人如何写书的人，一个没有任何法律背景的人。就是这么一个人，出于一些自己都没能领悟到的原因，以及不怎么合法的程序，刚刚被任命为一个谋杀案嫌疑人的律师，假设露西说的那些夸张的前提是真的，那么这位嫌疑人还有可能是个连环杀手——而这个人本来应该很嫌弃我才对。

如果你觉得我做到了公平行事，那我们就继续吧。

15

本来我很容易就能赶上奥德丽，但当时我们一群人同时涌入门厅，我觉得还是等大家都散了再说。迈克尔在被带去烘干室之前对我说，等他有时间思考，他会派人来叫我的——他原话确实就是这样说的，听着好像我是替国王解闷的弄臣一样。要我猜，他无非是想编造出一个令人信服的不在场证明罢了。

除我以外，大家都散去，回到了酒吧、餐厅或自己的房间。迈克尔被捕了，这对于其他客人来说无疑是一场好戏：许多油腻的脑门弄脏了前窗的玻璃。马塞洛带奥德丽上了楼。他用没受过伤的那个胳膊揽着她，把她裹进自己的大衣里，用令人宽慰的语调说着话。我母亲还没有老到上楼梯都费劲的地步，但已经和扶手成了好朋友，因此他俩走得很慢。我心里多少指望着马塞洛会追过去，劈头盖脸地指责克劳福德一顿，但他放弃了正面冲突，而是开始猛按手机（电量：不明）。我猜想他正试图想要找到信号，然后一个电话打过去，让克劳福德直接丢掉饭碗。

我一直等他们走到一楼楼梯平台，才觉得地方大小差不多合适，能把他们堵在那里聊一聊。毕竟我已经很久没有和我母亲面对面说过话了，她可能知道些什么。

我正要跟上他们，有人从后面把手放到我的肩上。虽然动作不大，但我还是被轻微地向后拽了一下。我转过头，看见凯瑟琳对我抱歉地一笑，就是那种当人们对他们所说的话感到过意不去时会做出的表情。凯瑟琳每次在聚会上说他们夫妻有事要先走时，这种表情都会出现在她身后的安迪的脸上。

"现在是最好的时机吗？"她问道。这正是凯瑟琳会问出的问题，充满着关心和负责的态度，但同时也给人一种居高临下的感觉。没错，凯瑟琳比我母亲年轻了足有一轮，但她已经开始对她轻言细语地说话了。她这么做绝对没有嘲弄或者虚伪的意思，但原因却是明摆着的：她觉得我母亲上了年纪。

"哦。"我郑重地点了点头，表示同意，"我觉得也是，咱们再等上几具尸体也不迟。"然后我记起自己答应过安迪要温和一点。不管怎么说，她只是想要帮我。我的语气软下来，解释道："我要是想帮迈克尔，就要尽可能多地去了解情况。迟早我都得跟她谈谈。"

凯瑟琳似乎勉强接受了我的解释。"就是想让你注意点儿，别惹恼她。"又来了，担心奥德丽虚弱的神经而不是她的人生幸福。"话又说回来，如果她愿意跟你说话，可能也就不生气了。"

"我必须得试试。"

"所以你准备怎么问？"

"不知道。跪着问？"我说着耸耸肩，"说到底她是我母亲，我得激发出她的母性。"

凯瑟琳笑了，我不知道她是在打击我还是在同情我。她把手从我肩上移开，不再向后拽我了。"如果这就是你的全部计划，那我希望你带通灵板来了。"

* * *

奥德丽正在阅览室里翻着一本玛丽·韦斯特马科特[①]的小说，但并没有真的在看。她坐在一把红色皮椅上，椅子的靠背很高，上面装有饰钉，这把椅子对于阅读一个小说的收场来说真是再完美不过了。虽然门上写着"阅览室"，但这个房间确实是爱书者的噩梦：一屋子受潮发霉的黄色平装书，书页脆得像薯片一样，摆在用古旧的木质滑雪板做的书架上。屋角最受宣传册喜爱的石头壁炉里余火未尽，噼啪作响，设计师似乎全然没有意识到纸书的易燃性。炉火让整间屋子过于温暖，屋里潮湿的气味也因此比旅馆里其他地方要淡一些。壁炉上该放枪的地方放着鸽子标本和装裱好的战争勋章——这肯定不是契诃夫的风格——如果让我用这些玩意儿杀人，未免过于窘迫。

一看见我，我母亲就合上书，起身转过去，假装正忙着从滑雪板架子上挑选这位 W 女士的其他作品。

"奥德丽，"我说，"你不可能一辈子都不理我。"

她把书插进书架——依我看这本书被分错类了，玛丽·韦斯特马科特是阿加莎·克里斯蒂的笔名，不过一个名字又能说明什么呢？——她转身看见我挡在门口，皱起眉头。

"来看好戏了？"她双臂交叉在胸前，"想告诉我你早就看透他了？"

"我来就是想看看你好点没有。"

过了一秒钟——在此期间她要么是在思考我的目的，要么是在准备她那天没来吃晚餐的借口，我说不准——然后她从鼻腔中发出一声嘲笑。

"我能照顾好我自己。"她在回避，流露出对于被过度关心而

[①] Mary Westmacott，即英国侦探小说家阿加莎·克里斯蒂的一个笔名，以该笔名发表的六部均为情感小说。

产生的挫败感，这一点无疑被她视为是对于她个人独立性的威胁。我能想象，凯瑟琳最近肯定没少用她的年龄和身体来刺激她，弄得我只是问了一下她感觉怎么样，她就觉得我是和凯瑟琳一伙的。"没别的事了吧？"她试图绕过我走开。

"迈克尔伤害了别人，妈妈。我做了我觉得对的事。"我故意在中间插入"我觉得"三个字，虽然我知道我就是对的，"我在做我觉得对的事。"

"你的口气跟你父亲一样。"她摇了摇头。这可算不上是夸奖。

我很好奇，因为很少听到她提起我爸爸。"怎么一样了？"

"罗伯特总是很有理，每次抢劫都是大生意，都是最后一次。按他的说法，他每次的行为都该得到赦免。"

"赦免？"我父亲并没有得到赦免，他死于一场和两名警察的枪战，他杀死了其中一个。除非她的意思是，他每次犯罪都会给自己找一个正当理由，他相信那是为了他的家人，非得那样做不可；他也相信自己是个好人，干完就能收手。这和露西抽烟是一个道理。"爸爸是个坏人，你知道的，对吗？"

"他是个蠢蛋。他如果只是坏，那我还能忍，但一个人如果不仅坏，还觉得自己好，那他就会因此而陷入麻烦。而现在你又逼我眼睁睁地看着你犯和你父亲一样的错误，还指望我笑着假装什么事都没有？在一家人好不容易聚到一起的节骨眼上……又要处理这样的问题。"

她的话让我定在了那里。我在犯和我父亲一样的错误？她这是在指责我和"绿靴子"的死有关吗？我被她话中的意思吓傻了。紧接着，由于我被伤到了，也由于我此前从没有当着她的面说过，我愤怒地脱口而出："迈克尔是个杀人犯。"

"他杀了一个人，就成了杀人犯？有的人杀了人还得到了奖赏，有的人杀人是因为那是他的工作。迈克尔这样的情况不少见，也没什么不同。你竟然叫他'杀人犯'？你觉得凯瑟琳是杀人犯吗？索菲娅是杀人犯吗？不管当初他为什么那样做，如果你不得不和他做一样的选择，那你现在是什么？"

"这是两码事。"

"两码事？"

"现在的事情是外面那具尸体可能会不同意你说的话。"

"迈克尔没杀他。"

"这个我信。"我脱口而出，并且马上意识到，我是真的相信。"但有人杀了他。而且就在迈克尔回来的这个星期，看上去一切未免太巧了。这事和咱们有关系，我知道的。"

我的话似乎让她很生气。从她看向我身后的眼神中，我觉得她这么激动还另有原因。

我抓住机会，朝她走了一步。我压低声音说："你知道死的是谁吗？"

"不知道。"冒着剧透的风险——她这一句说的确实是真话，"但他不是我们的人。这才是重点。"

"你还有什么没告诉我的吗？"

"所以你非得揪出一个杀人犯来，是不是？因为你一想到自己能抓到一个拿刀的或者拿枪的，明摆着是坏人的人，你的心里就能好过一点，就能不去想那些你了解到的真相，是不是？你把他找到又能如何？他会付出代价吗？如果小说里的反派在结尾死了，那没关系，说句不好听的，那是他该死。但要是把书里的人物换成迈克尔和艾伦呢？何况迈克尔的故事现在已经尘埃落定，是你把他的结局错当成了开头。"说完这番话，她停下来喘了几口气。我试着领会她话中的含义。"我们走到这一步都是因为你。

这是你干的好事。你和你父亲一模一样。他明知道会给我们留下什么麻烦，依然要把我们留下单独面对，我们为他的错误付出了代价，谁都跑不了。"她的声音里充满了怨恨，"哪怕给我们留下一样应对的武器呢？他没有。银行户头上什么都没有。而你对迈克尔做了同样的事情。"

有那么一秒钟，我以为她是在指责我拿了迈克尔的钱，我差点就想问问她是怎么知道的。但我马上反应过来，她只是单纯在说我父亲自己走了，留下我们过苦日子。实际上我们兄弟并没有那么苦，不过我也确实不知道独自把我们抚养成人是一种什么样的体验。不管怎样，也许她仅仅是做了一个比喻。

"爸爸和迈克尔一样，都是杀人犯。"我打断了她，抢着说出了事实的真相。"他俩唯一的区别就是，爸爸还是个瘾君子。"

"你爸爸不是瘾君子！"奥德丽大吼道。

"他们在他身上发现了注射器，妈。别再自欺欺人了！"

"快别气你母亲了。"一个声音从我身后传来，是马塞洛。他捧着一个马克杯，里面的褐色液体冒着热气。他半开玩笑地说着，但相当迅速地察觉到了屋子里紧张的气氛。他用胳膊给我挡到了门口。奥德丽从我旁边钻过去，不忘拿起她的饮料，快步沿着走廊走了出去。

马塞洛抬起眉毛："没事吧？"

我点点头，但我机械的动作被他一眼就看穿了。

"我知道，事情都乱了套。依我看，迈克尔显然想跟你聊聊。他那套'谁是我律师'的废话也就管用几小时，但如果咱们能把克劳福德警官拉拢过来，让他看到咱们确实是在配合他工作的，没准儿他也就愿意配合咱们了。"他看我没有放下戒心，又说，"哦，别觉得我这是认输了。过后我保证让他完蛋，我要让他彻底混不下去。但我知道什么时候该让他们上场表现，什么时候该让他们下场坐着。我先在冷板凳上观察一下。迈克尔不是想跟你谈谈吗？你应该先去跟他谈谈。咱们得帮他，而不是帮克劳福德。"

当时我脑子里想的是，说话爱夹杂体育运动类的比喻，到底是全天下继父的特性，还是只有马塞洛一个人这样。

"但你才是正经的律师，也是个好律师。你让他在面临谋杀指控的情况下只坐了三年牢——这是个相当不错的结果。为什么他还不相信你呢？"我问。

"我不知道。"他耸耸肩，"看起来他对谁都不怎么信任了。也许他会告诉你为什么。"

"当你第一次见到一个委托人时，你怎么判断他们是英雄还是罪犯？"我问，"我的意思是，我知道你得做到不偏不倚，但你一定能感觉到有的人是已成定局，有的人还有一丝希望？"

"这就是我主攻公司法的原因——我不需要担心这些。他们都是人渣。"

"我是认真的。"

"我知道，伙计。"他伸手捏了捏我的肩膀。马塞洛总是可以找到一个可以替代"儿子"的词，好像他讲不出这个词，直到现在还是这样。"伙计"是一个相对严肃的用法，是升级版的"兄弟"。"你在问你生父。"

"奥德丽说他是个坏人，他自己觉得他是好人。"

马塞洛沉思了一秒："我说不好。"

我感觉得到，他知道，但他没说。

"你们是朋友。他是什么样的人？你们很熟吗？"我自己被我问出的问题吓了一跳。

马塞洛挠了挠脖子后面。他在慢慢地字斟句酌。"对,我很了解他。"他夸张地看了一下表。这个话题让他不太自在,我猜是因为他娶了委托人的遗孀。"我得去看看你母亲的情况。"

我拦住他。"你能帮我个忙吗?"他点点头。"你手下有调查员和律师助理,在警察局也有熟人之类的关系,是吧?你能查一下'黑舌头'的受害者吗?露西说有一个叫艾莉森·汉弗莱斯的人,还有一对叫马克·威廉姆斯和贾妮娜·威廉姆斯的夫妇。只要有用的信息都行。"

他停顿了一下。可能是在犹豫是否该鼓励我沿着这条路继续往下走。"第一个人是谁?威廉姆斯夫妇和谁来着?"

"艾莉森·汉弗莱斯。"

"知道了。没问题,冠军。"他松弛下来。幸好他没有亲昵地在我的胳膊上来一下,否则我们就差一起走到室外练投球了,我可没把我的棒球手套带来。"我去打听打听。"

我没跟着他出去,而是选择在阅览室里独自待了几分钟,整理了我的思路。我发现自己正在看着壁炉上的一枚奖章,想着我母亲刚刚说过的话:有的人杀了人还得到了奖赏。那是一块深褐色的奖章,镶嵌在蓝色天鹅绒上,放在一个玻璃框内。它的下方还有一张长方形的纸条,就像在中餐厅的幸运曲奇里的那种一样,也被安放在玻璃框里。纸条上有一些点组成的网格,但不是摩斯密码,也不是任何我认识的东西。再下面是一个小铭牌,上面刻着:1944年,因在猛烈的炮火中传递救命信息而获得。奖章本身刻有"英勇勋章"和"我们也曾服役"的字样。

放松点。我并不是在浪费一百七十七字来描述一个并不重要的奖牌。我意识到我母亲看待事物的眼光有偏见,但她是对的。杀人和杀人之间是不平等的,这枚奖章就是明证。奥德丽是在告诉我，她相信迈克尔那样做有他的原因。

"这是你干的好事"，她说。在她这句尖刻的话里，我再次听出露西在房顶上想要对我表达的东西："事情本来会有所不同"。我突然意识到她说的是对的。把迈克尔送进监狱的人是我——要是愤怒的细胞在他体内转移，变成更可怕的病灶该怎么办？我为自己犯下的错误感到羞愧，就算迈克尔罪有应得，我依然无法摆脱这种情绪。我知道这些不是我的过错，但我也无法从中得到安慰。这个问题就像一扇可左可右的滑动门。我到底对他造成了怎样的影响？

因此，就在那一刻，我决定帮他。不是因为我认为他是无辜的，也不是因为我认为他是有罪的，而是因为自从我到这儿之后所有人都在告诉我的事情。

这是你干的好事。

这就是事情成为现在这个样子的原因。你可以说首先这是因为血亲上庭作证造成的愧疚感，是我母亲对我的冷漠，或是我一直被灌输的坎宁安家族的忠诚对我的惩罚，但我的良心已经承受不了了。我已经想好了：我要查下去。要么证明迈克尔是清白的，借此铺平我回归家庭的道路；要么就是达到赛点，给他的棺材钉上最后一枚钉子。你可以叫我背叛者，和警察是一伙的，但我有一种感觉，我们其中一个人跟这件事脱不了干系。事情对我来说非常简单：想让我的家庭回归正轨，我就需要找出来他们之中谁是杀人犯。

当然了，我们全家都是——我在前面已经说过。我指的是最近刚杀过人的那一个。

我的母亲

16

大雪来得很急,冰天雪地之中,一群人朝着各自的车跑去,主要都是被遣去跑腿的丈夫们。乱哄哄的人群快把停车场湮没了,但他们都走得深一脚浅一脚,挡在额头前面的胳膊肘就没放下来过。风像鞭子一样抽打着地上的落雪,在人的脚边卷起一阵雪雾,看上去好像波涛拍岸时扬起的泡沫。明明是在平地上行走,但所有人都在与风搏斗,费劲得像是在爬坡一样。偶尔能看见闪烁的橙色车灯——有人打开了车锁——随即散入灰色的场景中。像是在进行一场接力赛,下一拨准备直面风雪的人缩在旅馆的遮阳棚下,一边向手中哈着热气,一边检查着风雪的力度。我只能猜测他们在讨论车里的东西到底是不是真有那么重要,以及如何把这场冷峻求索尽量描述成值得炫耀的英雄远征。

我和索菲娅坐在酒吧里,这里起码可以给你提供一杯咖啡。我们坐在拉到窗边的两把高脚凳上,看着外面的暴风雪变得越来越猛烈。在这幢房子深处的某个位置,马塞洛正在为了在宾馆里找一间客房而和朱丽叶争论不休。我母亲可能跟他在一起,也可能在和克劳福德单挑。我还没有完全想清楚给迈克尔当律师意味着什么,所以要在朝烘干室走过去前,先补充一点咖啡因。因为迈克尔还没有准备好见任何人,所以克劳福德只是锁上了门,还没开始履行坐在门口的椅子上当警卫的职责。

露西独自坐在酒吧的另一边，给午餐加了一品脱啤酒，但只是在转动着凝结水珠的杯子。埃琳不在，她在暴风雪到来之前就回自己的小木屋了。凯瑟琳点了一壶茶，正在看一个有透明内页袋的活页夹。我不禁在想，究竟需要发生多少起谋杀案，她的精神防线才会瓦解，也喝上一品脱。我怀疑至少得再来两三起。活页夹里可能是她的行程安排。如果她把天气预报打印出来，正对着看自己到底是哪儿看走了眼，我也毫不意外。至于安迪在哪里，我给你两次机会，猜一猜。

聚集在门廊上的丈夫们觉得此时的雨雪小了，于是赶紧飞奔出去。我敲了敲玻璃，说："开跑了。"我像解说一场赛马比赛一样，继续说道："'我应该早点去'落在了后面，和'我宁愿冻死也不会承认自己错了'只差一点点，在它前面几步之遥是'我之所以在这儿都是因为过时的完美丈夫形象害的'，以一鼻之差险胜的是'你确定离了这个你就不能活吗宝贝'。"

安迪大步流星地走进来，一边抖掉胡子上的冰碴，一边脱下外套挂在一进门的衣钩上。他一屁股坐在凯瑟琳对面的椅子上，然后把一个小钱包放到桌子上说："你确定离了这个你就不能活吗宝贝？"

索菲娅笑了，并且笑得特别大声。凯瑟琳朝她瞟了一眼，索菲娅立刻把注意力调转到窗外，假装出神地看着暴风雪。

"你俩怎么了？"我问。索菲娅不用我说就知道我指的是谁，但她耸耸肩，装作听不懂的样子。"快别装了，我说的是凯瑟琳。她今天早晨特别针对你，我都没想到你俩已经熟到可以那样吵架了。"

"她有吗？我没注意。"索菲娅没接我的话茬，但她骗不了我。凯瑟琳的鄙夷就好像是你母亲的目光：你能感觉到它落在你身上。但她明显不想聊这些。"所以你现在是律师了？"

"我想是吧。"

"那你会，比如说，十步侦破法之类的东西吗？就像这样——"她抬起双手，像变戏法一样活动着十个手指，"施一些魔法。"

"那叫法规，不叫侦破法。而且我也不会。"我凑到她跟前，神秘兮兮地对她说，"我连律政剧都不爱看。"

"那你接下来准备怎么做？"

"呃，我觉得我要是先去念法学院，再去实习，得到一个荣誉毕业生的身份，等我把迈克尔从那个衣柜里解救出来，也就需要八年吧。"

"他真的能那么做吗？点名让你当他的律师。"她喝了一大口咖啡，放回去的杯子碰到杯托，发出叮叮当当的声音，"而且为什么点你啊？"

"我不知道。"我说。这句话既是对她提问的回答，也是对迈克尔在外面对我说的话的反馈。我一直在想他当时对我说的那句话：我有些话想对你说，我觉得我欠你的。"一个人即使没有律师从业资格，也可以在法庭上为自己辩护，对吧？也许他找你只是对此的进一步延展，或者这根本就不合法。但克劳福德也没有按规矩办事。我甚至不确定他是不是真的了解这些规矩，也许迈克尔利用的就是他这一点。如果克劳福德跟着他的思路走，他就能得到想要的结果。马塞洛好像觉得让迈克尔跟我谈谈是个好主意，所以我暂时也打算按他们说的来。"

"他怎么会想要被关在一个烘干房里？"

"按照当下这种情况，我猜只有两种可能：一种是我真的是他的律师，他可以私下想跟我说什么就跟我说什么，对吗？克劳福德必须允许他这么做。他说他想在外面跟我说两句。所以也许迈克尔希望我能在那儿。"

"那你的第二种猜测呢？"

"和第一种差不多。如果他想让我在房间里，那么也许他想让另外一个人在房间外。"

"他在怕什么？"

我耸耸肩。这就是我的全部猜想。索菲娅揉揉眼睛，打了个哈欠，再次把目光投向窗外。在此之前，我看不到山上的临时停尸房，也看不到山下的湖，而我现在甚至看不到停车场。几米开外的所有东西都成了灰蒙蒙的一片。冰屑在空无一物的石板上飞舞，让人联想到在显微镜下观察到的东西，仿佛它们是许多小小的灰色细胞，有那么一瞬间，我开始从分子层面去想象这座山。暴风雪过后，地面将呈现出另一种形状：白茫茫的积雪到膝盖那么深，盖住大地，好像铺了一张厚厚的毯子。我意识到，我们正在目睹这山的重建，一个原子接着一个原子。

"你看着像是没怎么睡。"我斗胆说出了口。在外面的时候，我以为她苍白的脸色只是因为冷，加上看到尸体的震惊，但在屋里，她看着也很脆弱。我可以从她憔悴的脸色中看出来，也可以从咖啡杯叮叮当当的声音中听出来，她的手正在颤抖。我想起了安迪咕咚咕咚大口喝东西的声音，也想到凯瑟琳的毒舌。

"有吗？"她扬起眉毛，马上就开始和我较劲，"咱们有必要这样吗？"

"你就说说昨天晚上的事。我也说不好，就说说你的不在场证明之类的。我真的不知道还能从哪儿说起。"我尽量让自己的声音听上去很随意，而不是好奇。

她叹了一口气，用手指沾了咖啡泡沫，舔了舔，没有回答。

我只能求她。"起码帮我演练一下吧。"

"时间线是这样的：爸爸打来电话，告诉我奥德丽身体不舒服，晚上就不一起吃饭了。于是我来这家酒吧吃了一口，因为我吃不下餐厅的饭，而且说实话，我得借着点酒劲才敢跟你谈。后来我去找你，再后来我就回房间了。你还想让我说什么理由？这一早晨真够人受的，所以我才这副德行。顺便还要谢谢你，让我知道了如果一个女人的样子有点邋遢，那她肯定是个杀人犯。而且你别忘了，刚开始的时候，我是这里所有人中——包括克劳福德警官在内，唯一认定这是谋杀的人。更重要的是，你知道我直接回房间了，因为我前脚刚进门，你的电话后脚就跟了过来。能证明我不在场的人就是你，笨蛋。"

"我猜，"我一边思考一边说，除非你跳过了复盘的内容，否则你就该知道，我会突然想到有人是为钱来的，我确实想到了，"告诉我，你欠了谁的钱？"

听我这么一说，她一下子就坐直了，环视房间。"别这么大声说这个。"她生气地低声说，"再说了，这跟这事到底有什么关系？"

"你跟我要的钱，我觉得可能是你欠别人的。"

"埃尼，你给我听好了，如果你再像这样侮辱我，我一分钱都不想要了。我一开始就不该开口。我自己有办法。"

"如果你不是想还清别人的钱，你要五万块钱干什么？"

"我不欠任何人的钱。"她用清晰的口吻对我说，这是她最后一次说这个，"咱们能聊点儿别的吗？"

"昨天晚上，有人在你的小木屋里。"我说。

她眯起眼睛，鼓起腮帮子，好像吃了什么恶心的东西。这让她很吃惊。但我分不清让她吃惊的到底是有人在她屋子里这件事，还是我知道有人在她屋子里这件事。

"你在我房间的时候，"我解释道，"还记得我的电话铃响了吗？是从你的房间打来的，因为我后来打了回去，是你接的。我想有人正在找什么东西，他一定是碰到了快速拨号键。"

"什么人，你是说'绿靴子'吗？你觉得他当时在我的房间里？正在找钱？"

"我突然想到的。"

"所以出于自我保护，我就杀了那个讨债的人？"

"也可能是有人为了保护你而杀了他。"

她想了一会儿。因为我不是个侦探，所以很难判断这种沉默是出于反感，还是一种设计。她略微歪了歪头说："在我回应你粗暴的指控之前，你决定了吗？"

"你说那个钱……"我想起她刚才的反应，降低了声音，"我还没有真正……"

"所以你还没想好？"

"我还没想好。"

"如果我有生命危险，你是不是就能决定得快一点？"她的手指在不停地敲桌子。

我伸手按住了她的手，让她别再敲了。我尽量展示着自己的气场，尽管我并没有多少。"有生命危险吗？"

我一抬眼，发现她正在憋笑。她终于咧开了嘴。"得了吧！听听你自己说的话，讨债的？你是说亡命徒那种吗？澳大利亚有黑社会吗？我觉得你这就是种族歧视，就因为我是南美裔。"她滑稽地动了动鼻子。

"那可能就不是黑社会而是贩毒团伙了。"我说，"是毒贩子，不是讨债的，如果要跟你的人设相符合的话。"

"哦，好，既然这样，你把我逮起来吧。"她把两个手腕并到一起，假装乖乖就范。

"不好意思，我有点累了。这不是借口，但我现在没办法清醒思考。"

"是我让你为难了。我明白，这确实挺蹊跷的，前一分钟我还在跟你要钱，第二天'绿靴子'就在外面冻硬了。听着，我跟你要钱是因为那是满满一袋子钱，我不觉得那些钱应该属于迈克尔，而且，没错，钱确实能帮我解决一些难处。但那是我的私事。咱们现在可以说一些别的了吗？"

"我想跟你聊的其他事情，你可能也不会喜欢。"这句话把她逗笑了，证明我俩重归于好了。"那么你是想假装关心我睡得好不好，还是聊聊我是不是喜欢开车上山时听的广播？这两个问题的答案都是'时好时坏'，再不然你想在'黑舌头'和其他事情之间选一个？"

"说实话，我无所谓。"她一边说，一边用勺子轻轻敲着咖啡杯的侧面，可能这个节奏可以让她暂时忘记一些回忆。比起手的自然抖动，这个行为看着更像是一种假装随意的表现。"我以前失去过病人。"

所以她选择聊其他事情。

"别看我说得轻巧，其实并不是那样。做手术很烦，每次都是。手术有可能造成并发症。我们的技术很厉害，我们的药甚至更好，但再小的外科手术也存在风险。胳膊断了都可能会得栓塞，你知道吗？"

"是这个事吗？"

"我跟你说，我是个人，我在做一份工作。有时候，运气站在我这边，有些时候就没有那么好了。"

"你是说你出错了吗？你是个优秀的外科医生，索菲娅，马塞洛信任你，他那种在法庭上动不动就夸张到要捶桌子的人，都选择你给他做肩膀手术，那可好比是给碧昂丝的嗓子做手术啊。"

"你这么说就有点夸大其词了，我觉得。爸爸那个人，你也知道，就是控制欲太强。"她又叮地敲了一下勺子。"我已经在脑子里回想太多遍了，我可以诚实地说，没有，我没有出错。我在那个时刻做出了正确的选择，如果今天让我再做一次，我还是会那么做。审查会还我清白。只不过这事涉及的人和医院的行政人员稍微有点关系，所以就一直拖着，也就有了说闲话的人。"

她朝凯瑟琳瞟了一眼。我不知道是我的想象还是真的，凯瑟琳的眼神马上从我俩这边移开了，就好像索菲娅的目光是斯诺克里面的白球，把凯瑟琳的黑球撞开了一样。凯瑟琳不是学医的，而且她也从来说不上是个有影响力的人。我的目光扫过其他人。安迪不知道从哪儿找到一副扑克牌（也可能是他一直装在身上，准备适时表演一些业余小魔术，我是不会让他得逞的），正在玩单人纸牌游戏。房间的另一边，露西的嘴上叼着一支烟。先别急着怪我在她抽完了最后一根烟这件事上撒了谎。服务生走过来提醒她，抽烟要去外面。她渴望地看着窗外，窗子被雪折磨得在窗框里咔咔响，她又把烟装回了兜里。

我还在想着凯瑟琳。"他们审查这种事的时候，也会看你喝没喝酒吗？"我问。

"怎么突然问这个？"

"你也知道凯瑟琳对酒精有多深恶痛绝。她把你叫出去好几次，一开始我以为她是因为你的谋杀论毁了大家的整个周末而恼火，但现在我明白了，她是把你想成一个靠不住的、醉醺醺的酒鬼了。你我都知道你不是,她这样想有点太针对你。"索菲娅做了一个深呼吸作为对我的回应,但是我改了主意。"不对,不好意思。你看,我明显还没搞清楚怎么在每件事情上不带任何指责地去和别人聊。我只是想说,你知道她在车祸之后,就成了嗜酒者互助协会①的资深成员,她在那里很有名望,对那里的事一清二楚。如果情况是那样的话,其实她是一个很好的盟友,我们都站在你这边。"

索菲娅哼了一声。"她就是那种高高在上的人,不是吗?如果你认为她是因为那个事就戒了酒,那你记性可不怎么样。哦,可能确实戒了几个星期吧。那时候谁都管不了她,哥们儿。爸爸和奥德丽不得不让她断绝和所有人的来往,才能让她有点转变。我咨询她还不如咨询别人。"

凯瑟琳那档子事的后果和她逐渐走出来的过程一起朝我涌来。从别人嘴里听到这些让我很惊讶。"你还没回答我的问题。"

"我就喝了一杯葡萄酒,"索菲娅说,她终于把咖啡勺放下了,"那时候距离手术至少还有八小时,而且是在吃饭的时候。但发生了这种事情,他们就要事无巨细地调查一遍。如果有实习医生说前一天晚上看见你在酒吧——顺便纠正一下,其实是在饭店——虽然他也不能确定,但给人的感觉就是你那天在豪饮,所以说什么都没用了。可能实习医生认错人了,也可能他平时对我心存不满,还可能是有人轻轻推了他一把。"她做了一个点钞的手势,"来添油加醋……有的人会从中获利,这都是人事上的问题。我得到的教训是,不要去所有医学院学生都拿它当作酒吧的地方吃饭。你说你上那儿是去吃饭的,就好比说你说你买《花花

---

①又名匿名戒酒会,AA(Alcoholic Anonymous)。

公子》是为了看文章的。"

"伊恩·弗莱明也给《花花公子》写过稿。"我说,不知道这对佐证她的观点有没有帮助。我沉思了一秒,从记忆里找到了另一个知识点。"其实阿特伍德也写过。"

"就是这个意思!就像我说的,我是去吃饭的。我没有不清醒,也没有出差错。而且他们又不会像检测运动员一样检测大夫,所以他们还能说什么?一个实习医生看见我喝了一杯葡萄酒?任何死亡事件都会在三十天内提交给验尸官,调查评估是基本操作。他们没有任何依据,也就不会发现任何异常情况。"

索菲娅的话在我听来,就像是一个人想要为自己辩护时给出的一连串正当理由,但我并没有打断她。"马塞洛为什么不替你辩护?"我问,"我知道医院有自己的律师,但他明显水平更高。"

"我刚才说了,这是人事上的问题。再说你现在也是律师了,你下个星期准备做什么?"

我听后哼了一声。"为什么凯瑟琳觉得这件事跟她有关?"

"凯瑟琳快气……算了,因为她就是那种人呗。但主要是因为她听到一些议论,就来问我你刚才问的那些问题。她说她可以帮我,但当我跟她讲了我刚刚跟你讲的那些时,她可没你接受得这么好。她可能觉得我有所保留吧,反正我也不想受她摆布。"

我点点头。听着确实像是凯瑟琳。

"现在,信不信由你,我也想问你几个问题。"

"很公平。"

"你为什么要这样做?这里有警察,让他调查就可以了。"

"我不说你也知道,如果这不是他第一天上班,那就是他第二天上班。而且……"我用指节连续敲着窗户,"我不会指着他的帮助去和迈克尔讲和。"

"但这也并不代表你要去解决这个问题。"

"迈克尔让我帮他。我也觉得我欠他的。"

"欠，欠，欠。这个字你说了好多遍。家人又不是信用卡。"

提示：我知道她这里的潜台词是"你就不能别管吗"，也许再加上大量的"这跟你没关系"。我知道，在我现在所处的这种情况下，对好管闲事的侦探（也就是在下）表达抵触情绪（也就是这个事例里的索菲娅）其实是一种手段，以防被发现什么见不得人的秘密。不要跟"这个案子跟你没关系"搞混，那个是克劳福德的问题，不是我的问题。但我可清楚索菲娅为什么要这样做。如果我甩手不管，迈克尔戴着手铐被带离这个度假村，钱就会一直在我这里。我不会再把着三五年，更别说二十五年，我会花掉它，或者交给别人。我没有把她的企图理解为试图把注意力从她自己身上转移开，而是把迈克尔这个棋子从棋盘上移开，把钱留给大家来争夺。如果她想陷害他，她会更卖力，会激怒我而不是提醒我别管了。我确信她有一个自私的动机，但不是一个谋杀的动机。

"欧内斯特？"有人在门口叫我，我一回头，看见朱丽叶正在往酒吧里看，"克劳福德警官说现在可以过去了。"

我冲她挥挥手，表示知道了，然后起身几乎带着歉意对索菲娅说："我想听听他是怎么说的，至少弄清楚他昨天晚上在干什么。"

"哦，我现在知道了。"她在我胳膊上打了一下，"埃尼，你吃醋了。"

"我没有——"

"你就是。你关心的不是'绿靴子'。你只是想弄明白昨晚迈克尔和埃琳到底在哪儿。"

你知道现在唱得是哪一出了。这叫"性总是一种动机"。

"他骗了我，骗了咱们，"我承认道，"我就是很好奇。"

"其实骗了两次。"

"嗯？"

"他骗了你两次。家具，库房，你信吗？那么大的一个东西。我敢说，他的所有东西还跟他走之前一样，都在露西那里。他进监狱的时候，他俩还在一起，你不记得了吗？"她摇摇头，好像在说一件显而易见的事。

"我不太明白。"

"问问他，那辆破货车里到底是什么，埃尼。"

17

朱丽叶站在门口等我。一开始,我以为她看我机械方面的能力那么差,所以觉得我是个不懂跟着墙上的箭头找到烘干室的傻子,后来我突然发现,她在领着我朝箭头的反方向走。我不知道我们这是要去哪儿。这类书的封面背后,有时会有一幅地图,这时候度假村的布局图就会派上用场。

她带着我路过客房服务车,里面溢出成堆的白毛巾。"我们还没正式认识彼此,"我说,"大家都叫我埃尔恩①。"

"就是放骨灰的那个?"

"是欧内斯特的简称。"

"好吧,所以大家就得叫你埃尔恩,是吗?"她直白地说。

"你跟我母亲应该可以做朋友。"我往边上迈了一步,绕过了一个客房服务托盘。托盘上的"犯罪现场"有两个被捏扁的功能饮料易拉罐和一张巧克力棒的包装纸。"她也觉得我这人很无趣。"

她停在走廊尽头一扇没有门牌号的门前——所以我推断应该不是客房——把钥匙插入锁眼。

她没有马上推开门,而是扭过头来对我说:"我知道你急着

---

① 埃尔恩的英文 Ern 与骨灰盒 urn 发音相似。

见你哥,很快就完事。"我注意到她干裂的嘴唇,和许多登山爱好者一样,起皮开裂到好像用一把碎冰锥戳进去就能往上爬。"哦,顺便说一句,我叫朱丽叶。"她终于想起来要介绍自己。我的责编长舒了一口气。"我帮你安的防滑链。"

她的语气就好像我之前不知道她叫什么似的,于是我说:"我记得。"但这句话说出口,却比我预想的显得更迫切了些。回想起来,可能还显得不是一星半点的淫荡。她因此多打量了我两秒。

"你肯定对我有印象。你给我引荐过你母亲。别再盯着我的嘴唇看了。"

我没告诉她我不是想要亲她的嘴,而是想把上面的嘴皮撕下来,但无论如何,我都感到自己脸红了。

门一打开,露出了一间乱七八糟的办公室,中间有两张办公桌对着摆放在一起。文件归档系统像旋涡一般,各种纸质文件在地板上形成千山万壑。四周都是书柜,但起码文件被塞进了一个个橙黄色的文件夹里,可这些作为井井有条的代表的文件夹,全部是横着摞到一起的。

我暗自想,一个连书柜都不会整理的人,竟然还要评价我开车开得有问题,未免有点可笑。但我没说出来,因为我还在为了被人点破看嘴唇的事而感到懊恼。两张桌子上各摆着一台敦实的电脑,拿来举重肯定没问题,一根线连着一个键盘,无疑是那种不仅很难按,而且还噼里啪啦响的。电脑外壳那种发黄的白色,只能在老式电脑的配件,还有青少年的床单上才能见到了。

朱丽叶在一张黑皮椅子上坐下,一只手开始噼里啪啦地敲键盘,另一只手招呼我过去。

"你在这儿干了多久了?"我问她。我这样问一半的原因是想多了解她一些,另一半是想知道她这台电脑是从哪个世纪传下来的。

"我的童年就是在这里和金德拜恩的寄宿学校之间往返。"她不带感情地说,大部分注意力都放到了把结满灰尘的鼠标从桌面上"砰"一下拽起来。"这是家族企业,是我爷爷和他几个哥们儿在战后建起来的,我想他们是想远离人群吧。二十多岁时我搬到昆士兰州,我之所以选择到那儿去,只是因为那里是最暖和的地方。我爸妈接管了这边的生意,然后又相继过世,再然后你也能猜到,家里那些事总是不可避免的,六年前我回来想把这个地方卖了,但我猜我现在是被雪困在这里了。"

"你爷爷参加的是哪次战争?我在阅览室里看到他的奖章了。"

"'二战'。哈!不是,那是弗兰克的奖章。"

"弗兰克?"

"准确地说是F-287,但爷爷只叫它弗兰克。它是一只鸟。"

"你说那只被做成标本的鸽子?"我不相信地哼了一声,"你在逗我。"

"那叫迪金勋章,专门颁发给动物的。"

我想起奖牌上刻着的字——我们也曾服役,原来是这个意思。这么说来,那张纸条应该是密码,曾经绑在信鸽腿上,飞越敌人的防线,这简直可以拍成迪士尼动画片。

朱丽叶接着说:"我最喜欢的就是军舰上的那只猫,他鼓舞了士气,而且吃了一只被感染的老鼠。那可不是说着玩的。我爷爷他们都喜欢那只鸽子,他训练了一群,但弗兰克最特殊。它曾经带着一张写满机关枪据点、军队人数、名字、坐标的地图,救了许多人命。爷爷返乡后,就把它做成了标本。把它展示出来是有点膈应人,不过我喜欢。"她用指尖点了点电脑屏幕,说:"啊,在这儿。"

她指着一个边缘泛绿的监控播放页面,在一个位置暂停。我推测这个摄像头应该安在宾馆前门上方的某个位置,因为它的角度是仰拍山上的,取景框里有停车场,一大截车道,边儿上还能看见几间小木屋三角形的倒影,由于没对上焦,所以模糊不清。摄像头只能照到这些,看不到尸体被发现的地方。屏幕左下角的时间显示,当时是差几分钟晚上十点,所以我猜,绿色的边缘是使用了夜视滤镜的缘故。

"这些是几号房间?"我指着小木屋问。

"这是双数排,二号、四号、六号和八号。"

马塞洛和奥德丽住在五号房,所以他们的那间在屏幕上看不见。

索菲娅住在屏幕边儿上的二号房,只能看到屋顶的一道边儿。我本来应该住六号房,但凯瑟琳和安迪的房间前一天没有收拾好,所以就住进了我那里。我不知道露西住哪间。"我住四号房。"我说。

"我知道,坎宁安先生。"

"跟踪客人可属于侵犯隐私。"

"现在还算吗?"她说。你也许会觉得她在跟我调情,但在这一点上我说不准。还要再等93页,你才能看见我俩唇齿相依的画面,彼时我还光着身子,如果你好奇的话。

"小木屋还住着其他人吗?"我问。

"只有你们这群人订了,另一半都是空的。"

"好的。那这个摄像头,不是固定的吧?现在这个角度不行。"

她摇了摇头。"如果不用螺栓把它跟外壳拧紧，一到暴风雪天气就要掉线。再说这也不是安防摄像头，是监控雪况用的，只是用来告诉人们每天度假村的状况，便于他们安排出行，你知道，就是给轮胎装防滑链啊，"她顿了一秒，好让我领会到话里讽刺的意味，"穿合适的衣服啊，或者看看要不要订缆车票之类的。而且它也不能传输实时视频，看见了吗——它都是拍摄快照。"

　　她点击播放键，屏幕上确实开始轮番播放照片，这些照片每隔三分钟拍一张，左下角显示的时间在随着照片跳转。她任照片播放。不时出现一团灰雾，那是有人正在走回自己的小木屋，但这种画面非常没用，因为每个人影都是模糊一片，认不出任何特征。唯一的好处就是它的拍摄范围包含一截车道，但即使如此，想要在三分钟的区间内抓拍到一辆正在驶入的汽车，还是很讲时机的。因为我已经亲自走过几个来回，所以我知道从小木屋到宾馆之间的这段积雪的路并不好走，这说明尽管辨别不出谁是谁，但除非有人真的匆匆而过，否则这个摄像头可以拍到大部分人。

　　朱丽叶让录像带一直播着，她肯定是点了快进键，因为每张照片在屏幕上停留的时长不是三分钟，而是二十秒左右。快到晚上十一点的时候，有人向四号木屋走去，我知道这是正要去找我的索菲娅。大概隔了十几帧后，她向取景框外走去，回到了二号木屋。很难从模糊的影子中看出方向或者意图，但它的排列方式足以让我对自己的结论感到满意。我希望在索菲娅的两张照片之间，能在二号木屋周围捕获另外一个鬼鬼祟祟的人影，但我没那么幸运。无论那个人是谁，都完整地避开了三分钟的时间，要不就是惊人的侥幸，要不就是计划得天衣无缝。监控图片在夜色中跳换，平静无事，只有偶尔从宾馆出来抽烟的人，还有两个手拉着手看星星的人影。很明显，没有人往山上的高尔夫球场那边走。

屏幕上的时间刚过凌晨一点，朱丽叶的手开始握紧鼠标，寻找着什么东西。几张照片过后，她发现了它，点了暂停键。"我觉得这个挺有意思。"她说，"'绿靴子'既不在客人名单也不在员工之列，山那边也没人报失踪。我用无线电联系了其他度假村，大家都在谈论这件事，但没有人知道任何线索。"朱丽叶指着桌上一张打印出来的名单，我猜想上面是全部入住客人的名字，每个名字后面都有一个用墨水打的小勾。我猜他们都已经核查过了。虽然露西之前就告诉过我，但现在算是坐实了。

我想知道她为什么会这么感兴趣，拿不准她是想告诉我一些信息，以此来误导我，还是说这里本来就没发生什么，只不过她想找点刺激。我正这样想着，突然发现在这张名单下面，有一份更厚的文件，上面贴着一张写着"请在此处签名"的黄色便利贴。尽管大部分都被遮盖住了，但我还是看到上面的一角印着一个很眼熟的图案，是一家著名房地产公司的标志。（犯罪小说里总会出现一些明显的字眼，不是吗？我没办法以一种更迂回的方式来陈述这种明显的事实，所以我不妨使用粗体字：**她的桌上有一份房产合同。**）这样看来，她不算是被雪一直困在这里了。

朱丽叶接着说："也就是说，死者是在半夜来的。所以可能这个就是。"她指着屏幕说："我查过了，这辆车现在就在停车场上。我们可以让克劳福德查一下车牌，提供一下车主的姓名。"

"我们"这两个神圣的字眼暗含着一定程度上的亲密，这是我没料到的。也就是说，朱丽叶是目前包括警察在内的所有人中，所做调查最多的人。我要再强调一次，我之所以成为这本书里唯一的主人公，是因为我在主笔，而不是因为我天赋异禀。我凑近看了看。车道上出现一对汽车大灯，判断车的行驶方向比判断人的方向容易，这辆车很明显是朝停车场驶去。尽管摄像头的夜视滤光片让画面曝光过度，但还是可以明显看出这是一辆四驱奔驰。

"这是我继父的车，"我说，"马塞洛，就是大吵大闹了一早晨的那个人。"

"哦。"

"但他不是晚上才来的。我们昨天中午在餐厅的包间里一起吃过饭。所以他肯定是去了哪儿然后又回来的。"我没有告诉他，马塞洛取消晚餐是因为我母亲感觉不舒服，因为我的诚信承诺是对你，也就是读者的，不是对朱丽叶这个好奇的度假村老板的。不过考虑到他对我们说了谎，所以我还是很想知道他是在什么时间离开的，我觉得他很可能是去山下买药了。"再回去查查下午的监控，你就能看见这辆奔驰开走了。"

朱丽叶把监控往回倒，直到找到了这辆奔驰尾灯的快照，照片上的车更靠近山坡一些，但依然在监控范围内，出现的时间是晚上六点左右。那时他刚刚给我打完电话，而我正在睡觉。

"妈的。"她说。比起"绿靴子"是什么时候来的，她显然对有人在几小时前离开没太大兴趣。但我跟她恰恰相反，我的脑子里充满了疑问。马塞洛说假话取消了晚餐，就是为了去某个地方，而且一去就是六小时。他去干什么？我母亲有没有察觉到呢？她是真的身体不舒服，所以一直在木屋里睡觉，还是和马塞洛串通好的？车窗上贴了黑膜，所以我看不清副驾驶座位上有没有人，更别说是谁在开车了。

朱丽叶叫停了我可怕的想法。"也许他是去接人了？"

"我能看看剩下的部分吗，一直到早晨的？"她又让照片开始像幻灯片一样播放。这些间隔三分钟的图像一张一张地闪现，我紧贴在显示屏前，鼻尖几乎能感到这台古老的球面显示器的静电。"如果被害者是从附近来的，一定会有人认出他。"

"我没有亲眼看到尸体，但就像我说的，所有员工和客人的情况都已经查明。排查各家旅店的电话一直轰炸到了山下的湖那边，克劳福德和他在金德拜恩的警察局联系过了，没有人报告失踪。克劳福德说他不想让客人受到惊吓，所以如果还不知道这个人的名字，那就没必要举着一张尸体的照片到处给人看。在这一点上我跟他想法一样。这些客人都是花了钱来这儿的，而且你看，免费的早餐券只是为了把猫途鹰网站上的评分先糊弄住。"虽然很羞耻，但我还是在心里记下要告诉凯瑟琳早餐是可以免费的。"在山上，事故时有发生，没人会担心。他可能是个迷路的登山者。唯一认为这是谋杀的就是你们这帮人，而且你们还顺便让那个新警察像打了鸡血一样。"

"那你为什么要给我看这个？"

"因为你好像比较信这个。而且我观察了你们一家，你好像也不是多么高风亮节。如果这是一场谋杀案……就说明这里有一个杀人犯。我有义务保障客人的安全。"

我有点被她话里暗指我家庭历史的内容冒犯到了，于是我提高了戒心。"你不应该主动提供这些证据吗？"这句话从我嘴里哐当一声掉出来，即便我认为这是一场谋杀案，但他现在仍然只是雪中的一具尸体，我称这些东西为"证据"，未免显得在合理化我自己的推断，"我的意思是，信息，把这些信息提供给克劳福德，而不是我？"

"我不认识克劳福德——他明摆着就是为这起事件被派过来

跑腿的。一旦他们发现事情并不简单,马丁——也就是巡佐——就会直奔这里,如果他需要的话还会带着警探。但我敢打赌,即使他现在没有被困住,短时间内也不会冲过这场暴风雪。还有就是,妈的,好吧,没事,我只是想说,我觉得克劳福德并不知道自己到底是来干吗的。"

"我也觉得。"我承认。

"坦白来讲,我是把我的马车套在了一匹最好的马上。你可是律师。"

"我不是律师。我是个作家。"

"那为什么你哥说你是?"

"我不知道。我是帮别人写犯罪小说的,所以我想我很擅长猜结局?也许他觉得我可以解决这个问题。"说这话时我的语调一直是上扬的,说明连我自己都知道这话听上去很无力,因此我又把注意力转回了视频上。

现在已经回放到黎明的时候,摄像机已经关闭了滤光片,所以屏幕从绿色变成了暗灰色。克劳福德的警车出现在画面中,显示的时间是差一刻七点。他从车道向宾馆走去。他的车窗上没有贴膜,所以我能看到克劳福德舒展双臂越过副驾驶座椅,露出一个明显的侧脸,他的头向后仰过去,打了个情绪饱满的哈欠。他一定是起了个大早赶到这里的。

"谁先发现的尸体?"我问道。在马塞洛的车返回和克劳福德到来的中间,没有出现任何星星点点的影子:没有被害人,也没有凶手。"就是说,是谁报的警?那会儿肯定很早。没有看上去像是受到惊吓的人。"

"这你得去问克劳福德,我不知道。"

现在屏幕变得更亮了,斜射入镜头的光线让我眯起了眼。照片开始出现许多影子,在没有经过过滤的日光下可以明显看出人的模样了。在接下来的几张中,影子聚集到一起,像蚁群一样稀稀拉拉地往山上走。我觉得我好像看见安迪和我在我的木屋外碰面了,但我不敢确定。早晨发生的事情接连闪过:那辆货车到了(简直大到愚蠢);入口处的人群离得近到可以看清人脸;迈克尔被带走了。该死的是这张照片的前一张记录了埃琳搂着他的瞬间,她的手插在他的后兜里。拜托。

"你说这个监控是为了让人们在来这儿之前查看雪况的,是不是你的网站上有链接?"

"对,这是实时的。所以显而易见,在我们的主页上可以看到。"

"所以如果有人打开你们的网站,就可以算好时间,故意在两张照片之间的空当里行动,这样就不会被注意到?"

"我们这儿的信号是做不到的。"

"没错。但时间的节奏是不会变的——三分钟一次。如果把表对好时间,用不着看视频就可以在两个时间点之间移动。"

"我想是的。"

"那也就是说,假设克劳福德一路猛踩油门,也许要一小时赶到这里。但屏幕上没有任何骚动,直到后来也没有一个人冲上山,在这一小时里,也没人告知旅店的工作人员。有人发现了一具尸体,打电话报了警,然后呢,又躺回去睡觉了?"

"你认为是凶手报的警?是他想让警察过来?"

"一旦你排除了不可能的事情——"

"那么无论还剩下什么,无论多么不真实,都一定是真相。"她接着说完了我的话,"这很绝。没错,我也看过几乎所有的'歇洛克·福尔摩斯'。度假村里发了霉的平装书就好像是你掉在洗衣机后面的袜子一样：不知道哪儿来的，不知道谁弄来的，反正它们一直都在那里。就把我当成半个专家吧。所以——我是不是可以假设你的整个计划就是做排除法？"

"我的意思是，"我结结巴巴地说，因为那确实就是我的整个计划，"我觉得这是一个人们普遍采取的着手点。"我尽量不把注意力放在她下嘴唇上一块让人迫不及待地想揪掉的嘴皮上。

"普遍采取？"她的语气中带着怀疑，却也不失俏皮，"最让我震惊的就是那个该死的男人创造了世界上最有名的理性解决问题的例子，而我们都应该忘记他是一个彻头彻尾的疯子。"

"我不知道这个。"

"你写的是侦探小说吗？"她抬起双手，说："我讨厌那种主角是作家的。"

亲爱的读者，我当然读过阿瑟·柯南·道尔，他并不是严格意义上"黄金时代"的作家，所以尽管我在自己的调查中采用了福尔摩斯式的方法，但我并不是在写他。我也向朱丽叶做了解释。

"我更喜欢罗纳德·诺克斯这一挂的。他是二十世纪三十年代，侦探小说奠基作家中的一员。不过话说回来，我自己不写小说，只写写作指南。你知道的，就是那种《十步写就你的第一部悬疑小说》《如何成为亚马逊畅销书作家》。"

"哦，我明白了。你写的都是怎么写成你从来没写成的书，买你书的都是压根儿不会动笔写的人。"

说实话，她理解的完全正确。你一定想不到有多少个壮志未酬的小说家愿意为了找一种进步的感觉而豪掷一块九毛九。我写的并不是烂书，但我做的并不是真的帮助作者的生意，而是帮他们满足愿望。对此我不觉得骄傲，但也不觉得丢人。

"这就是一份生计。"

"那罗纳德·诺克斯是谁?"她问道。

"他在一九二九年为侦探小说提出了一套戒律。我在书里将它们与现代谋杀悬疑小说进行了比较,几乎所有戒律都在当代小说里找不到了,可以说是支离破碎,当代小说就喜欢欺骗读者。罗纳德·诺克斯管它叫'十诫'。柯南·道尔比他早,你为什么说他是个疯子?"

"老天,他相信仙子是真的存在的,并且一直在追寻他们。他第一任妻子和儿子死后,他就试着通过降灵会与他们对话。他觉得他的奶妈就是一个灵媒。这男的真是疯了,当时胡迪尼已经公开表示魔术不是真的,但他想要让胡迪尼相信,胡迪尼本人就是魔法。"

"那是戒律之一。"我说,然后顿了一下,想到一个被烧死的男子,身边的积雪却没有一丝融化,是不是也不算阳间的事,然后说,"事实上是第二条,不能有超自然的内容。"

"所以这些规则就是你哥要求你做律师并且只要你的原因吗?这可有点过于牵强了。"

"不,我觉得他叫我是因为我是整个坎宁安家族里最不坎宁安的那个。"

"什么意思?"

"我不是我们家的人。"我想说得好玩一点——听出来了吗?——但说出来的话却带了点醋味。算我没说好。

"我的意思不是——"她的念头在说到一半的时候消失了。她摇了摇头,关掉了电脑上的窗口,然后站了起来。"其实你说得没错,我应该把这个给克劳福德。咱们一起祈祷这里没有一个人是真凶,或者我们的生命都掌握在某位作家之手吧。我想咱们可以用一本你的精装书把他们打到半死。"

"我只出过电子书。"因为紧张，我的嗓音变尖了，"我是自出版。"

"好吧，"她捧腹大笑，仿佛这是世界上最搞笑的事情，"我希望你在歇洛克·福尔摩斯之外再多读一些作品，毕竟阿瑟·柯南·道尔也是信鬼神的。"

18

在我去烘干室找我哥之前,有几件关于我弟的事情你们应该先了解一下。首先,他叫杰里米;其次,我不是百分百确定我在这儿使用了正确的时态:他是杰里米,但也可以说他曾经是杰里米。我觉得两种说法都行。请不要因为我缺少语法敏感度就误以为我缺少可信度;最后,他死的时候,我就坐在他旁边。

我之所以难以下笔,不仅仅是因为我手上打着石膏。

从来没有人叫过杰里米的全名。据我观察,夭折的孩子都是这样的,就好像他们没有活到可以继承姓氏的年纪。索菲娅可能不是这么想的,血统和出生证明都可以无所谓,但她依然关心连字符连接的两个姓氏哪个在前。从欧内斯特起,你用彩色的蜡笔一笔一画地练习写那个大写字母 E;到康宁斯,二年级加入的橄榄球队的队员都这么叫你;到坎宁安先生,当你在法庭上对着麦克风陈述时,被这么称呼;再到"欧内斯特·詹姆斯·坎宁安"出现在花圈上,出现在教堂拱廊里派发的小册子上。因为在你死后,你会把你所有名字都找回来。我也意识到了这一点。这就是你的遗产。这就是为什么杰里米从来没有迈过杰里米这一环。

我没说他不是坎宁安家的人,因为在这个姓氏最真实、最深刻的含义上,他就是。但如果管他叫杰里米·坎宁安,我觉得就狭隘了,好像把他和我们绑到了一起。作为坎宁安家族的一员,他也会出现在那些让我口干舌燥、恶心干呕的梦里。离了我们这个锚定他的姓氏，他就永远是天空、风和思想的一部分。

我认为名字在侦探小说中也很重要。我看过在一些作品的结尾处，侦探一语道破某反派名字的天机，要么揭示其中隐藏的含义（如果你还不知道"雷布斯"就是画谜的意思，那么这就是一个例子），要么改变名字中的字母顺序，变出一个异序词。悬疑小说喜欢使用这种回文构词法。尽管这本书中大部分名字都是真的，我还是出于法律的考虑做了一些修改，有的纯属为了好玩。所以如果你把这里每个人的名字都列出来，想要进行一番推理，那你很可能会毁掉一些惊喜。你要是这么干我也不介意。我的名字是欧内斯特，我是一个值得信赖的人：这里没有隐藏的含义。

朱丽叶·亨德森（异序词：lederhosen jet unit，你想怎么解释都行）留我自己沿着墙上的箭头去参加一场以烘干室为终点的定向越野挑战赛。我觉得她对我有点失望，因为我没有对和她组成破案二人组展现出应有的热情。根据她桌上待签的合同和她对猫途鹰评分不经意的提及，我断定她调查这起死亡事件的动机不仅仅是因为看过太多悬疑小说而发出的好奇，也不是出于对客人的关照，而是她想要保护她的地产的价值。她没准儿觉得，谋杀调查会干扰到她的潜在买家，尤其是在交易迫在眉睫的时候，看着确实是这么回事。

我刚刚才注意到，我们一直在用克劳福德的姓氏（他警章下的一行小字）来称呼他，就像你会用姓氏称呼所有警官一样。其实这是有道理的，因为如果杰里米已经大于他的姓氏了，那么克劳福德——就小于他的名字。我走近的时候，克劳福德就站在那里等我。我和他握了握手，这是一个在法律外表下合乎情理的举动。

"朱丽叶那里有一些你可能感兴趣的证据,是车道上的录像,不知道会不会有帮助。"我说,"但还是够奇怪的,天亮之前没有一个人惊慌失措,但肯定有人给你打电话——"

"你说黎明的时候,"他说,"是的,我花了一小时才赶到,不到一小时。"

"报警的人有没有留下姓名?"

"我不知道。我整晚都在巡逻,所以没在警察局里接电话。"

"为什么让你来?朱丽叶说你不是负责这一片的巡……巡佐。"几个元音在我的舌头上打转儿,但我已经把巡佐的名称忘了。

克劳福德没有解答我的困惑,只是耸了耸肩。"我是离这儿最近的一个。"

"你到这儿的时候,尸体旁边有没有人?"我已经知道这个问题的答案了,但我还是想确认一下。

"我有点期待来这儿以后能看见一个马戏团,但我不能告诉你我没看见的东西。"我又想到了那三组脚印:刚好一组是被害者,一组是警察,一组是凶手。这就佐证了根本没有人发现尸体的推论,一定是凶手本人拨打的报警电话。

"我们还不知道死者的身份。"我用一种灰心丧气的语气说,想看看能不能促使克劳福德跳出来告诉我一些信息来安抚我。"我能要一张受害者的照片吗?"我顿了一下,补充了一句,"以律师的身份。"我觉得这种在提出严肃要求前先停顿一下的方式很像是一个律师会用的。

"但我听说你不是啊,"克劳福德说,"你爸爸告诉我了。"

"是继父。"我气冲冲地说,突然意识到这让我听起来像个青春期的小男生。尽管马塞洛一直想要拉拢我,但他一定告诉过克劳福德我不够格,从而希望可以取代我。如果我猜对了迈克尔的想法,他想把所有人都挡在上锁的房门外,那马塞洛就别想骗过我——他死乞白赖地要进去。"我会尽力而为的。不是我选的。"

"这里还有孩子。我不能冒险让照片流传出去。你明白吗?"

我点点头,决定采取折中的方法。"我可能不是律师,但你应该知道你不能把他关在那里。他愿意配合不代表他没有权利。"我举起双手,试图用我的无能来打动他,"而且你看,我也不知道他到底享有哪些权利,但我知道他不应该被这样对待。"说话的同时,我指向那扇笨重的木门说。门已经受潮变形了,上面有一个白色的塑料小牌子,画着一双白色的卡通靴子。

"他说他没意见。"

"我说的不是这个。"我说,"如果你对他的怀疑是基于他从监狱里被释放出来的时间早于他自己所说的时间,那埃琳的不在场证明也与他的行踪有关系,但我没看见她也被关起来。"

"你是在说我性别歧视吗?"

"我是在说你欠缺判断。"

"好吧,她不是坎宁安家的人,对吧?"

"我明白了,我很高兴咱们把话挑明了。"看来姓什么对于克劳福德来说也很重要,"现在我要说你欠缺能力了。让我进去,这样我就可以继续扮演一个律师,你就可以继续扮演一个警探了。"

"你真的很关心他,对吗?即便你当时作了证。"克劳福德微微仰起了头。我忍着没回答,但我很不爽他比早晨的时候更了解我了。马塞洛给他提供了不少信息,可能就是为了要取代我。门上只有一个插销,并没有挂锁。克劳福德用一个手指就把它拨开了——这就叫戒备森严——但他往后退了一步,示意我可以去把门打开。"我从小到大没有兄弟,所以我不敢说理解。但我猜这就是家人吧。"

"如果我能确认他昨天晚上在哪儿,而且如果并不是在这儿,你就得让他走——或者至少把他转移到一个像样的房间里。行吗?"我的话是认真的,但同时听上去也有点像律师的措辞,我就是想成为结束对话的那个人。

克劳福德迟疑了一下,以几乎察觉不到的幅度点了下头。

我想起最后一件事。"哦,还有就是,以后不要在我不在场的情况下和他说话了,反正就是律师常说的那个意思。"

我推开了门。

如果说门厅里飘着一股滑雪旅馆都会有的潮味,那烘干室闻起来就像遭遇了海难。这个房间专门供人进来脱掉汗津津、湿乎乎的滑雪装备,然后扔在这儿一晚上,第二天早晨在装备还没干的时候再捡回去穿上,所以想必把那些热气和气味都关在里面也无妨:当我打破这个密闭的空间时,门边的密封条发出"噗"的一声。想要在这片潮湿沉闷的空气里喘气,我必须得长鳃才行。我几乎可以感觉到霉菌孢子进入鼻腔,说它是脚臭味简直都侮辱了脚。

这个房间又窄又深,两边放着长方形的收纳箱,盖子开着,里面装着许多鞋带散开的滑雪靴。许多靴子的鞋垫要么被带出来了,好像耷拉着的舌头,要么就被整个拿出来靠着晾在墙边,大部分的气味就是从这儿散出来的。收纳箱上方的架子上堆着滑雪服和雨衣,衣架上挂着好多滑雪靴里面的东西。在一个小热水器的前面有一个摇摇欲坠的晾衣架，上面全是袜子。最奇怪的是这里竟然铺着地毯，把整个房间里的湿气都吸了进去。这就好比是铺了一张海绵垫，我走上去的时候，它还会略微渗点水出来。在房间的尽头，一台加热仪器发着红光，整个房间都要靠它照亮。红光下面唯一一扇窗户无法打开，雪从外面把它封住了，挡住了所有的自然光。

迈克尔坐在窗户下。他坐在一个收纳箱上，箱子的盖子是盖着的，装饰着一个随手垫在屁股下面的枕头，营造出舒适的假象。旁边有一个客房服务的餐盘，上面是一罐可乐，和三明治吃剩的面包边。他没戴手铐，也没穿外套，里面的袖子也卷了起来。坎宁安家族"非暴力抵制"的美名多少要比我们瘦长的外表更加为人称道，还没有人误以为我们是一支橄榄球队。脱掉羽绒服的迈克尔，打破了我们给人的刻板印象。

"肩膀练得不错。"我说，"监狱里的人都这样吗？"

迈克尔用手势示意我坐到他面前的椅子上。橙色的加热灯发出嗡嗡的响声。

"我想把门关上，"我把门支开大半，"但那样咱俩可能都会憋死。"这是真的，但这并不是我让门敞着的唯一原因。我依然站在门边，脚步犹豫不前，嘴一直没闲着，搜寻着一切可以填满房间的声音。如果你到现在还没发现我在用幽默作为一种防御机制，那我真不知道还能怎么告诉你。"你知道，马塞洛就是以这个为生的，我得提醒你一下。"

"坐吧，埃尼。"

我深吸了一口混浊的空气给自己鼓劲儿，然后走向那把椅子。我坐了下来，膝盖顶到了他的膝盖。我往后撤了一下椅子，迈克尔按住了我。一开始，我以为他的眼中充满了关爱和好奇，他的目光扫过我脸上每一条新出现的纹路，想要看看三年的时光改变了什么。而后我转念一想，他这显然是在打量自己的猎物。

"我一直在想杰里米，"他说，"你那时候还小，应该都记不清了吧？"

这个开场让我有点摸不着头脑，但我认为最好的反应就是顺着往下说。"记得一些，"我说，"只是……有时我会怀疑我是真的记得，还是因为我接收了足够多的描述，我的脑子把这些东西拼凑在了一起。我处在那种分不清哪些是真的，哪些是我自己填补进去的状态。"那时我六岁，我知道我对大部分发生的事情还都没有概念，所以我非常清楚关于那一天的大部分记忆都是我自己事后构建的。"我会做梦，这很奇怪，因为有时我就像是梦到了别人的回忆。有时他，好吧，有时他没有……"我的声音越来越小，最后听不到了。

"我明白你的意思。"迈克尔揉着额头，这个动作让我有种异样的感觉，那晚他开车出现在我家门前时，就是这样揉额头的，当时车上还有艾伦·霍尔顿，方向盘上还有那个凹痕。"我知道妈妈一直都对你没好气，我觉得你还太小，没有意识到当时有多难。咱们家从五个人变成了三个人，发生得太快，就像这样。"他打了个响指。

我点点头，想起我们俩一起被从奥德丽的看护下带走，送到养父母家。

"等她最终把我们接回来——嗯，不是她不想失去我们，而是她不想让我们失去彼此。你想过这一点吗？"

一直以来，我没说出来。是你干的，我没说出来。家不是信用卡，我没说出来。

"我经常想起杰里米。"我不置可否地说。

"我们三个人——你、妈妈和我——在一年之内失去了父亲和兄弟。这也是为什么她过了好久才给杰里米举办葬礼。你还记得吧？我觉得她就是不能接连承受两场葬礼。"

"可七年的等待太漫长了，"我说，"我们给杰里米举办葬礼时，我都十多岁了。咱们是在他生日那天办的。"

"那时我其实很高兴，我觉得自己已经长大了，可以去理解、去领悟这件事了。难道它没有让咱们更亲密吗？在我看来，没有任何事——"他眼睛看向地面，边说边摇头，"可以把我们坎宁安一家分开，撬棍不行，战争不行，连他妈的外星人入侵也不行，反而，"他抬起视线，指着我的胸口，"你做到了。"

我愣了一下，然后低头避开了他的目光。我注意到客房服务的餐盘上只有叉子没有刀，瞬间觉得需要判断到底是出于安全考虑没给他提供，还是他悄悄藏起来了。刀可能会突然从袖子里抽出来。"如果你把我叫过来，就是想告诉我不是你干的，那你就快点把事了了。"

"艾伦·霍尔顿是我杀的。"他有意把语速放得很慢。

我想把手指插进耳朵里，像小孩子那样冲他吐舌头。我的脑海中飞快闪过各种可能性。我不想听到他说他是如何随意选择了一个受害者，然后在雪地里把他杀死；不想听到他说虽然被关在一个臭烘烘的房间里，但能有机会跟我独处一室，他有多高兴；不想听到他说是怎么跟露西共谋，让露西提出烘干室这个建议。我不想让我有生之年最后听到的是他幸灾乐祸地跟我说，我跑不了了。他跟我妻子上床了（好吧，我多少有点儿在乎。）。我想把椅子一脚踹翻，然后迅速跑到门口，但我的劣势是我得先站起来然后转过去，这样一来他就可以先我一步把我扑倒。再说如果他有刀的话……

我意识到我得跟他有话好好说。"我把钱——"

"我是故意的。"迈克尔抬起头,示意我闭嘴,"我用双手掐住他的脖子,知道他再也不动弹了。然后你——你,我的好兄弟——亲手把我送进了监狱。"

他猛扑过来,快得像响尾蛇一样。

一瞬间,我的所有想法都变成空白,好像我的脑子里刮起一阵暴风雪,或者我已经死了但我自己还不知道,迈克尔的双手正放在我的……

背上。

是我的背,不是我的脖子。而且他没掏刀,他在拥抱我。我小心翼翼地回应了他,搂住了他的肩膀。有太多东西需要紧紧抓牢。

"谢谢你。"他把头伏在我的肩头说。我定定地坐着,依然不确定自己是不是已经死了,但同时也在迅速思考,在这种情境下回复"不客气"会显得礼貌还是可笑。他吸了吸鼻子说:"我相信这个家里没有一个人告诉过你,你做得是对的,而你没有想到说这句话的人竟然会是我。"

"差不多吧。"

"露西觉得这个地方是惩罚,但其实很完美。"他环视房间说,"因为这里很安全。"

"怎么个安全法?"

"我不相信他们其中的任何人。你是唯一一个我可以坦诚相待的人,因为你是唯一一个敢于在法庭上站出来谴责我的人。这说明你会帮助我做正确的事。我知道这里又热又闷,但我真觉得你应该把门关上。因为我已经告诉你是我故意杀了艾伦,但现在我要告诉你为什么。"

19

我把门关好,迈克尔开口说:"我花了三年时间来考虑该怎么跟你说这些话。"尽管花了三年,但他显然没练过开场白。"监狱那地方对于练习如何客观看待事物很有好处,仿佛一切都是静止的,而世界却在围着你转动。人在里面会看得更清楚。如果我说我没有在精神层面上获得某种认识,那我就是在撒谎。"

我的眉毛一定扬了起来,因为他开始采取防守姿态了。

"我并不是要深入生命的意义之类的废话里,但当你杀了人——不,是当你下定杀人的决心时——你就得知道权衡,你明白吗?"

"不明白。"我说,因为我确实没明白。尽管我现在写到这儿的时候,多少明白了一点。

"我不知道该怎么跟你表达我伤害艾伦时的感受。我当时处于一种懵懂的状态中,整个人都是机械的,好像已经不受自己控制了……"他抱歉地伸出一只手,"我知道这些话听起来像是在找借口,但我没有。我就是想告诉你,我不知道自己接下来应该干什么。那些我可能造成的伤害,那些我可能伤害的人。我在监狱里跟杀人犯一起关了三年,埃尼。我认为我杀人是有原因的,是为了一些东西,一些比我自己更重要的东西。然后我就跟那些人关在了一起,他们会相互庆贺对方的所作所为,妈的,有些人为了一点小事就把人杀了。"迈克尔摇了摇头，显得很茫然无措，说得心烦了。他眨了几下眼睛，把眼泪憋了回去，然后深吸了一口气，让自己恢复冷静。"不好意思，我想跟你谈谈什么样的人生才值得过。你知道吗？就拿索菲娅的案子来说，那孩子他们家起诉要求赔偿好几百万……我记不清埃琳说是多少了。关键是他们和一群律师围坐在桌子旁翻着各种文件，直到他们谈妥了一个数字，继而他们决定：'我儿子的命就值这么多钱。'"

"这跟索菲娅没关系。"我自己都没想到我会这么坚定地支持索菲娅，毕竟她还隐瞒着一个价值五万的秘密。

"我没有在说她，我只是想跟你解释一些事情。艾伦的命在我手上，我权衡过他的命值多少，也想过了结他对我来说值当不值当。"

"最终你觉得你的人生比艾伦的人生更重要。"我已经听出来了，迈克尔并不是在告诉我什么惊天大秘密，他只是在告诉我他对自己说过无数遍的东西，只有这样想，他才能继续活下去。他想告诉我的是，艾伦该死，除此之外别无新意。我拿定了主意，摇了摇头。我放弃了。"你可以把钱拿走，我把包带来了。"

"不，我说的不是钱，或者别的什么东西，我说的是代价。知道一条命值多少是一种很奇怪的感觉。我要说的就是这个。"他沉思片刻，意识到我并没有明白。他的眼睛反射出加热灯的灯光，闪烁着邪恶的光亮。这句话听上去像是一种威胁，就好像是在告诉我，他已经思考过一条性命和一袋子钱孰轻孰重，因此也会毫不犹豫地思考我的性命和一袋钱孰轻孰重。我不知道是不是我的幻想，但窗户外那层灰色的积雪突然变得非常有压迫感。我想象着外面的景象，强劲的暴风雪冲撞在玻璃上，仿佛随时都有可能破窗而入，把我们埋葬。他接着说道："你知道更奇怪的是什么吗？是我发现你理解错了。"

我不太确定他是想告诉我他对换来的回报不满意，还是对自己付出的代价不满意，所以我对他说——我得先承认，我当时说的话并没有我下面写的那么雄辩。

"我想告诉你我从之前的错误中吸取了教训，我再也不会采取暴力行为了。你还是觉得这是钱的事吗？"迈克尔说。

"不是吗？"

"那钱不是……你听好了，首先那是我们的钱，懂吗？我们为了那笔钱，可以连命都不要，他们就应该给我们。"

我们的钱。又来了。那谁又是我们之外的人呢？一个姓坎宁安的？我张嘴准备问另一个问题，但我脑子里转盘的指针指到了一个想法上。艾伦死的那天晚上，迈克尔就跟我说那是我们的钱。我以为他的意思是他应该得到那笔钱，因为钱是他通过偷窃或杀人得来的，而我可以和他一起享用。几小时前埃琳刚刚在我耳边说过：那是家里的钱。我以为她说的和我想的一样：表明所有权，然后邀请我加入。迈克尔和埃琳一直都在告诉我一个明摆着的事实，但都被我忽略了。他们说的始终都是字面意义上的所有权。

现在我可以想象出，在那片结满蜘蛛网的空地上，迈克尔俯身在一个倒吸气的男人身上，权衡着他的决定，衡量这一条性命的价值。一切都说得通了，包括迈克尔不用数就知道袋子里装着多少钱：二十六万七千元。

好吧，我靠！我终于弄明白了一些问题。"钱不是你偷的，"我猜测道，"钱本来就是你的。这不是意外，你认识艾伦，你们正在进行什么交易。"迈克尔的眼睛忽然亮起来，他明白无论我相不相信，我都已经准备好要听听他的故事了。我知道"眼睛亮起来"这种说法很老套，但真的是这样：尽管也有可能是老旧电路的电涌[①]让加热器突然亮了一下。"既然如此，我想我应该跟你聊聊艾伦·霍尔顿，以及他和爸爸是怎么认识的了。"

这句话让我措手不及。我很高兴刚刚关上了门。

"爸爸认识艾伦？"

迈克尔认真地点了点头。"接下来我要告诉你的事情听起来……好吧，听起来有点不知所云。你先听我讲，好吗？"他把我的沉默当成了默许，接着说："霍尔顿是个警察。"

"警察？"我觉得我需要动用我的手指，将眉毛从额头上挪下来，但我控制住了。

"以前是。"

"那是当然，他现在肯定不是了。"我知道我的评论很幼稚，但我就是在处理他所说的话的同时脱口而出了。

"这是说不通的，如果你杀了警察，可能只被判了三年吗？"

"不，我的意思是，他被我……那天晚上他已经不是警察了。他以前当过警察。他吧，"迈克尔绕着他的两根拇指，"怎么说呢，算是一落千丈，摔得很惨。他干过好几种工作，越混越差，最后靠卖二手小饰品过活。他的副业是贩毒、偷东西、在街上流浪，主业是惹是生非。因为他曾经的警察身份，马塞洛本可以把他定性成轻罪犯的……他可不是这个崇高职业中的杰出榜样。事实上原告就是因为这个才接受了三年刑期的协议，因为马塞洛把他这段历史专门拿到法庭上说——你知道的，有的人不愿意让这种事曝光。"他说得有道理。"马塞洛私底下用艾伦的黑历史作为要挟，使原告接受了我的刑期，也就是三年。你明白了吗？"

[①]一种物理现象，是电路中出现的一种短暂的电流、电压波动。——编者注

"差不多吧。但我不明白这和爸爸有什么关系。"

"你听我往下说。"

"雪开始化了。我现在可是律师,我听说律师可以每六分钟计费一次。"

"我觉得我已经付过了,埃尔恩。"

这话说得我无言以对,事实条件并不允许我做出机智的应答。

迈克尔喝了一大口可乐,然后对着之前就打开的易拉罐做了个怪相,里面大概吸收了不少脚臭味。他接着说:"艾伦联系了我,毫无征兆,你懂的——我是不会自己找麻烦的。他说他有一些我想要的东西,愿意卖给我,而且他说他也跟你聊过了。所以那天晚上我才把他带到你那儿,因为我觉得如果他把跟我说的话也跟你说了,你可能……能明白发生了什么。"

"可能他那么说只是想让你相信他。"我靠到椅背上,"我完全不了解,也从来没见过他。"

"你说得对,也不对。"迈克尔耸耸肩,就好像我对于认识谁不认识谁的认知是一个态度问题。我还没来得及辩解,他就接着说下去了。"我当时就知道他没找过你,我当然能看出来。那天早晨,你的震惊和困惑都写在脸上,更不用说你在知道他的名字后并没有改变你的证词,这些都说明你不认识他。但你以前见过他。"

我刚要反驳,他却前倾过来,用一根手指按了我身体的三个部位:我的肚子、我的屁股和我胸部的中央。他做这些动作时很慢,带着节奏,每下都戳在了点子上。随着迈克尔的动作,我能听见我的脑子里那抑扬顿挫的声音,不需要他再多说什么。

我告诉你我射中了他哪里。这里,这里,还有这里。

20

"我花了大半辈子的时间试图去忘记爸爸。"我低声说。我正在快速地整理迈克尔告诉我的一切,同时从中筛选出真相。一直以来,我都刻意地不去了解爸爸是怎么死的,尤其是他到底做了哪些事,又是哪一种死法,我从来不觉得他值得我去探究。死于和警察的枪战不是什么荣光。他死得既不英勇,也不光荣,他的死活该被遗忘。

这就是为什么我在审判迈克尔的法庭上听到艾伦的名字时,脑子里没有闪过一丝异样。再加上马塞洛用艾伦上不了台面的过往拿捏法庭减轻对迈克尔的处罚的做法,让我觉得最好就永远别知道真相。推开记忆,我看见那个男人站在我母亲面前,往她身上抹糖霜奶油。我有没有看到他制服翻领上别着的胸章,上面写着"霍尔顿"?还是说,现在闪现的记忆是由迈克尔刚刚告诉我的信息构建的?这是不是就是我早些时候跟迈克尔说的,我分不清什么是真的,什么是自己补充的时刻?对不住了,可靠的叙述者可问不出这些问题。话说回来,警察平时都戴姓名牌吗?

我把所有这些想法放到一边,开始说话,这让迈克尔很意外。"这并不能改变什么,并不代表你有权对艾伦做你对他所做的事情,也不代表艾伦对爸爸做的事情就是正确的。但是,"我意识到我选择站到了坎宁安家族的对立面,对敌人产生了同理心,"爸爸先犯了法,他是在抢劫过程中被抓的,他当时朝艾伦搭档的脖子开了一枪。如果霍尔顿是你说的那个人,那他只是在反击。"

"我不否认这一点,"迈克尔说,"但你想想,从小咱们家有钱吗?爸爸开过豪车吗?妈妈戴过名贵的珠宝吗?我们不是沉迷于犯罪。爸爸做了违法的事,是为了养活我们,为了照顾好我们。我不是说他做的就是对的,但他并不是要中饱私囊。他不会那么做。"

"你没法现在才说他不会那么做。"

"那我告诉你霍尔顿是怎么说的。我知道他说的是真的,因为谁会在只剩最后一口气的时候说假话?"看得出来,迈克尔很失望,因为我在了解到艾伦就是向父亲扣动扳机的那个人后,并没有拍拍他的后背表示安慰。他知道他还需要继续赢得我的信任。他伸手拿起可乐,好像想起了它的味道,又一口没动,把易拉罐放下了。他开始活动下巴,把产生的唾液咽下去,润了润嗓子。"爸爸无意中加入了一个团体,说是帮派不太合适,就叫合作者吧。"他笑了,"他们管自己叫剑齿党。就剑齿虎的那个剑齿,你知道吧?结果那个团体刚见壮大,路数就变了。他们从偶尔交易毒品的强盗变成了偶尔偷窃的毒贩,硬货也卖。这样一弄,暴力多了,强迫的情况也多了。这时候有人提出,勒索比抢劫来钱更容易。爸爸是不会越过自己的底线的,所以当剑齿党的其他人开始越线……"

他说到这儿,我母亲在阅览室里告诉我的一些事情又浮现出来:但一个人如果不仅坏,还觉得自己好,那他就会因此而陷入麻烦。

"爸爸倒戈了?"我打断他的话。要是我现在所在的环境不是烘干室而是阅览室,那就更适合开展一场庄重的推论了。

迈克尔点点头。"他和警察之间达成了一个协议,他向他们提供信息,作为条件,当他过去的兄弟一个个被干掉时,他们能放他一马。他以为他有了脱身的机会,但你知道这种事的结果——他们只在意蜂王,不管工蜂的死活。而爸爸不过是个小虾米。他的确是在帮他们抓帮派头目,但他们心里首先惦记的是那些黑警。"他顿了顿,好让我充分理解他的意思,"爸爸并不是死于持枪抢劫中的意外,他们就是冲他来的。"

我想起奥德丽跟我说,我父亲没有毒瘾。也许那个注射器是霍尔顿栽赃陷害的,好让那场抢劫更加真实。毕竟一个神志恍惚的瘾君子更有可能无缘无故地朝警车开火。如果我父亲当时准备把霍尔顿一伙人交代出去,这件事就说得通了。

"可惜的是,没有人把霍尔顿和谋杀这样的事联系到一起,但他最终栽在了他干的勾当里。他从证物室里偷可卡因,收受贿赂。能够包庇他的人也就那么多。"话已经说得很明白了,但我没有打断他,"他蹲过一阵监狱,之后他曾经所做的一切事情就变成了秘密,因为对警察部门来说并不光彩,你明白了吧?"

说实话,我当时很想相信他。不是因为他的话能为爸爸平反,而是因为我似乎更理解我母亲了。如果他的话是真的,那就意味着奥德丽不信任警察,不仅仅是因为她认为坏警察杀了她的丈夫,还因为她认为那些好警察,那些曾经答应我父亲给他一条生路的警察害死了他。这让我的背叛暴露无遗:我和我父亲一样,选择和法律站在一起,而法律却没有保护我们。

而且迈克尔的故事听起来天衣无缝,好像是他花了三年时间拼凑起来专门讲给我听的。

"这些都是霍尔顿告诉你的?"我无法控制声音中的怀疑。

这明显是一段自曝性的内容。"对于一个肺部中弹的人来说，说这些可需要不少氧气。"

"他中弹之前一个字都不肯说，中弹之后该说的都说了。而且这些也不都是他告诉我的。关于艾伦的情况，大部分都是我从监狱里其他人那里了解到的。他们都认识艾伦，一半人被他的黑店宰过，他那家店名声在外，专门倒卖赃物，说句题外话，你要是想出手一件在悉尼很容易被识别出来的赃物，我保证它能落到艾伦手里，另一半人都被艾伦欠过钱。埃尼，他们都要跟我握手，好像我帮了他们大忙。"他露出痛苦的表情，其他监犯之间的这种团结显然让他饱受困扰，也许比杀人本身更甚。

我闭上眼睛，想象着那片骨白色的、结满蛛网的空地。我过去看看他。他背对我，耸着肩，伸着手，消失在蛛网中。咱们现在可以埋他了。

"艾伦躺在空地上醒来了，正好你去看他是不是还活着。你就是在那时候决定的，是吗？"

迈克尔停留在回忆中，他说话时仿佛陷入了恍惚。"我花了很多时间去怪他，你信吗？因为在那一刻，我感觉我正在渐渐恢复理智。要是他不说那些话，也许我不会把他装到车上，也许我就会听你的。我记得他嘴上有血，一说话，血就黏在嘴唇之间，拉着红丝。其实我不知道霍尔顿为什么会告诉我是他杀了爸爸。也许他是想在死前再羞辱我一次，也许他是在考验我，看我敢不敢动手，也许他想让我动手。"他抽了抽鼻子，"对不起，这就是监狱里面心理医生说的'递延责任'，我不应该这么猜测。"

"所以当他告诉你他开枪打死了爸爸，你就情绪失控，一不做二不休了？"

迈克尔郑重地点点头。他看着自己的手，好像在想象这两只手正掐着艾伦脖子。"我到那儿去不是想杀他。直到最后一刻我才弄明白。爸爸是为某件东西而死的,他想把那个东西卖给我。他要出卖另一个人。"

我又想到了那笔钱。我们为它而死。"我们"终究指的是坎宁安家的人:我们的父亲罗伯特。"你发现爸爸是因为艾伦而死的之后,就觉得艾伦手里的东西,不论是什么,都是欠你的。那本该是由你继承的遗产。所以你杀了他,然后拿回了钱?"

"事情不是这样的。整件事和钱有关,没错,但不是你想的那样。我带了我能带去的所有钱,但还不够他想要的数目。是我搞砸了,我以为他不会注意到的。"他像医院候诊室里的人那样难过地摇着头,向左扭的那一下在说"如",向右扭的那一下在说"果"。"他掏枪指着我,我没枪——我的意思是,你能想象,我们正在夺枪,突然枪响了。但枪在他手里,我真不知道事情是怎么发生的。我在那之前从来没开过枪。然后他缓缓坐下,血从他身体的一侧涌出来。我就……好吧,我把他留在那儿,把枪扔进了下水道。但当我回到我的车里,渐渐冷静到可以发动汽车的时候,他又强撑着开始挪动身体。我记不清是我故意要撞他,还是他扑了上来,反正他钻到了引擎盖下面。然后他就一动也不动了,于是我给你打了电话。"

二十六万七千,怎么看都有零有整,如果一上来就是这个数,那根本不合情理。

"艾伦跟你要三十万吗?"

"我最多只能拿出这么多,露西……"他犹豫着说,显得很尴尬,"是我搞砸了,好吗?是我没带够。"

"露西怎么会没注意到?"那天晚上他说的一句话在我脑海中回响起来:那露西就该知道了。我本来以为他隐瞒的是自己酒驾的事，但看来他隐瞒的是更大的秘密。

"露西不是……"他的眼神飘忽了一下，虽然很乐意坦白那个晚上的事情，但并不愿过多谈论他的个人生活，"露西不擅长理财。她，嗯，她的生意，我猜是出了点问题。基本上是竹篮打水。凯瑟琳告诉过我，你对有些人能做的最体贴的事，就是和他们切断联系。我试过，但却让事情变得更糟了。我以为我那是在帮她。"

"露西现在知道了吗？"

"我觉得不知道。我被带走的时候，我的财务问题都是由我的会计处理的，她没有权限。那个袋子又到了你手里。但她是有机会知道的，我觉得。如果她知道了，也一定会保守秘密。"

"到底是什么东西能值那么多钱？"

"我跟你说过，是信息。事后我有时间去想这件事，我发现它远不止值这么多。"

"那条信息几十年前要了爸爸的命？那条信息就是你觉得在这儿比在外面更安全的原因？如果真有这么危险，为什么你还想知道？"

"我告诉过你，露西让我们陷入了困境。艾伦不能直接卖他的东西，所以他需要有人帮他卖，我就是那个中间人。"我记起我曾经暗暗想过，我们家到底有没有一个"无债一身轻"的人。迈克尔焦躁起来，挨个儿翻腾他的衣袋，嘴里嘟嘟囔囔的。"实话告诉你，我当时没意识到我在干的事情有那么危险，我只知道霍尔顿是从爸爸那里得到那几条信息的。我没想到他也被卷进去了。话又说回来，我觉得他也没有想到我对他能有那么大的威胁，所以我们都判断错了。"

"你说的'几条'是什么意思？而且你是想卖给谁？"

"我给你看过就好解释了……"他在衣袋里翻来翻去,拍打他的牛仔裤。他掏出一个眼镜盒(以前我不知道迈克尔需要戴眼镜,但没准儿是监狱里墙与墙之间离得太近,他近视了),几团线球,一张巧克力包装纸,一支笔和一串钥匙。刀倒是没掏出来。不管他想找的是什么,反正他是没找着。"妈的,那玩意儿去哪儿了?"他的脸上写满了失望,"我之后给你看。"

"那天晚上你喝酒了。"这句话一直在我脑子里,但不知道怎么就说出来了,而且简直是脱口而出,把我的疑虑全都暴露了。迈克尔猛地抬起头,我从他眼中看到了令我感到恐惧的东西。

我怀疑那就是霍尔顿最后看到的东西。

"只喝了点儿壮胆——头脑还是清醒的。"他轻笑一下,但笑得悲伤而缓慢,"我早知道你不会相信我。"

"相信你?"我试着保持平静的嗓音,"我当时坐在车里就是因为我相信你。我成了同谋都是因为相信你。"

"听着——"

"我不清楚,这些关于爸爸的故事……无论你想从艾伦那里买什么或者偷什么,你都一无所获——"

"听着——"

"他骗你说跟我联系过,我不管他让你怎么想——"

"听我说!"迈克尔的声音在这间小屋子里如此响亮,弄得我差点儿从椅子上摔下来。

我站起来,倒退着走向门边。迈克尔注意到我在害怕他,他的眼神从愤怒转变为凶狠,像一只被拴住的恶犬。他也站起来,伸手试图阻拦我。

"他肯定知道我会干出什么,在他说了那些话之后。"他的语气平静了一些,但我能听出他尽了不少努力。他吐出的每一个字,都像是在有水的路上开车,紧握方向盘的样子。"将死之人不会撒谎,埃尼,他们会吐露灵魂。我真希望能给你看看——"话说到一半,他打断了自己,重新考虑了一下,然后拿出他之前装进兜里的钥匙。"这样下去我们不会有进展。如果你不信我说的,就自己去看看。然后我再告诉你剩下的事。"

我用胸口接住他扔过来的钥匙。问问他,那辆破货车里到底是什么。我正想着索菲娅说的话,门外就传来了她的声音。尽管我听不清她在说什么,但她听起来很绝望。门剧烈晃动起来——对于一扇锁都锁不上的门而言,这种戏剧性的敲法真的很没有必要,但她兴许是不想打扰我们。不过不管索菲娅准备跟我说什么,她都需要等一会儿,因为我跟迈克尔这边还没结束。我没搭理她的敲门声。

"告诉我,你知不知道外面正在发生什么。马克·威廉姆斯和贾妮娜·威廉姆斯,还有艾利森·汉弗莱斯,这几个名字你听着耳熟吗?"

"汉弗莱斯……"他摇摇头,"不熟,但威廉姆斯……取决于他是不是来自布里斯班。"我兴趣十足地前倾着身子,幅度大得差点儿从椅子上摔下来。我的关注显然让迈克尔很受用。"早些时候,我收到一封信,上面的邮戳是'M&J威廉姆斯',回信地址是位于布里斯班的一个私人邮政信箱。从那时候起,我意识到我手中的东西,就像我刚刚说的,比我以为的更值钱。许多人都在打它的主意。不管是谁给我写了那封信,哎,我都要给他颁发一个最具创意奖。我猜他们是想威胁我。"

"为什么?"

"信上的落款显然是一个伪造的名字。"他说这句话的时候似笑非笑,"不过就像我说的,他们只是想招惹我——让我害怕。

我从没回复过。为什么问我听没听过这个名字?"

"我觉得马克·威廉姆斯和贾妮娜·威廉姆斯可能和那具冻僵的尸体一样,死于同一人之手。手法看着一样,但我还得问一下索菲娅。这个周末我们全都在这儿,然后就有人死于非命,这未免太凑巧了——"

"而且还是在我带着东西到这儿的时候。说这两件事有关联,我没有意见。去货车里面看看吧,到时候你就明白了。"

我站起身。"你昨天晚上在哪儿?"不问这句话我就不能走。

"打开车门——这个问题也能有答案。"

"里面最好有宇宙飞船那么疯狂的东西。"我说。门又被敲得震了起来。我瞥了门一眼,迈克尔点点头。当我意识到我停顿的那一下就是为了等他允许我离开时,我快要恨死自己了。

"你掉东西了。"他看着我椅子腿边的地面,上面落着一张从我兜里掉出来的纸片。我的脸尴尬得通红。迈克尔捡起那张纸,边看边露出奸笑。

"索菲娅写的?"他问。我点点头。"你少划了一个。"

迈克尔掏出笔,盯着我看了一秒,好像在决定该不该毁坏我的卡片。然后他把纸在凳子上捋平,俯身在上面划拉了几道。我看不见他写的是什么,他的身子正好挡住了我的视线,但他写了半天。他要不就是写了很多,要不就是思考了半天才写了几个字。我受不了这种煎熬,回头看向门口,听出这时有两个人在说话。

迈克尔写完了,他直起身子,朝纸面吹了吹,又用拇指按了按,检查墨水是否干了。我终于知道他为什么花了这么久,因为椅子上放着他打开的隐形眼镜盒,他一定是为了写好一些所以戴上了眼镜。他穿过房间(说来惭愧,他走过来的时候我脖子上的大筋都在跳动），把那张宾果游戏卡交还给我。我从他的手中一把夺过，仔细查看。对宾果游戏上的空格，我感到一种奇怪的占有欲，他以某种方式侵入了我和索菲娅的秘密游戏，所以我想衡量一下他毁了多少。他花了这么长时间，一定改动不少。然而，我只看到了一处改动。他在"有人死了"上面画了个叉。

"别弄丢了，我相信你。我不要求你相信我，但只想让你好好看一看。"我看了看我另一只手里的钥匙，想象着我会在货车里看到什么。好好看一看。等我回过神来，发现他已经站到离我很近的地方了，近到刚好能给出一个低沉而暧昧的忏悔，而那正是我最不想听到的。他咽了一口口水，说："还有，听着，关于埃琳……"

"别说了——"我试图打断他。

但他用声音踩在了我的声音之上。"这件事和其他事都不在我们的计划内。"

诱惑支配了我，毕竟我有一个毛病，爱往别人的旅馆房间里看。"她有没有告诉你，我们准备要个孩子？有没有告诉你医生和诊所的事？还有我们的感情为什么破裂？告诉我不仅仅是因为那个。我本可以给她她想要的东西。告诉我，不仅仅是因为那个。"

"埃尔恩——"

理智降临了。"我改主意了。我没兴趣知道了。而且你的钱也让我花得差不多了。（我其实没花多少，但这也不值得骄傲，我只是想最后再说一句泄愤的话。）我猜这也不在我的计划内吧。"

在门的另一边，克劳福德和索菲娅还没到要把玻璃杯放到木门上偷听的地步，但他俩还是焦急又好奇地挤到门边。我很庆幸门上装了密封条，起到了隔音效果，也就是说，他们很可能除了迈克尔的喊声，什么都没听到。也许这就是他们再次敲门的原因。

索菲娅做了一个"终于开门了"的表情，然后拉起我就朝宾馆门厅的方向走，说在路上会跟我解释。她噌的一下就走了，估计希望我跟上去。克劳福德把门闩插好，坐回了门边的位子上，索菲娅的紧急模式显然没有引起他的警觉，甚至他都没注意。

抬脚追上去之前，我先花了一秒钟呼吸干净的空气。我脖子上还淌着被烘干室蒸出来的汗珠，我感到一阵冷意。迈克尔说了很多，我不知道自己该相信哪些，但我心里已经开始接受，他也许不是个危险人物。当然了，现在我怀疑的是他带来的东西是不是危险物件。但现在说什么都太早。下一步很简单，如果像他说的那样，不管车厢里装着什么东西，只要可以澄清前一天晚上他在哪里，他就不用继续待在烘干室了——我在里面不过待了半小时，就已经急着想把他从里面解救出来。然后我们就可以一起处理余下的事情。

我跟在索菲娅后面，边走边把宾果卡折起来，以便能更好地藏在我的外套里。如果下次我不小心让它掉到凯瑟琳面前，她应该不会觉得这个东西有多可爱。我沿着折痕叠好，发现上面还有一处涂改，没干透的墨水闪闪发亮。迈克尔划掉其中一个格子里的一个字，写上了另一个。我的编辑看了一定很高兴，因为他把标点也加上了。格子里现在写着：

欧内斯特搞砸定了一件事。

21

我看着迈克尔改过的宾果卡，内心涌起一股手足之情，即便是在我把它写出来的当下，依然能体会到那种感觉。鉴于我正处于这种情绪之中，希望你不介意我稍微跑个题，给你多提供一些关于我母亲的背景信息。说真的，我早该写到这块内容了，但又怕如果我在和迈克尔的"烘干室之约"前再多讲一个故事，你就要把书砸到墙上了——这也是在所难免的事情。

为了把故事讲好，接下来我将动用并非我亲眼所见的事情以及我臆断出来的别人的视角，而且还要把它们讲得跟真事一样。虽然人们衣着的颜色和谈论到的天气都得靠我自己编（其实我记得那天的天气，所以并不需要虚构——那是一个炎热的夏日），但这段打破原则的叙述还是很有必要的。我个人关于那些事的记忆基本上不能用，主要因为小孩子的记忆都是碎片式的，何况事发当日，我在空间上也受到了一定的限制。而且我担心如果你只听我的一面之词，立马就会指责我母亲。

那咱们就从那一天讲起。那一天，是个不寻常的日子。有人死了。那一天，我母亲冲人开了一枪。那一天，她右眼皮上留下了一个疤。也可以说那一天，她获得了坎宁安家族的勋章。

那是在我爸爸死后几个月。但我不会这么觉得。

我母亲是个不能受气的人，不受孩子的气也不受老天的气。我在前面提到过，我对父亲的感知来自父亲身后留下的那些空白。尽管现在他留下了最大的一片空白，但我们并没有时间留意。我们的母亲尽量让我们都忙起来：我们的课外活动涨了三倍，好像我们都要申请哈佛大学一样。日程表上所有的空闲时段都被填满了。有一次我在两天内连着剪了两次头发。我们必须加入运动队（考虑到我们的年龄，其实就是拿着各种器械瞎玩），好像我们都是等待被发掘的神童。我游泳，杰里米打网球，迈克尔选了弹钢琴（现在他倒成了肩膀最宽的那个）。我们每个人都会去观摩另外两个人的训练：坐在裁判椅上，在黑板上乱涂乱画，或是双脚在泳池里晃荡。我们仨和母亲绑在一起，在整个镇子上来回穿梭。这么做是有双重原因的，一方面是省了雇保姆的钱，另一方面能让我们有事干。妈妈是在试着逼我们觉得一切正常。我们不会提爸爸的事，也从不停下脚步去承认生活本该有另一种可能，我们只是在一股脑儿地往前走。首次有朋友尝试探访，结果端来的炖菜或千层面最后都用来喂猫了，之后就极少再有朋友来看我们了。我们班上有一个叫内森的孩子，他爸爸得癌症去世后，他请了好几个星期的假。我也借此斗胆提了一次，然后就被送进了童子军。

这种强迫孩子压抑内心伤痛的抚养方式尽管有问题，但确实有点作用。不过，我觉得我母亲也在我们忙碌的新日常中找到了安慰。她把我们仨撵进车里，让我们挤在迪士尼频道情景剧里出现的那种能并排坐下三个人的汽车后座上，在学校门口放下我们，自己去上班，然后来接我们，把我们一个个按进车里后，又把我们带到其中一个人的课外活动班。我们从不着家，我们就是要比悲痛跑得快。

　　回首往事，作为一个再度经历伤痛的成年人（我依旧是在车上等着），我看到了我母亲当时的行为中的另一面。因为我现在明白了，在发生那样的灭顶之灾后的几个月里，做每一件事都像是梦游。生活成为一种无知觉的例行公事，在那种状态下，甚至连步行去超市都会觉得像是在烘干室那样沉闷的空气中拖着四肢行走。基本生活都开始需要你的决策能力，每一次决策都那样令人疲惫，以至于最终你已经无法做出任何决定。于是就成了走进厨房，却不知道自己来这儿是要干什么；被送去游泳，却忘了周二本该上网球课；剪了两次头发，不是因为忙忘了，而是因为压根儿就忘了昨天刚去过。我们循规蹈矩地生活，是为了时时有事做，这一点都不假，但同时这种机械性的重复也是一种减少决策负担的方式。现在我终于明白，我们的母亲背负了多么沉重的负担。

　　那一天，一切都还是老一套。早餐吃得很平淡。奥德丽用安全带把我们绑在车上，一路绿灯，我们竟然提前五分钟到达了银行。这让她有时间给自己做一杯咖啡，跟她老板闲聊几句。她的老板——如果让我稍加修饰一番的话，穿着蓝外套，系着绿领带，想要谈谈天气。

　　我母亲后来在银行业调换了几次岗，最后从一个高级职位上退下来，但在事发那天，她是一个出纳。当时是二十世纪九十年代，银行的防弹玻璃后面还有大批系着方巾的年轻女性，不像现在，银行里都是西装革履的大学毕业生，手拿iPad，厚颜无耻地让你自助办理。我也是后来才了解到，银行对妈妈很够意思。他们对爸爸的恶名宽宏大量，一般丈夫出了那种事，妻子就在原职位上干不下去了。爸爸的死亡让他生前的那些勾当也一并公之于众，可妈妈却保住了自己的工作。不仅如此，他们还体恤母亲，原谅了她在丈夫去世后几个月里（在梦游中）犯下的几次后果严重的错误。他们甚至还给她批了额外的假期，但她没接受，你想也能想到了。她回去工作是在父亲葬礼之后的第三天，唯一的原因是，葬礼那天是个星期五。

九点十分，也就是她刚刚开始一天工作的时候，我母亲被告知，有人往经理办公室打电话找她，但她太忙了，没有过去接。九点半的时候，电话铃又响了，但这一次没人过来叫她。电话持续发出刺耳的回响，一般来讲，这在安静的银行里会显得很吵。尤其在经理办公室的门敞开着，前门锁着，出纳双手放在脑后，乖乖盘腿坐在地板上时，更是如此。

有两个人，用不着我替他们虚构衣着，因为我知道他们一定穿着长大衣，戴着墨镜和帽子。一个人把现金出纳机翻得乱七八糟，另一个则在一排银行员工面前大摇大摆地走动，吼着让人们安静下来。他有一把笨重的黑色猎枪，他拿着枪管而不是枪把，边走边让枪在身边晃来晃去。如果你不是真的在打棒球，那你就会用这种方式拎球棒。

警报没有响起，因为没人能够到按钮。这个"少棒"决定赶在经理之前接近保险箱。电话铃又响了，蒂尔·兰扎克骂骂咧咧地走进办公室，把听筒摘了下来。

我母亲不受孩子的气也不受老天的气，自然也不会受小瘪三的气。接下来发生的事情让我难以忘怀，因为那可能是她对夺走自己丈夫的罪行的反抗，对入室抢劫这种愚蠢行为的反抗。或者是对"少棒"出现在此的反抗，也许她在对方的墨镜之下看到了我爸爸，看到了他走后留给她去处理的一切；再或者，也许她只是想到"少棒"没有握紧猎枪，不能马上射出子弹。我不能确定哪种推测的可能性更大。

我只能说，她当时的感受足以使她挺身而出。我只能说，三十秒过后，她鼻梁骨折，手里握着猎枪。"少棒"倒在地上，慌张地向后蹿。我妈妈端着枪环视四周。如果此时开枪，距离非常之近，近到足够把人穿成两半。蒂尔·兰扎克双手举到空中，叫她冷静。她拿枪对准"少棒"的胸口——我不敢冒昧推测她有没有犹豫，但我能想象，恍惚感已经消失，她的头脑和几天前一样清醒——扣动了扳机。

那一枪正中胸口。

豆袋弹是一种猎枪使用的弹药，和出枪膛时冲破药筒的弹丸不同，这种弹药装在一个小布袋里。防暴警察经常使用这种子弹，目的是使人无法动弹而不是一枪毙命。从技术上来讲，它被归类为"低致命性"而不是"非致命性"。就比如说，弹药可能打断肋骨，致使肋骨刺穿心脏。但豆袋枪在所有情况下最常见的致死原因是，不小心在里面装入了真正的弹药。

别担心，这不是那种会描述每颗子弹发射后速度达到多少米每秒，枪支的品牌、型号、出厂日期，以及可能影响弹道的相对湿度或风力条件的书。我想说的是下面这一点。

我想说的是，虽然"少棒"对于指着他的枪口依然感到非常恐惧，我母亲也依他所愿弄断了他四根肋骨，但她并没有杀死他。

这让我突然想到，我母亲决定扣动扳机时，不可能知道她手中握的枪是"低致命性"的，但现在说这些已经不重要了。我想说的是，我母亲的疤是在右眼皮上，而那场银行抢劫可喜地只让她断了鼻梁。我想说的是，当警察疏散了楼内人员，医护人员往我母亲的鼻孔里塞棉花的时候，已经到了下午，有人最终把听筒挂回座机上时，电话铃马上开始响了起来。我想说的是，我记得那天的温度：酷热难耐。我想说的是，电话是从我们学校打来的，为了告诉我母亲，她家三个小坎宁安一个都没有去上学。我想说的是，我母亲平时通勤时间都很紧张，而那天她提早五分钟到了单位。

我想说的是，我母亲开了枪，但并没有杀人。

我想说的是，有人死了。

恍惚，梦游，因为分神而犯下的错。

在那个灼热的夏日，三个男孩还在楼顶停车场。他们被遗忘在车里，没被送去学校，依然被安全带卡扣绑在车座上。我已经不记得窗户被砸开，玻璃划破了奥德丽的额头，一时间鲜血直流，伤口深得留了疤。我记得的第一件真切的事就是医院，剩下的都是后来别人告诉我的。直至今日，我还是会从噩梦中醒来，感到窒息。但说实话，我完全记不起那天的事情了。我的记忆里有一块巨大的黑斑。

我只知道，杰里米死了，而我就坐在他旁边。

发件人：【已做打码处理】

收件人：ECunninghamWrites221@gmail.com

主题：给 EIMFHKS 的照片

欧内斯特，

你好！

很高兴收到你的邮件。

　　如果在书的最中间插入照片页，就需要使用光面纸，更别说要用到四色印刷技术了，这与其他部分的制作方法完全不同。这么做成本很高，咱们这本书没有这么多预算。我相信你在适当的位置多加一些描写，可以达到同样的效果。不好意思了，但我们真做不到。

　　对了，你改得怎么样了？有没有删掉一些废话？我的意思是，我理解你可能习惯这么写，但书里死的人太多，读者可能就没感觉了。还要告诉你，我们已经决定把那个弹孔从封面上拿掉，我想你一定也觉得它有点多余吧。等你写完新的章节，记得发给我看看。

　　祝好，

【已做打码处理】

　　及，关于你提到的另一个问题，我们没问题，可以把你一定比例的版税付到露西·桑德的账上。你把信息给我，我会安排付款。

我的继父

22

我在大厅里赶上索菲娅,跟她一起站到了门口。

"有人正在调查维修棚。"索菲娅说。她推开左右两扇门,风雪灌门而入,冰碴撒落在我的靴子上。我有点犹豫,但她赶着我走了出去。门廊上空无一人,连丈夫们都已经放弃了取东西的任务,在"暖和但得挨骂"和"冻得哆嗦但展现骑士精神"之间选择了前者。风在我耳边呼啸,听起来像有人在我旁边揉搓玻璃纸。索菲娅不得不大喊着说我才能听见。"我看见一个人影,"她犹豫了一下,"刚才从餐吧。"

"所以呢?"我冲她喊回去。风一直在朝我嘴里灌,得咬着牙才能喘过气来,我费了半天劲才喊出这一句。

"坏人不都喜欢在案发现场周围转悠吗?"

她说得对,但现在温度已经降到了激活我的胆怯的阈值。我正准备提议我们等一下,要是能把克劳福德找来更好,但还没等我吐出一个字来,她就一甩胳膊,用手挡在额头上,一头扎进风雪里。

我追上去,怕她跑远了我就看不见她了。几乎一瞬间,我就分不清哪里是上坡哪里是下坡了。就我所知,我们有走错路的可能,没准儿我们会走到山下,在结冰的湖面上跋涉,随时都会踩裂薄薄的冰层然后掉下去淹死。我从书上看过,一旦身子遇到冷水，你的肺就会缩成一团。如果足够冷，甚至还会影响到你的血液，你马上就会晕过去。大家都知道在结冰的湖面上行走很危险，因为一旦你掉到冰窟窿里，再想从水下找到你是不可能的。但溺水者会从水下敲打透明的冰面这种老套的传闻也不对。在那么冷的水里，你什么都做不了。人在那时候该多绝望啊，丧失了挥动拳头的能力。我希望等我死时，我还能有机会对我的死这件事发脾气。

我发现我把索菲娅跟丢了。我试着环顾四周，什么都没有，只有打着转儿的、无尽的灰色。狂风在我耳边怒号，几乎变成了嘶吼，听起来像是电锯的声音。双眼感到刺痛，所以我把头埋进臂弯里，只在不得不看路的时候才抬起。我摇晃着往前起了几步，一个庞大的身影从打着转儿的灰色中出现。有熊。这是我的第一反应。但这非常荒唐，因为这是在澳洲。我很快就弄清了，是有几辆车开了过来。我现在是在停车场。好，看来我没走错。

暴风雪太猛烈了，车简直是在悬架上剧烈地摇晃。凯瑟琳那辆沃尔沃的一扇车窗破了，后座上结了一层雪壳。多亏不是马塞洛的车，我心里想，否则雪会弄脏车上的真皮座椅，那些高级的电加热装置非得短路不可。我有一个想法，但准备先存档，稍后再调取。

从我所站的位置，我可以依稀分辨出山上维修棚的轮廓。距离很远，不会是辆车，看上去很真切，也不会是怪物，而且它也没有其他小屋那种三角形的屋顶。拿它当导航的坐标就够了。我朝它的方向迈了一步，但在我的右边，我看见了迈克尔的货车。尽管看不真切，但从它的大小来看不会有错。车两侧就像狂风中的两扇帆，整个车身都在四个小小的车轮上肆无忌惮地摇晃，仿佛随时都会翻倒。我感到裤兜里的钥匙在我的腿上摩擦。别管什么维修棚了。我向货车的方向迈了一步。

有人抓住了我的胳膊,是索菲娅。她的嘴唇贴在我的耳朵上,口水喷了我一脖子。"走错了,埃尔恩。"

她拽着我走出停车场,向山上走去。雪已经肉眼可见地变深了(拜拜了,犯罪现场的脚印),我每走一步,都要踩穿厚到小腿的积雪。当我们离那个平顶的影子越来越近时,我可以看到房顶上堆了很厚的一层积雪。尽管房子正面更挡风,我们还是从侧面走近,奋力走完了最后几步,直到我们的后背贴到了波纹铁上。风到了维修棚跟前分成两股,又在我们的面前会合,我们好像躲在河中的一块岩石后面。耳边的呼号减弱,成了一种幽灵般的呜咽。我吸了几大口持续往嘴里灌的空气,从胳膊和肩膀上抖落下的雪足有一英寸厚。我没有戴手套,所以我把手插进口袋,来回握紧松开,好让手暖和起来。在我头顶,手指那么长的冰柱挂在遮阳棚上。我看过一部恐怖电影,里面的人被掉下来的冰柱刺穿了,我明知不可能,但还是尽量让自己缩到了墙根底下。

索菲娅贴着墙,把头探出拐角,然后迅速收回头,用手肘顶了一下我的肋骨,冲我使了个眼色。看,维修棚的门是开着的。克劳福德用来封门的挂锁躺在雪地里。锁不是剪断的,克劳福德当时把锁梁扣进锁里,现在被整个拉了出来,还有里面的螺丝之类的东西。

"咱们应该去找克劳福德。"我说。

"那你去吧。"她朝墙角走去。

我一只手把她揽回来,按在墙上。"别过去!"

"我想好好看看尸体,不行吗?我不会再有这样的好机会了,克劳福德不会让人再靠近的。就跟他能解决这个案子似的。他可能也是在这儿玩过家家吧。这要是个——"她拍了一下手,好像拍爆了一个隐形的气球,"大案子,咱们都活不过天亮。我们必须用知识武装自己。咱们人在这儿,门开着。凶手可能已经来过又走了。"

"要是人家来了还没走呢?"

"那就是我带你来的原因了。保镖。"

"你选错人了。"

"这样吧,咱们从门外看一眼,就看一下。如果里面有人,咱们就把门一堵,把他们锁里面。这里只有一个出口。然后咱们就回去叫人。懂了吗?"

我可太不懂了。锁梁都坏了,我们怎么把人锁在里面?怎么能做到一边堵住门,一边又去下山叫人?而且万一他们拿着枪呢?你到时候还知道"懂"字怎么写吗?

但我知道我没得选。如果我回宾馆去叫人,索菲娅是等不到我带着后援队上来的,还是两人在一起更安全。再说了,我正惦记着货车里会有什么东西可以洗清迈克尔的罪名(欧内斯特搞定了一件事),好好看上一眼尸体可能也有帮助。而且你看,我知道人在做出愚蠢的决定时总有理由——和恐怖电影里被冰柱穿成肉串的原因如出一辙——但我只是有一点点好奇嘛。

我们绕过拐角,沿着墙边缓慢移动,背部紧紧贴着墙,一方面是为了隐蔽,另一方面也是害怕冰柱,终于走到了门口。门开了一条缝,索菲娅从缝里探进头,像被蛇咬了似的马上缩了回来,她的眼睛瞪得大大的。她通过口型告诉我:"里面有人。"我把身子转向门,比画着想把门关上。她摇摇头,指了指我的眼睛,又指了指门的缝隙,然后跟我换了个位置,这样我就成了离门口最近的人了。她推了我一把。她的目的很明确:你得看看这个。我瞪着眼看她，尽我所能表现出一种被出卖的神情：这不在计划内。她又推了我一下。

我深吸一口气，忍住想要再瞪索菲娅一眼的冲动，把头伸进了门缝里。

"绿靴子"还在我们安置他的位置上，四仰八叉地躺在那块过小的运货板上。他的胸口高高挺起，像是一个倒过来的跳伞运动员。不同的是，有人正俯身在他前面。即使只看后背，我也能立刻认出他。他的注意力都在尸体上，所以还没发现我们。理想状况下，我应该趁这个时候慢慢退出去，把他锁在里面，然后按照约定去叫真警察。但我没有。仿佛有一根无形的线把我扯进屋里。我几乎感觉不到索菲娅正在慌乱地拍我的胳膊，她提醒我的嘶嘶声散在了风中。

那人没注意到我进来，哗啦作响的墙壁和被雪压得嘎吱作响的屋顶遮掩了我的脚步声。棚屋里非常冷，冷气从金属墙和水泥地里透进来。我的呼气伴随着哈气。我清了清嗓子。那人一下子站了起来，离开尸体两步，然后把手举到空中。她戴着红色的手套。

"真不赖。"我说。这是一个属于我俩的梗。

23

我之所以总跟埃琳说"真不赖",是因为我们刚结婚时我跟她说过,以后她但凡跟我生气,人们每次问起"你跟欧内斯特过得怎么样?"她都能诚实地回答:"哦,他总说'真不赖'。"

埃琳耸起肩膀,两手摊开放在身侧,如释重负地说:"噢,谢天谢地。"随之绽放出一个我已经许久未见过的灿烂笑容。她朝我走来,但在听出我声音中的冷漠时,停下了脚步。

"你在这儿做什么,埃琳?"

"你跟迈克尔谈过了吗?"她的语气显得很意外,夹杂着困惑和惊喜,好像在我和我哥那场隐晦的谈话之后,一切就都应该直截了当了。"他跟你说艾伦的事了吗?"

"他跟我说了艾伦。"

"好吧,那……"她再次止住了话头,好像她需要先留够足够的停顿,才能意识到她必须得自己讲出来。她换上了一副老师般温柔的嗓音,说:"你是怎么想的?"

"我不知道我该信什么。"我没必要对埃琳撒谎,论撒谎她总是比我强。我知道,我知道——这听着就像是一句书里会出现的那种言简意赅的话,书一出版,她也无法再回击,但我说的是真的。再说了,她才是那个有外遇的人。

"咱们边儿上有个死人。"她不客气地说。

"你知道，我能看见。"

"这不是一起意外，埃尼，不是度假村老板想让咱们以为的那样。那只是不想让大家惊慌。但是你和我，我们知道这是一个涉及坎宁安家族的问题。是坎宁安家的人……"她虽然没说出口，但这句话的后半句就飘荡在空气中：是坎宁安家的人干的。

我的语气和缓了一些。"如果我相信迈克尔，那杀我父亲的人就是艾伦，他已经死了。这个故事到这里就应该讲完了。还有什么事吗？"

"如果？"

"我相信他相信——我目前只能相信这么多了。"一想到蛛网地，我就浑身发凉。也许我拒绝接受迈克尔的说法也跟这一点有关：可能从字面上看，艾伦是个恶人，但我是那天早晨唯一在场的人，而且我没想让他死，没想让他被杀，这跟他是谁或者他做过什么都没有关系。

"不过事情很简单。艾伦为了遮掩自己的行为，杀了你父亲，这没错，但他是因为想得到某样东西才动手的。"埃琳咂了一下舌头，然后把一切都说了。"然后他想把那样东西卖给迈克尔，所以咱们才陷入了这些事情。"

"迈克尔已经告诉我了。但为什么要等这么久？"

"也许是因为艾伦已经没有前途可谈了，也许他绝望了。我知道的就是，如果这个人半辈子之前就该杀，那么现在也该杀。"她用大拇指指了指"绿靴子"。"不需要我再次提及上述尸体了吧？"

"就算这样，迈克尔本来要从艾伦那里买什么信息？"

"我不知道。"她犹豫了一下，"他不愿意告诉我，说知道了不安全。"

第九条戒律规定我必须透露我想到的所有东西，所以我现在想补充的是，她跟我说的是实话，但还有所保留。

"但是呢？"

"我们挖到了一些东西。"

我想起我们在宾馆门口握手时，迈克尔伸出的手像刚从监狱里出来的人的手一样，指甲缝里带着泥垢。他身上的其他部分都很整洁：胡子刮得干干净净，头发也是新染的。他为什么不清理一下指甲？"东西是在车厢里吗？"

她点点头。

"行，那你告诉我是什么。"我这样说的时候，听起来很简单，我自己都快要信了。"钱吗？够值一条命？还是剑齿党的什么东西？珠宝还是毒品？"

"我之前也是这么以为的。我没看见过。"

我笑了。由于我的声带还没有完全解冻，所以带出了一声咳嗽。"还是说所有这些都是为了一张藏宝图？"

"你不该笑的。"她交叉双臂，"我信他。"

她哼出的这个"信"字带着两重意思，好像把它单抽出来，换上另一个字，也说得通。

"是不是因为……"

"你不能那么想，埃尼。这跟那个没关系。"

说是没关系，但也脱不了关系。以前，我即使在做婚姻咨询的时候都没有直接顶撞过她。每次我的怒气都能被羞愧和悲伤止住。但如果我直说了，我们可能就会迈过那个坎儿，我们可能就会坐下来把话说清楚，说一说结婚生子对于我们两个各自意味着什么，那封告知生育状况的信——我在早餐时拆开的信，给我们的生活带来了哪些改变，尤其是在我们一直试着要孩子的情况下。

我们等这封信已经等了很久了。把这种改变人生的消息投入邮箱是很奇怪的，但我想他们认为这再正常不过了，还可以少打一通电话。信本身寄来得就慢，埃琳绞着手指递给我一张张写着坏消息的信纸：第一封是弄错地址的产物，她不得不给诊所打电话，让他们把错误改过来再寄一次。几周之后，一摊湿了吧唧的纸浆被送到家里，上面的字迹已经被雨水泡得看不清了。埃琳再也受不了了。每天一早，她第一件事就是去查看信箱，在家门口车道上边走边翻阅各种比萨饼优惠券和房地产广告，然后摇摇头，又是没等到结果的一天。

其实我一直保留着那封信。那天早上，它在我握紧的手掌里被攥成一团，我难以置信地盯着我的检测结果，试着想出一种方式，去讲述一个完全不同的故事。

当埃琳走进厨房，把松散的头发束在耳后时，我已经把信抹平放在黄油边上了。我的手臂很脏，手腕上有恶心的液体。我叫她坐下，当她真正看着我时，当她读到那封信时，她脸上的表情……我想我们两个都明白，这可能就是我们的结局。我们坚持了一段时间，但我们之间的火花已经熄灭了。如果我还有火花，那我就会用它来点了那封该死的信。

于是我们在彼此的轨道上又转了十八个月，因为我们既不想走，也不想留。这就是婚姻中会发生的事情——当两个人中的一个人想要孩子，而另一个人却给不出答案。

是的，那是我人生中第三次也是最后一次发生了重大变故的早餐，也就是与精子有关的那次。

"所以，是真的吗？"我问。我们都知道我问的是什么——她和迈克尔。

她叹了口气。"是真的。但即使不是这样我也相信他。不是每个人都有机会从另一个角度认识自己的父亲。这也算是一种特权吧。"

我懂她的意思,通过帮助迈克尔进一步理解罗伯特,她也在间接地去了结她与她那个有虐待倾向的父亲之间的恩怨。

"得了吧,"我恳求道,"你可要比这聪明。"

"你就会说这种'真不赖'的话。"她笑得有些凄凉,"你打开车厢看过吗?"

我摇了摇头。"他给了我钥匙。但后来我们就跟你来这儿了。"

"他跟我说,无论里面的东西是什么,都应该能说服我。"

我希望不要再有人告诉我,货车里的东西足以改变我的人生了。事实证明,它确实将改变我的信仰和我右胳膊的功能,但我还是希望他们可以别再告诉我了。

"这样下去没有任何进展。"我这么说是想缓和一下氛围,"咱们先试着找一下共同点吧。"

"你听上去跟金医生一样。"

"咱们可是把钱都花在咨询上了——谁能想到现在用上了呢。"我挤出一个笑容。

"所以,能是什么呢?"她拿出以前我们咨询师的那种半死不活的腔调,"什么能把我们结合在一起?"

"咱俩都不相信迈克尔需要对它负责。"我冲尸体指了一下。在它周围展开一段如此随意的对话,好像是有点奇怪,"而且我猜,既然你都主动破门而入、四处查看了,你也不会吃什么自然死亡那一套说辞。你觉得有人在跟着迈克尔,跟着你俩发现的东西,而我呢,只是想帮助迈克尔摆脱麻烦,让我这辈子也能有一次把事情搞定的机会。这就是咱们的共同点。我们都想破解这起谋杀案。"说到这里，我又想到我能成为这本书的主角，不仅仅是因为占了我作者身份的便宜。事实上，我记得我当时还在想，似乎有更多的人有破解这起该死的谋杀案的动机，而不是真正去犯罪的动机。"所以咱们就从那里着手。如果咱们可以找出是谁干的，我们就能知道迈克尔说的是不是实话。"

"用一件事去证明另一件事。"她同意了，然后她把两根食指碰到一起抵着下巴，然后皱了皱眉，"我觉得今天在这间屋子里还是有些进展的。你觉得呢？"

我笑了，这个笑容违背了我的本能。我们相爱是有原因的，不管那之后发生了什么，还是很难全然忘却。

"我来之前，你就已经看过一阵子了。"我说，"发现什么了吗？"

"我想说的是，我也不是什么专家，但这些不可能正常。"她朝后面的尸体扭了一下身子，我慢慢凑上前。

我还没有仔细查看过"绿靴子"，因为我在抬他脚的时候精神太紧张了，后来也只瞥了一眼克劳福德给他的脸拍的照片。他的眼睛是闭着的。棚子里温度太低了，他的头发在里面都结了冰溜。一开始我以为他脸被冻伤了，实际是盖了一层黑灰，在他的嘴周形成了一圈闪闪发光的凝固的焦油。他的脖子上有一圈鲜红的伤口。索菲娅跟我提到过这个伤口，它被克劳福德的袖子蹭掉了，但离近了看更显血腥。不管这个人身上到底缠了什么东西，都缠得非常紧，以至于把皮肤都勒破了。血淋淋的勒口在寒冷中渐渐凝固。

埃琳打断了我的侦查工作。"看起来像是让人勒死的。我不知道这些黑色的东西是什么。毒药吗？"

"火烧出来的灰。"我说,我重复了一遍索菲娅告诉我的话,"看来还真是。"

"你是说,身上着火了的那种火?就在外面雪地里?"

我点点头。"不过没看到融雪。如果身上着火了,不应该来回滚吗?索菲娅认为这是一个连环杀手干的。媒体管他叫'黑舌头'。但如果你觉得迈克尔像我们的爸爸一样,陷入了某种帮派交易,他也可能是被派来的杀手?"

"或许吧。这样子看起来相当暴力,我想人们只有在他们想要真正伤害什么或者想要传递某种信息的时候才会这样做。不过先别说太快,你说这是灰,但雪却没有化。这个凶手放火烧了他们,却没把他们烧着?"

"这是一种古老的酷刑技术,其实是波斯国王曾经使用过的。"索菲娅站在门口说,"怎么了?我的屁股都快冻成四瓣了。"

"酷刑?"我冲埃琳抬了抬眉,"这倒是应和了传递信息的诉求。"

"她知道多少?"埃琳抱起双臂,"迈克尔只让我相信你。"

"没关系。她知道钱的事。"

"太糟糕了,让埃尔恩花了,"索菲娅给我使了个会意的眼色,"相当大一部分。至少有五十万,对吗?"

埃琳用一种我无法解读的眼神盯着我,要么是恼火我花了迈克尔的钱,要么是生气我和索菲娅走得太近,居然把自己的秘密都告诉了索菲娅。我倾向于后者,并认为一个昨晚和我哥一起过夜的人竟然产生这样的恼火,实在有点太过了。"你好像对这个连环杀手很了解。"埃琳说。她仍然很警惕。

就算索菲娅认为自己被针对了,她也没有表现出来。"我们医院分院曾经有一个受害者,汉弗莱斯太太。有人发现了她,大家都觉得发现得很及时。但她的肺部不行了——我们只能关掉呼吸机。我对这件事念念不忘，就听了一些播客。我以为我永远不会需要这些信息，没想到现在就用上了。"

"好吧，结案。如果你听了一个播客……"

"你让她说完，埃琳。她比我们知道的多。"

"所以咱们是在找一个历史迷吗？对中世纪酷刑很有研究的那种？"

"算是吧。"索菲娅看上去有点尴尬，"这都不是我编的，好吗？这叫灰烬窒息。埃尼，我之前不是告诉过你吗，大多数死于住宅火灾的人不是烧死的，而是窒息而死的。一部分原因是火把空气中的氧气都抽走了，人没有氧气可供呼吸。即便是在火熄灭后，如果吸入太多的烟，烟覆盖了肺部，这样就算空气中有氧气，人也喘不上来气。"

"你说古波斯人是因为住宅火灾而闻名的？"

"哈！他们就是最先使用酷刑的人——他们专门建造了一个塔来干这个的，特别大，有二十多米那么高。里面都是些轮子、齿轮之类的东西，底部有一堆灰烬。谁要是亵渎了神灵，就会被推进那个塔里——因为在那个时代，亵渎神灵的人会被判死刑。如果只是被困在一个充满余烬的房间里，并不会受到太严重的伤害，但古波斯人会转动轮子，那些巨大的齿轮会把灰烬扬到空气中。人就这么窒息而死了。"

"露西告诉我，第一起案件的受害者是布里斯班的一对老夫妇？她查过他们的信息。你不会是在说，他们就经受了那种折磨吧？"

"她说得对。不过，也不全对。咱们现在肯定没在哪儿藏着一座三层楼高的酷刑塔，而且，不管怎么说，'绿靴子'似乎是被勒死的。"索菲娅从旁边的长凳上拿起一把螺丝刀，用它把"绿靴子"的衣领往下扒拉，以便看得更清楚，"从他脸上灰的厚度，以及他脖子上伤口的深度来看，我得说，他当时头上被套着一个装着灰的袋子，口扎得很紧，这个袋子在他死后才被摘下来。"

"雪地上的痕迹看着像是有人在一个小范围内来回活动。"我说。

"没错。缺氧会让你很快失去方向感——他应该是想把袋子摘下来，很可能是在惊慌失措的状态下。我可以想象他疯狂地绕着圈子跑。"

"这一段听着可没那么中世纪了。"埃琳意识到她的话有点太尖锐，于是举起双手表示歉意，"我没想讽刺你，对不起——我很感兴趣。我只是在想，往别人脑袋上套个袋子就足以致命。为什么还要弄点灰呢？"

"有道理。也许是因为天快亮了，也许是被度假村的某个客人打断了。总之，我猜凶手当时正在紧要关头，手忙脚乱的。因为杀害那对布里斯班夫妇时，凶手有充裕的时间。我刚才说过，没有什么酷刑塔，但并不代表没有那种类似的现代替代品。人们是在车库里上了锁的车中发现他们的，他们的双手被扎带绑在方向盘上。车顶上有凹痕，似乎有人曾在上面站过。地面上还扔着一台吹叶机①，凶手应该是通过天窗把灰烬倒进车里，然后再用吹叶机把灰烬扬起来。被送到我们急诊室的那位女士也是一样的情况。她被人用扎带绑在一个被反锁的卫生间里，窗户和风扇都被胶带封住了，只在鼓风机的位置留有一些空隙。这就是他喜欢

---

①一种园艺工具，将空气从喷嘴中排出，用来吹散树叶或碎屑。

的方式。有条不紊地完成这一切。不过很显然，这都只是猜想。"

"从播客里学的。"埃琳肯定地说。

"从播客里学的。"

"那感觉一定像是在空气中淹死。"我说。我不想梦见自己把别人掐死，也不想回忆起小时候在母亲车里度过的大部分无意识的时间。我以前读到过，有的潜水员是在离水面只有几英寸深的时候溺亡的，当时我就在想，但凡他们能够游出水面，就一定能得救，但那却是遥不可及的。我无法想象一个人试着大口吸入面前的空气，却什么也吸不到的感觉。"如果你认为这两起案件是同一个杀手，那你也认为杀手使用了同样的工具，对吧？你脑子里想到的不仅仅是灰烬，还有他脖子上的印记，你觉得那可能也是束带造成的，对吗？"

"对。能把皮肉干净利落地切开，极有可能是用了某种塑料，而不是绳子，因为绳子会擦破皮肤。如果用的是渔线，伤口应该会更深。但是你看这儿，看……"她指向尸体的口部，掏出手机（电量：85%），用手机手电筒的光照进那张微张的嘴。难怪媒体会把凶手称作"黑舌头"，死者口中结了一层黑炭，这让他的舌头在沾满污渍的牙齿后面好像一只黢黑肥厚的鼻涕虫。"顶多算是'锦上添花'，这灰烬并不是致死的原因。反正那个袋子无论如何都能把人憋死。这样做除了留下痕迹之外没有任何作用。"

"那他为什么还要那样做？"埃琳问。

"我在急诊室里也见过一些奇葩的事情，所以我猜可能会有几个原因。你知道我在想什么，埃尔恩。你写的就是这种东西。变态杀手的基本原则？那词怎么说来着，作案手法？"

"嗯，"我说，"我想最常见的假设是，变态杀手只是想以某种特定方式做事，这属于他们做事流程的一部分——对他们来说很重要。但如果真有那么重要，我觉得他们不会只把精力放在杀人这件事上，而是要一步步按照他们的喜好来，除非是被打断了。否则就不值得费这么大劲儿。而且看着也不像是有人在这里生过篝火。那样的话会有明显的痕迹。所以我不明白这样做会有什么意义。"

"其实火在这件事里并没有你想象的重要——诀窍就是让这些灰尘颗粒进到空气里。你可以从任何园艺店或五金店买成袋的煤灰。我的意思是，杀手可能随身带着煤灰。他是有备而来的。所以我觉得第二个推测可能性更大。"

我已经推断出她要说什么，心猛地沉了下去。她要说的跟埃琳和迈克尔的观点相当吻合。但铁门咣当一声，分散了我们的注意力——克劳福德猛地把门推开，他脸色通红，满头大汗，一看就是动了肝火。

克劳福德一只手握着坏掉的门把手，锁依然挂在上面，另一只手则握着一个沉甸甸的警用手电筒。他的目光在我们三个人之间来回移动。他试着说出几个不同的词，但似乎无法决定哪个才能够充分发泄他的愤怒，所以最终，他只是大喊了一声："出来！"

我们像小孩子一样低头走出来，边走边小声说着"对不起，警官"。我们来到棚屋之后，外面的暴风雪稍微平息了一些，又能从我的位置看到宾馆了，它看着比以往任何时候都更像姜饼屋——归功于上面新结的冰。

克劳福德生硬地跟在我们后面下了山。我的编辑告诉我，没有人会生硬地走路，但他明显没有被克劳福德警官怒气冲冲地跟在身后两步远的地方过，所以我还是坚持使用这个副词。我把货车钥匙举到埃琳面前，埃琳点点头表示同意，我们开始向停车场走去。然后她转过头,小声对索菲娅说话,生怕让克劳福德听了去。

"你的第二个推测是什么?"

"'黑舌头'正在自曝。他想让我们知道他在这儿。"

24

  货车的尾部有一个可以升入车顶的卷帘门。货箱边沿扣着一个空的咖啡杯。钥匙很容易扭动,我把钥匙柄旋转了九十度。感觉即将迎来一个重要的时刻,所以我停顿了一下,看了看挤在周围的另外三个人。埃琳双手绞在一起,急切地想知道即将出现的东西能否让我信服,也许我会因此而告诉她迈克尔没有告诉过她的事情。索菲娅则是一副自鸣得意的模样,期待着迈克尔的秘密被揭穿。

  克劳福德看起来很不耐烦,试图用他能掌控的命令式的口吻让我们直接去宾馆,但我并没有听出来他有多大的激情想要真正阻止我们。我是对的:与其断然拒绝我们,不如跟在后面,确保我们不会做任何其他蠢事。而我呢?我正在做好失望的准备。就像我跟迈克尔说的,除了宇宙飞船之外,没什么能让我大吃一惊的了。

  我把卷帘门向上抬了几英寸。目前第一个观察是:没有爆炸。(我知道这听起来像是有病,但刚刚我的脑海里闪过了许多情节,而且我得羞愧地承认,综观全局,发生爆炸是最合乎情理的情节。)我并不是为了制造悬念才要慢慢把门抬起的:门的转轴被冻住了。我使出了吃奶的劲儿才把它向上托起一个小缝,刚刚够看见里面黑漆漆的一片。我没戴手套,手被冰凉的铁板激得生疼。正当我打算再使点劲,向上再托一点时,另一只手按住了我的胳膊。

"也许这只有你能看,"埃琳说,"起码你得先看。"

埃琳显然多少对里面的东西有点了解。毕竟是她帮迈克尔一起挖到的。她认为是钱,或者至少是贵重的物品,考虑到需要动用货车运输,很有可能会是一大笔。迈克尔只让我相信你。迈克尔直接对我说过同样的话,鉴于我曾经作证反对过他,所以我是他唯一信任的人。他能够忍受自己被隔离在一个恶臭的袜子抽屉里,只是为了悄悄把钥匙给我。索菲娅和克劳福德不应该跟着。埃琳是对的。

"给我一分钟,我想先自己看一下。"我让自己的声音压过风声,"嗯……可能有危险。"

我知道这句话毫无说服力。索菲娅翻了个白眼。我不知道她生气的是自己被排除在外,还是我每次站在埃琳或迈克尔的身边时,她都在幻想自己离一大笔钱又远了一点。我突然想到,这可能就是她当时在维修棚里打断我们的原因:就是那么不合时宜,就在埃琳和我刚刚找到共同点,开始结成一个团队的时候。

我本以为克劳福德会极力反对,他反对的理由有很多(从证据链、证人,到一切关乎警察形象的环节),结果他好像已经完全放弃了扮演警察角色。埃琳把他们俩带到货车侧边。两声霜冻碎裂的声音过后,我终于打开了车门。

空气中弥漫着冰霜,天空异常灰暗,即便门已经完全打开,依然不能完全看清货车内部的情况。车厢的内壁上挂着搬运家具时常会用到的绳子和带子。但我可以看到深处有一个具象的影子,看起来像是一个……不好说。我得好好看看。我爬进车厢。在我走向那个物体的过程中,车轮来回摇晃,整辆车都吱吱作响。车厢里的空气很混浊，闻起来——所有东西闻起来都像是新鲜的泥土。我们挖到了一些东西。

我的眼睛逐渐适应了黑暗。关于车厢里会有什么东西，我想象过很多种可能。这样东西既可以证明迈克尔的清白，也可以证明他前一天晚上的下落。但我所看见的东西，甚至没有在我脑海中闪现过。我愣在那几秒钟，直到有人往车厢侧面狠狠地砸了一拳。是索菲娅，声音很沉闷，但却相当清楚："所以呢，是什么？"

我走到车尾，放下卷帘门，把自己封闭在黑暗中。埃琳是对的。这是为我准备的，而且只是为我一人准备的。

棺材板的木纹路里嵌着一道一道的泥土，这就解释了为什么会有新鲜泥土的气味。我借着手机手电筒的光亮检查了一遍（电池：37%）。

棺材看起来价值不菲，木料非常结实，也许是橡木，清漆涂得均匀，所以没有腐烂得很严重。它的两侧都装饰着华丽的铬合金把手。看起来有一些年头了，但应该也没有一百年的历史。不过也难说。露西应该会很高兴：作为一个没有同房的不在场证明，盗墓是一个相当不错的选择。

我的第一个想法是，这可能是霍尔顿的棺材，纯粹是因为我不知道除了他，我哥哥还会去挖谁的坟。更讽刺的是，他恰恰就是我哥哥一开始想要埋了的人。但这口棺材显然是为了可以体面地展示而特意定做的，里面的人肯定受人爱戴又受人尊敬。而迈克尔恰恰告诉过我，艾伦欠了监狱里一半人的钱，所以我不认为有人会给霍尔顿置办这样一个体面的安息之处。

我的指尖轻轻划过棺木，沿着棺材踱步。当我在薄薄的车板上挪动时，车轴在我脚下发出嘎吱嘎吱的响声。我看到棺材边缘的一圈钉子已经被撬起，棺盖应该能打开。我意识到这可能根本不是棺材，而是一个伪装成棺材的储物箱，也许迈克尔已经从里面拿走了他想要的东西。

确实会有人把东西藏在棺材里，对吧？但如果是这样，他已经把东西拿走了，那还为什么要我去看呢？

如果里面是一个人，我怎么能认出在地下待了这么久的这个人是谁呢？一堆骨头对我来说毫无意义，无论它们是谁的，我都认不出来啊。我心里正想着这些时，我的指尖在光滑的棺木上触碰到一个粗糙的凹槽，触感和其他东西不一样，是个标记。我用手电筒（电池电量：36%）照亮它。

一个无限的符号，刻在木头上。

往事突然浮现在我的脑海。某一次国葬上看到的奢华棺材。一把瑞士军刀，在橡木上划出一条象征无限的纽带。死者胸前摆放着一顶帽子，戴着白色手套，装饰着金色纽扣。我可能会质疑自己识别棺材里尸骨的能力，但我认识这个棺材。

迈克尔和埃琳挖出了艾伦·霍尔顿的搭档：我父亲开枪打死的那个警察。

25

我知道我必须打开它。这该死的潘多拉魔盒。

棺盖非常重：这种奢华的棺材都是铅衬里的，以防止尸体在液化时渗入棺木。即使不考虑棺盖的重量，连接处也让水泡得变了形，这还没算上六英尺厚的污泥以及已经僵硬的尸体产生的压力。要不是迈克尔之前强行打开棺材，我现在肯定就无计可施了。为了把它放进货车里，他和埃琳一定是用车厢里的带子，组装出了一个滑轮装置。

我没有帮手，只好想出一个办法。我站在铰链一侧，靠在棺材上，用手指扣住棺材下方的边，然后用全身的力气向后拉，这样就能移开棺盖。我费了好大劲儿，寒冷给我增添了难度：位于山顶，四面铁皮，这辆货车简直像是一个冰窖。

因为用力，我在冰冷的空气中喘着粗气。刚开始只撬开了几厘米，过程又痛苦又缓慢。直到推开部分的下滑惯性压倒了棺盖的重量，使棺盖一下向上掀开，差点撞到我的屁股，然后把棺材掀翻。幸运的是，我不用跟骨架跳探戈了：棺材向我微微摇晃，最终找到了平衡。

货车再次发出呻吟，好像在恳求我别再这样四处走动。

我用手电筒（电池电量：31%）照向棺材。

棺材不是空的，我本来对此将信将疑，所以看到一具尸体更像是一种解脱，而不是震惊，因为至少它本来就应该出现在那里。

科学小课堂：三十五年就足以形成一具半木乃伊状的尸体，具体取决于封印状况和棺材的材料。但还不足以让所有组织液化，而骨头直到快上百年时才会碎成灰尘，所以我看到的是覆盖着片状灰色肌腱的骨架。我当时并不了解这门科学——等我写到这儿的时候才不得不查一下，所以我不确定迈克尔希望我能从法医学或者直觉角度，在眼前这具腐烂了一半的尸体上学到什么。我对着毫无意义的一切摇了摇头。

但我总觉得，那里面可能还藏着其他东西。真正有价值的东西肯定已经被迈克尔拿走了，虽然我记得他想要给我看一些东西，搜遍全身上下然后发誓说他没找到。

话又说回来，如果那个东西有那么小，那就可以装在兜里，他为什么要把它藏在一个大棺材里呢？如果迈克尔已经从棺材中拿走了他需要的东西，为什么还要把整个棺材带到这里呢？

我得再好好看看。我手电筒的光线（电池电量：31%）先是落在一只人类的脚的残骸上，单看这一部分，就像一只小鸟的骨架一样：细长的骨头几乎形成了一个笼子。接着，我开始查看腿部，它们在腐烂过程中变得苍白。我试着回忆高中生物学知识，好让自己能发现任何不对劲的地方。它比我见过的任何模型骨架都凌乱，肋骨笼部分破碎，看起来像是多长了几根肋骨。除了散落在胸口处帆布残骸上的几颗金色纽扣，以及骨盆空洞中夹着的一个皮带扣外，整具尸体一丝不挂。

我必须得承认，即便看着一个死人，一个让我父亲一枪穿喉的死人，我依旧一点触动都没有。既没有生出愧疚，也没有感到厌恶。就和看到山上那具尸体的感觉一样：单纯是以一种近乎学术性的眼光观看。而现在，迈克尔已经告诉我这具尸骨属于一个奸诈的人，一个差点要了我父亲命的人，我就更没什么感觉了。棺材里的尸骨对我来说毫无意义。一直以来，我都处于一种自我保护的状态，避免去了解和思考那件事情。因此我对这个死了很久的警察一无所知，甚至不确定他到底叫什么。

话虽这么说，但上次我观察他的时候，他还没长出两个头来。

我以前往这口棺材里面看过一次，就是在他的开棺葬礼上，当时里面绝对只装了一个人。我现在不仅想知道棺材里另一个人是谁，也想知道他是怎么进里面去的。

第二个头骨比较小，但腐烂的程度差不多。上面紧绷着一层皮革似的头皮。这颗头没有放平，它的下颌骨抵着白绸垫子（起码曾经是白绸垫子），所以我能看到头骨后面有一个边缘不齐的洞，从这个洞延伸出来的裂痕一直到两个耳朵的位置。是射杀还是击打导致的？这个不能确定，但无论这个人是谁，都肯定禁不住这种杀伤力。我进一步仔细观察，注意到在那具较大的骨架之上，还有许多细小的骨头，组成了一条脊柱。随着皮肉逐渐流失，肋骨交错在一起，这就解释了我一开始看到的那些肋骨，实际上它们属于另一具尸体。

我更加仔细地观察，顺着脊柱一直看到骨盆、弯曲的膝盖，双脚（看起来像是小鸟的骨架）蜷缩在大骨架的臀部上，仿佛是在寻求庇护。两副骨架看起来就像《滚石》杂志那张著名的小野洋子和约翰·列侬的封面。不管你生物考试及不及格，都能从整幅景象中明确一个事实。从这些骨骼的周长来看，这个人身材很小，应该年龄不大。

迈克尔把这口棺材不远万里带到这里，就是为了给我看这个：一个孩子的尸体蜷缩在一个警察的遗骸上。

现在我该去找他问明白了。我往后面的车门走了半步。

就在这时，货车开始移动了。

车颠簸了一次，我有点站不稳，身体重心开始向脚后跟转移。我的肚皮仿佛完成了一次蹦极，里面的五脏六腑正在努力适应突然朝向我稳定的双脚的加速度。因为处于昏暗之中，过了好几秒后，我的大脑才开始为我没有失去的平衡而感到高兴。我的走路姿势像是在船上一样，慢慢地向前移动。尽管只有几米远，但我希望你能知道，接下来的事情都发生在短短几秒之内。有人在急切地砸着侧厢板。

"埃尼，快从这辆傻帽车上下来！"一个女性的声音大喊。我听不出来是埃琳还是索菲娅。

我试着在保持平衡的基础上加快速度。我有种在爬坡的奇怪感觉，说明货车正在向前移动，而我要逆流而行走到后门的位置。车厢板上的帆布带子朝驾驶室垂过去。外面的人还在砸着侧厢板，但加速的车轮发出的隆隆声压过了随之而来的叫喊。不过我知道外面的人在说什么：快点。这我还能不知道吗？这辆货车正在朝山下移动，而这座山唯一一处平地就是结了冰的湖面中间……

一阵剧烈地抖动，车门被向上抬高了半米，一缕光照了进来。埃琳把头伸进来，呼哧呼哧地跟着车走。"快点，埃尼。赶紧的！前面的坡更陡。"

"这到底是怎么回事？"我大喊着，艰难地在倾斜的车板上向她走去。

"手刹松了。肯定是你碰到它了，车就开始往前走。克劳福德正想进驾驶室里踩刹车，但驾驶室的地面上有些棕色的东西，可能是刹车油。你还是赶紧下来吧,大家都省事儿,别等到时候我们没法让车停下来。"她想要握紧卷帘门的底部,但她做不到一边抓着卷帘门一边跟着车小跑。甚至在几秒钟内,她就从小步快跑变成了在齐膝深的雪地上生硬地大步慢跑。货车的速度并不快,但在雪地里很难跟得上。我知道离马路还有一百米左右,一旦我们穿过马路,还有几百米就到湖边了。过了马路才算是正经的下坡。但这辆货车太重了,给一点速度,它就不可能停下来。我知道我必须在它开始真正移动之前跳出去。

"你重心往下,"她说着伸出一只手,"雪很软,摔在上面没问题,所以你就放心滚出来吧。"

我蹲下身子,单膝跪地,就在这时,货车又猛地往前一动,比第一次还猛。我摔倒了,手从埃琳的手里脱了出来,于是我用手去够带子,但是没够到,结结实实地摔了个屁股蹾儿,整个人都向后滑去,直到我后背撞上驾驶室才停下,整个人被撞得差点儿背过气去。车轮下的路面一定是带点坡度了,因为所有东西都在移动:垂挂的带子在车板和我的脸上扫来扫去,不知道从哪儿掉下来一个工具箱,一大堆螺栓、扳手之类的东西掉在地上又弹起来,散了一车厢。我头往边上一歪,刚好一把螺丝刀贴着我的眼前飞过,耳朵旁边的一件金属制品当啷一声掉了下来。

然后我听到一种拖着长调的刺耳的声音,是一种刮擦地板的声音。棺材正冲我滑来——几百公斤重的铅、木头和两具骷髅。我想要移开,但重力和混乱是致命的朋友。我之前已经告诉过你了,整本书都是我单手敲出来的:这就是原因。

我的右手腕传来一阵剧痛,几乎紧接着就麻木了,就好像我坐在了自己的手腕上一样。我想把自己从墙上揭下来,却感觉肩膀被拽了一下,胳膊完全不听使唤。听起来很蠢,但我确实是看过之后才明白：棺材撞到了我前臂中间，把它固定在了墙上。我刚看过骷髅的手，所以我想象出没准儿已经折断的几十根小骨头的恶心画面。但这是我目前面临的最不重要的问题。刚才货车缓缓下坡时，我还不以为然地试图从车厢里跌跌撞撞地出去。现在好了，货车在不断加速，我被困住了。

我用我另一条好胳膊使劲拉扯我那条不能动的胳膊，但它一点都动不了。然后我用手指在棺材和厢板之间来回摸索，试图减轻哪怕是一毫米的压力，一丁点也行，但它太重了。我的手指根本扣不住，又滑又湿，是血。我感觉不到我在流血，我身上的所有部分都因为惊吓而变得麻木，但我在挣脱的过程中撕掉了手上的皮肤。当我被送下山，也就是在又发生了三起死亡事件和一个凶手被揭穿之后，会有一位护理人员一边用带钩的金属针头穿过我垂下来的皮肤一边告诉我，这在医学术语中叫"脱套"。我很庆幸自己当时不知道，否则我早就晕过去了。

我扭头看向出口，估测我获救的概率有多大，得出的结论并不能让我感到丝毫慰藉。尽管积雪很深，埃琳依然跟在车后，但她脸上的表情透露出她急迫的心情。我能看到她把手伸进货车，头忽上忽下，想要跳起来撑在车沿上爬进来，但她最终还是脱开了手，在我的视线中滑向远方，然后再一次尝试。

"我被卡住了。"我叫道，不确定她有没有看到我的胳膊让棺材挤扁了。螺丝和螺栓在地板上丁零当啷地滚来滚去。"离湖还有多远？"

"这个问题……"她此时已经气喘吁吁，新雪的深度比汽车的速度更加拖累步伐，加大了跳进齐腰高的货车里的难度，"答案你不会想知道的。"

说了跟没说一样。时间不仅是借来的，而且还在收取利息。

我用脚蹬住棺材,试着把它踹到一边,但它的反作用力让我感觉我的胳膊可能已经脱臼了,而棺材连一英寸的距离都没有挪动。

"主路还远吗?"我叫道,"主路上的雪堤……"我艰难地喘着气,"也许可以让我们停下来。"

"早过了,直接就开过去了。"埃琳叫道。

他妈的。刚才那一颠一定就是雪堤弄的,直接把我给颠倒了。谁能帮帮我!

我重启了我脑子里的地图。如果我们已经走过了公路,那就意味着坡度马上就要变得非常陡峭了。

"埃尼。"另一个声音出现了。索菲娅赶了上来。由于光线太弱,再加上货车的加速,很难看得清楚,但一个类似她头的东西进入了我的视线。"你干吗呢?你还有大约三十秒的时间甩掉车。赶紧出来!"

"我受伤了。动不了!"

"等等,那是一个棺——"

"帮我进去。"埃琳打断了她。

"安全吗?"

"当然不安全了。你托我一把。"

一切开始变得模糊。我体内的肾上腺素肯定已经消退了,因为疼痛开始爬上我的手腕,并在向我的整条胳膊辐射。我的视线边缘因此而变得模糊,失去了焦点。我尽力把注意力集中在埃琳和索菲娅身上。她们在阳光下,她们是固态的物体。她们离我似乎无限遥远。这时,第三个影子出现了。

"不行啊。"这次是一个男性的声音,是克劳福德在说话,"我打破了窗户,但太高了。时间不够……坚持住……"他接下来说的话变得很模糊,但我还是听明白了,"你没把他弄出来吗?"

"他被卡住了。"索菲娅说。

"卡住了？"

"他受伤了。"

"伤得多重？"

"还不知道。"

"严重到出不来，不能跟咱们一起待在车外面。"埃琳抢着说。

"哎哟。看着点我的脚！"克劳福德说，因为埃琳踩了他一脚。

他们仨一定一起把卷帘门又往上推了一截，因为光线涌了进来。克劳福德又开口说："天哪！那不会是……"

就在这时，一切突然从忐忑变成了极度恐慌。三个人现在都在跑：车一定已经开到了更陡的斜坡上。我估计额外的光线进一步暴露了我的伤势，增加了混乱的程度。埃琳开始朝克劳福德大叫，让他把她托进车里。我听到克劳福德拒绝了她"太危险了！太冒险了！"这些话一定会把她气到耳根发烫，性别偏见在英雄主义的幌子下昭然若揭。

在我等待着克劳福德的靴子哐当一声踏进车里的过程中，一根捆绑带甩到了我的脸上。我用自己那只能活动的手抓住了它，倾尽全身的力气想把它扯下来。把它挂到车厢上的人并没有把它系紧，当它脱落时，上面的搭扣啪的一声掉到了地上。这根带子如同一根超大号的安全带。我把它收到手里，围在腰间，用一只手摸索着打了个简单的绳扣。这个环系得很松，但也许已经不错了。

"快点！该死，埃尼，你倒是动啊！"又是索菲娅的声音，只不过这一次，她从大喊变成了尖叫，那是一种惊慌失措的声调。而且，声音离我有一点远。我意识到我没有听到克劳福德上车的声音，这才反应过来，他阻止埃琳并不是为了彰显英雄本色，准备自己救我，而根本就是为了阻止她。我停下手里调整带子的动作，一抬头，发现他们三个人都在一秒钟之内迅速变小了。随后我意识到，所有捆绑带都回到了垂直悬挂的状态。地心引力恢复正常了。我肚子里的惯性减弱了，表明货车已经停了下来。

车停了原本是件好事，要是我不知道索菲娅、埃琳和克劳福德并不是让车给甩掉的话。他们已经不再追车了，因为再往前走一步都会有危险。他们没机会了。

这意味着我现在被困在四吨重的金属中，位于结了冰的湖面中央。

我就不跟你讲那些带有欺骗性质的悬念了，什么伴随着细微的断裂声，冰面上出现蛛网一样的裂痕之类的。事实上，这辆货车在冰面上趴了不到五秒钟的时间，就猛地一颠，向下沉了好几米，最终以三十度的倾斜角度停了下来。我背靠的驾驶室首先沉入。又是一个趔趄，整个车体倾斜成了四十五度。我知道我必须得想出一个办法，而且要快。

计划的核心我已经想好了。我拼命甩出捆绑带上沉甸甸的搭扣，但还是兜了太多的空气，搭扣咣的一声砸到仍然半敞着的门上，然后又滑回了我身边。我不死心，又试了一次，我把它顺着底板抛了过去。它一路飞掠，然后滑出门下的缝隙。我并不指望它能钩住什么能够承受我体重的东西——湖面上空无一物——但我还是希望湖面上能有个什么东西。如果我沉入水里，我最关心的问题就是如何能再次找到冰上的洞。即使我没拉住那根带子，毕竟它也不怎么结实，那我也还有可能朝着那个洞的方向回到水面上去。车厢侧板在外部水的压力作用下吱吱作响。我听得到滴水的声音，也闻得到寒冷的味道。尽管我不确定，但我此时很可能已经处于水位线之下了。我用自己的那只好手握住棺材的铬合金把手,准备迎接接下来的事情。我只有一次机会。

事情发生得太快。冰面又噼里啪啦地裂了,顷刻间,我成了仰面朝天的姿势,通过半敞的卷帘门仰望着外面的天空。货车与冰面呈现九十度角。万事俱备。我已经不想去把棺材从我的胳膊上推开了,我决定把合金把手朝着货车顶板的方向拽。在没有倾斜之前,这就好比是要做一个仰卧推举,但现在,棺材基本上已经立起来了,我要做的就是让它翻倒。我顾不得它正像一把轧锤一样轧压着我的小臂,我只想全力以赴。终于,事态有了好转。

它翻倒了。

如果我没能准确地表达我的激动,那不好意思,它翻倒了!

棺材重重地撞上顶板(现在是侧壁了),斜靠在我的上方,它的盖子敞开了,灰尘和骨头撒落到后壁(现在是底板)上,并且在这个过程中释放了我的手(现在已经扁了)。我滚到一旁,以防它再度落下。我紧紧抓住我那只被轧烂的手,感到湿乎乎的,但我还不具备那种坚强的意志去检查它的毁坏程度。要么就是因为太冷,要么就是因为受到的惊吓太大,反正我已经无法准确地感知疼痛了。

我站起身,抬头看了看天。被我甩出去的那根带子依然在我头顶像条蛇似的摇晃着上扬。我觉得我听到了喊声——大概喊的是我的名字。但我不能确定。我环顾了一下囚禁我的这方天地,认定自己不可能只用一只废胳膊就能爬上底板,也就是侧壁。那根带子什么也没钩住,所以我也不能顺着它爬出去。当然,整辆货车还在往下沉。水从一侧壁的缝隙处漏进来,缓缓地拍打着我的脚踝。因纽特人可以有一千个词语来形容雪,但没有哪怕一个词能够描述此时的水有多冰冷,我的脚已经开始麻木了。几年前，当我在等待生育诊所的诊断结果时——在我了解到阴囊温度也是影响精子数量的一个因素后，我就开始把内裤都换成了四角短裤，还曾经把一袋从加油站买回来的冰块扛在肩上，搬进浴缸里——我可能会为遇到这么冷的水而兴奋不已。但我现在不会这么想。水成了一种麻醉剂，会造成心脏停搏。我的脑海中闪过一个念头：这就是制作鱼子酱的方法，人们先让鲟鱼在冷水里昏过去，然后再剖开它们的肚子。

没过多久，水就开始从门边喷涌而入。一开始是从一个角落里源源不断地灌进来，然后围着那个洞出现了大概六道小瀑布。冰冷的泡沫冲洗着我的膝盖。

我还在往上看，期盼那根带子能够好好地待在冰上，不要滑进车里。我用自己那只好手检查了一下腰上的绳扣。我的计划很简单：尽可能靠水把我托上去，离车的出口处越近越好，一旦车里的水灌满，我所要做的就是在我身后的货车下沉时，一鼓作气地游到岸边。我得时刻谨记，沿着车厢的底板穿过卷帘门的缝隙，这样就不至于被困住，也要谨记不能被冰水拍晕，始终拉住绳子。如果我做到了，就一直往上、往上、往上。就是这么简单。这有什么难的。我感到带子拖着我的腰向上拉，感觉自己就像是一艘拖船。

水淹到了我的胸口。除了咆哮的水声我什么都听不到。我只能看到一小片天空，上面斑驳着水花和泡沫，并且越缩越小。脖子以下的身体都因为寒冷而紧缩了。我想到了鲟鱼。如果我的心脏能因为惊吓而停止跳动，那我起码就不会知道我溺水了，想到这里，我感到一丝安慰。

往上、往上、往上，我在心里念叨着。然后天空就不见了。我深吸了一口气。往上、往上、往上。

26

我醒了，一丝不挂。

我试图回想自己是不是被人拖过冰面到了岸上。但随着意识逐渐恢复，周围的温度让我反应过来，我已经不在室外了。我躺在一张床上，被子被掖到了脖子，好像我是一个爱做噩梦的孩子一样，裹得很紧，像是住进了精神病院。我眨眨眼睛，想要驱散眼前的白雾。

我没被架在半空，所以不是在我小木屋阁楼的床上。我估计是在宾馆的一个房间里，屋里没什么可供识别的特征，灯光昏暗，窗帘也拉着。这可真是麻烦，因为我不知道现在是几点，而我又不想成为醒来后一上来就问"现在几点了？"或者"我昏迷了多久？"的那种人。房间的另一端有两个身影在低声交谈，他们还不知道我已经醒过来了。我的右手感到一种持续的节律性疼痛。我拉开被子想看看自己伤得有多重，发现手上戴着一个花花的烤箱手套。我想把它拽下来，但它戴得很牢，把我疼得龇牙咧嘴。我用一根手指伸进手套口，摸到了一层黏湿的膜，看样子我皮肤上的血已经开始结痂，和手套里的棉纤维粘连在一起了。我和这只该死的手套融为一体了。

一只手搭到我的肩上，阻止我继续扯拽。"如果是我，我是不会拽的。"我抬眼看见朱丽叶——那个度假村的老板——正在冲我摇头。凯瑟琳站在她身后。"你不会想看的。"

凯瑟琳从一个橙色的小瓶子里倒了一颗药给我。我接过来，看了一下。"泰勒宁①，止痛的。这玩意儿劲大。"她以一种解释的口吻跟我说。这对我来说足够了，我把它塞进嘴里。她想了一下，我猜她是在想，这种药看上去对她想要戒酒、保持清醒这事可不怎么有利，所以她辩解地补充说道："我腿疼。"

我令自己失望地问出了那句话："我昏迷了多久？"

凯瑟琳走到窗前，拉开窗帘，外面露出和我前一天晚上睡着时一样的永无止境的黑夜。看起来雪已经停了，但风一定没有停歇，玻璃在窗框里咣当咣当直响。

"几小时吧。"朱丽叶说。我撑起身子，把自己调整到一个坐着的姿势，这个动作引发了我一阵咳嗽。但为了保持形象，我还是用手一点点支撑起来，床单皱了一片。凯瑟琳递给我一件白色的酒店浴袍，用手掌挡住视线。我才发现马塞洛也在房间里，他坐在一个小沙发上，只是看着我们三个人。这太令人惊讶了，虽然他从未被指责缺席，但他也不是那种会坐在你床边的继父。

我还在咳嗽，咳得我眼冒金星。太多了，太急了。朱丽叶把我按回床上，责令我休息。她向凯瑟琳伸过一只手，凯瑟琳摇了摇头，舍不得她的药片。朱丽叶大声清了清嗓子，我从凯瑟琳的叹息中听出了无可奈何。下一秒我就感受到那颗扁长的药片蠕进了我的嘴唇之间。紧接着，一切都变得模糊了，我又一次沉入了水下。

山区给夜晚增添了一种别样的黑色。尤其是送走落日的那侧山峰，太阳落得早，它很快就黑了下来。没有了城市光亮的干

---

①处方药，适用于各种原因引起的疼痛。

扰,从傍晚开始的任何时间里,都让人很容易误以为处于午夜和黎明之间那个漆黑的深洞中。我在这种黑暗中醒来,但至少这次我穿了一件浴袍。

凯瑟琳和朱丽叶已经走了,但马塞洛仍然坐在窗边,在一盏孤灯的光亮下,读着从图书馆随便抓来的东西。听到我的动静,他放下书,把他的椅子拖近。我费力地把自己拽起来,抑制住了咳嗽的冲动。我觉得自己更轻了,有点飘飘然,疼痛也减轻了很多。这一定是药片的作用。我很感谢朱丽叶从凯瑟琳捂紧的兜里搜刮出第二粒药。

"你没事真是太好了。"马塞洛咕哝了一句,用的是老男人在试图表达情感时经常会用到的方式:以最快的速度说完所有可能被解读为关爱的内容,快得好像打了个喷嚏。

"死不了。"我在说这句话的时候没敢看我的手,生怕它会改变我的态度,"他们都在哪儿呢?"

"你第一次醒来时,意识还有点儿不清醒,不知道你还记不记得。你只醒了一眨眼的工夫。凯瑟琳和度假村的那位女士刚走,出去给你拿吃的去了。"

"迈克尔怎么样了?"

马塞洛耸了耸肩。"我还指望你能告诉我呢。克劳福德还是不让我进去。"

"没想到你没趁他出去救我时闯进去。那段时间里烘干室都没有看守——只是从外面插上了门闩。"

"我当时要是能想到这一点就好了。"马塞洛突然用舌头舔了一下嘴角。很难断定这是他在说谎后的下意识动作,还是只不过他觉得嘴干。山上的空气确实容易让人嘴唇干燥。我突然意识到自己嗓子发干,身体很缺水。我干咳了一声,马塞洛起身走进卫生间，回头冲我大声说："而且我们当时都在关注你在湖边上演的特技表演，应该跟其他客人收门票的——我觉得你把所有人的目光都吸引过去了。"他坐回我身边，递给我一杯水，"其实你说得没错。本来那是溜进去见迈克尔的最佳时机。"

我一口气喝光了杯子里的水，喝完后却还是觉得口干舌燥。溺水就是这么有趣。但至少我还可以说话。"那么，你在我床边是为了看护我，还是为了确保你是我醒来后第一个说话的人？"

"我不过是想来看看你，哪有你想得那么阴险？"他调整了一下坐姿，然后想要用笑来掩饰尴尬，"但我确实有问题想问你。"

"我就直说了吧，如果你不介意的话。"我俩都知道我不过是客气。很难想到马塞洛·加西亚，这个在法庭和法律的压力面前从来都游刃有余的人，有朝一日会觉得不自在。他想知道我知道了什么，这意味着尽管我动弹不得，却正处于上风。这种小小的乐趣有助于我忽略自己手上的疼痛，自从我的身体恢复了知觉，手就又开始一抽一跳地疼了。

"呼——"马塞洛从牙齿间深深地吐了一口气，说，"迈克尔都告诉你什么了？"

"艾伦的事。"

马塞洛闭上眼睛，停顿了一下，然后又睁开了眼。我明白这种慢镜头般眨眼的意思。当人们希望自己能让某件事情倒退到几秒钟之前时，往往会这么做。比如不愿看到自己的另一半正和别人在床上，不愿听到明知道是谎言的东西，也不愿听到他明知道是真相的东西。仿佛只要闭上眼睛，他们就能找回那个不曾被改变过的世界，一切都还是从前的样子。你一般会在早餐桌上看到这个动作，当人们希望自己没读过手中的信时。

"所以你知道剑齿党的事了。"

"略知一二。但我猜我没你知道的多,很想让你给我补补课。"

"与其说剑齿党是一个帮派,不如说是一个集团。你父亲很讨厌这个名字,但他们总得有个称呼自己的方式。那伙人主要干入室盗窃的勾当,这一点就足够引起警察的注意,但还不至于被提起严重诉讼。你爸爸的行为不能说是犯罪,顶多算是妨害——大多时候他都只是在应付。那时候事情还没有变得,嗯,那么糟。"

我能感觉到他在观察我的反应,想看看我已经从迈克尔那里知道了多少,从而决定在讲述真相的过程中哪里可以避重就轻,哪里可以偷工减料。我扑克牌打得很烂,但我认为我脸上刚毅的表情(我没法不去注意那只碾坏的手,只能咬牙强忍着疼痛,把注意力集中到马塞洛身上)只能有两种解释,要么是便秘,要么是惊愕。

他继续说:"机缘巧合下,我认识了你父亲和他的同伙。那是在我从事公司法领域之前——谁来找我,我就接谁的案子。我当时收费很便宜,也敢想敢干,能把一些抢劫指控降级为非法侵入,做了很多诸如此类的事情。然后,我接到越来越多的电话。我想我很谨慎,朋友的朋友都成了我的客户,或者一个人推荐另一个人来。我本身不是剑齿党的律师,也从来没有触犯过法律,但我肯定是某群特定的人在遇到某些特定的事时最先想到去联系的人。我没有傻到完全不知道自己在做什么,但我需要钱。为了索菲娅。"

"为了索菲娅。"我心不在焉地重复道。

我想起了迈克尔在烘干室对我说过的话:爸爸做了违法的

事，是为了养活我们。马塞洛也在说同样的话，只是我不相信他罢了。因为迈克尔想要说明的是，爸爸不是在靠犯罪捞钱，但同样的话却不能放在马塞洛身上，不是吗？

"我说的是真的。"马塞洛听上去像是在辩解。我琢磨迈克尔的话的工夫，他发现我在盯着他的劳力士看。他举起手腕上的手表，敲了两下。"这不是炫富。其实这块表是你父亲留给杰里米的，算是他的遗愿。很遗憾没能把它传下去。"

这句话让我猝不及防。迈克尔讲的故事中的一部分内容刚要开始说得通，一个小小的谎言又让我把他的整个版本都推翻了。迈克尔一直坚信爸爸是罪犯里的罗宾汉，是那种受人尊敬的侠盗，但如果爸爸会把不义之财随意花在奢华的饰品上，那可能他当初入伙的原因，就是贪婪。如果他能在临终前拿出一块高档手表送人，那说明他可能还有其他贵重物品藏在其他地方。这无疑是埃琳所期望的。也许那就是迈克尔想要从艾伦那里买的东西。也许那就是另一个人杀人的目的。

"你知道他们是怎么推销劳力士的吗？"马塞洛问。

这是一个奇怪的问题，而且我也并没有时间让马塞洛吹嘘他的成功，但我想起了曾经看到过的那句精练的广告语，所以我回答了他的问题。"他们把手表当作遗产来卖，说它可以一直传承下去。"

"没错。我们暂时还没有做到这一点，在杰里米——"他局促地清了清嗓子，"所以这块表是你和迈克尔的。我只是保管者。"

"作为一个保管者，你保管的时间未免太长了吧。"

"你母亲和我说好了，她死了以后，你俩之中的一个人会得到它——这跟我没关系。这是写在她遗嘱里的。不过如果你想要，你现在就可以拿走。"他说着就要解表链，可能只是比画一下，就像把最后一块比萨让给朋友，同时又希望对方会拒绝一样。

我举起烤箱手套，说："我现在真的不缺表。"

"这块表是你的，也是迈克尔的，你们想要就要。但首先要记住，这块表的价值在于代代相传。我戴着它，就是为了提醒自己。"他停顿了一下，用一种多愁善感的眼神看着那块手表。我不信我父亲也会对这么一个小玩意儿拥有同样的感情。"照顾你们俩，还有你们的母亲。"

我又干咳了一声，以此来掩盖心里的嘲笑。我所看到的是一个富人把自己的私有物品奉为至宝，还把追求自己过世朋友的遗孀说成是一件高尚的事情。从凯瑟琳的药片（实话实说，我太想再多来几片了）中得到的快乐，远不如戳破马塞洛的虚荣心带来的快乐纯粹，但我们已经扯得太远了，我得把他拉回到正题上。"既然你在给剑齿党做事，那你也给我爸爸做辩护咯？你是他的律师？"

"我们就是这么认识的。我们了解彼此，变得越来越亲密。我尽力了，但你父亲有自己的路，这很难改变。他一直在罢工，到最后我已经管不了他了，连续四十五天不结账单，你明白我的意思吗？我觉得你那时候才三岁，或者四岁。"我不记得爸爸还有过六周不着家的时候，不过从他总是缺席我们的生活来看，这确实符合我对这个人的了解。马塞洛继续说："那件事对我们两个人来说都是一个警钟。他宣布准备从头再来，而我那时也已经受够了不停收到不知道从哪儿寄来的装着钱的信封。但整件事情……我不知道该怎么说，但你父亲又被卷入了事件之中。感觉好像有什么东西变了。没过多久，剑齿党那边的暴力事件增多了,法律收得更紧了。

"迈克尔告诉我,赎金比抢劫来钱更快。"

"没错。一个房地产经纪人因为拒绝打开他的保险箱而被枪击了。他是没死,但这并不是剑齿党所为人熟知的那种交手方式。他们不再满足于从抽屉里搜刮出的珠宝,还想把手伸进别人的保险箱,等到这都满足不了他们时,他们就想进入别人的银行账户。那是二十世纪八十年代末——正是流行赎金的时候。剑齿党也尝试了,并且很喜欢这种适合他们的方式。这让警察立刻警觉起来。那时候,每个参与其中的人多多少少都能被指控为帮凶。罗伯特明白,如果他再被逮到一次,那他下次见到你时,你就已经会刮胡子了。"

"所以你跟他达成了协议。"我终于还是把这句话挤出来了。我掌心的脉搏在跳动,我感受到一股炙热的疼痛,如果我此时走到外面躺下,我的体温可以把雪融化。"他用信息交换了豁免权?"

马塞洛在手腕上转着手表。又一次缓慢地闭上了眼睛,试图抹掉他不想面对的历史。"我帮他搭了线。当初说好的,他要大致讲出主要参与者都有谁。但每当罗伯特提供给警探一个答案,她就会再追问两个问题。她希望他留在里面,继续为剑齿党工作,这就是问题所在,因为他为了取悦她只能一再自证其罪,每次得到信息都会传递给她。说白了,她想让他揪出来谁是骗子,有哪些人是剑齿党的主力。不到她射出子弹的时候,她是不会让他抽身的。"

"你的意思是,直到他找到针对艾伦和他同伙的无可辩驳的证据?迈克尔告诉我罗伯特那晚的死是个圈套,所以你说这两个人是罗伯特指控的人,以兑现他和警探之间的交易?也许他终于抓住了他们的把柄。"

马塞洛耸了耸肩。"这一直都只是我的猜测。罗伯特从来没有给我看过任何证据——那都是他和他的上线之间的事。他曾经嘲笑过他们让他做的事情,说那都是真正的间谍才会做的。他觉得自己能做卧底很酷。至少一开始是这样的。"马塞洛滑落到座位上,双手在膝盖上上下搓动,沉默了一分钟。他沉浸在自己的回忆中。他在想念他的朋友。

以这样的方式想到自己的父亲,想到他在被人怀念,这种感觉很奇怪。这段传奇故事能盖过他的坏名声吗?马塞洛说的故事让我对他有了一点认识。一个会调侃自己当间谍的人。一个有朋友的人。我趁着马塞洛自省的时候,把头靠在墙上,闭上眼睛,试图把我的思绪从抽痛的手掌上移开。

卧底、上线、该死的间谍,我脑子里翻来覆去地想这些词。我曾经写过一本关于间谍小说的指南,所以我多少了解一些陆德伦和勒卡雷的写作技巧,但那本书卖得并不好。

"这就是我所知道的一切。"马塞洛的声音在我的冥想中蠕动着。

"是吗?"我一直没有睁开眼睛,希望我半死不活的样子没有威胁性,以便他对我坦白更多。马塞洛没有上钩,所以我施加了一些额外的压力。毕竟我现在理论上是一名律师,它允许我无情地行事。"你从迈克尔的审判过程中知道了所有这些事。你利用艾伦的黑历史操纵控方,知道他们宁愿压下这些信息也不愿在公开法庭上处理他肮脏的过去。这就是为什么没有人去深究迈克尔大笔提款的行为或者去追踪那笔钱,为什么没有人提及枪击事件的疑点。"

"你说什么钱?"

经他这么一问，我有点慌了。马塞洛不会没有检查过迈克尔的银行账户吧？审理一桩谋杀案，怎么会没有人注意到这么大一笔钱？就算迈克尔是一点一点取出来的，但也是有据可查的。我不了解法律取证具体是怎么操作的，我在脑子里记下了要多找些法律悬疑小说来读。

"我不知道你指的是什么，但我已经为迈克尔争取到了我能争取到的最好的结果，能做的我都做了。这是我的职责。"

"你可以为迈克尔变通，但却不会为自己的女儿变通。"我还记得他选择不给索菲娅在医疗失当诉讼中当律师的事。

"那是……"他被激怒了。他坐直身子，衣服发出沙沙声。"这并不是所有真相。不管你信不信，我所做的是对她最有利的事。"

"那么什么是真相，马塞洛？"我提高嗓音，瞪着他，把他架在了那里。我意识到自己的眼里很可能布满血丝，显得愤怒又疲惫。马塞洛朝走廊上瞥了一眼，这个细节没有逃过我的眼睛，这说明他担心我们会被打断，因为他仍然觉得需要跟我单独相处。情绪上的爆发让我的手又疼了起来，但既然这样可以让马塞洛紧张，我还要挺住。"这不可能只是巧合。就在我和迈克尔谈过之后，就在我开始仔细检查今天早晨的受害者之后，那辆货车就从山上叛逃了。手闸松了。尽管埃琳觉得是制动液的缘故，但这一定是故意的。有人想掩盖他们希望在三十五年前就被埋葬的东西，是艾伦和迈克尔把这些东西带到了面上。爸爸在死前一直在寻找确凿的证据，然后我们又知道艾伦卖给了迈克尔一些信息——"

"好了，好了。"马塞洛咬牙切齿地对我说。他的眼睛又瞟了一眼门外。"我所知道的就是，他那天晚上原本要去见他的上线，交给她一些重要的东西。我觉得罗伯特目睹了一场谋杀。"

就是这个。

"一个孩子。"我一字一顿地说。

他一惊,脸色变成了鱼肚白。"你怎么知道?"

"直觉。"

"直觉加上理论,我一共就知道这么多。"他说话的方式让我没法完全信任他,好像他还在决定什么东西该讲,什么东西不该讲。"罗伯特死后,我花了一些工夫,想要弄清楚是什么东西这么重要,重要到不惜要了他的命。更不用说,有些东西让他感到害怕,以至于他开始随身带着枪。相信我——那些都很反常。我告诉过你,剑齿党内部越来越动荡。不仅是抢劫伤人——你自己也说过,赎金更有价值。这是你父亲所不能容忍的,尤其是在他有三个孩子的情况下。但大概在他去世前一个星期……这是一个老生常谈的故事了,你会知道其中的重点的。一个有钱人家的孩子被绑架了。这家人在赎金的问题上过于谨慎。尽管他们有能力支付,但却要用一个装满传单的箱子去代替。然后就再没有人见过那个女孩。虽然没有任何证据,但这事明摆着就是剑齿党干的。迈克尔有没有提到——"

"那女孩叫什么?"我结结巴巴地问。

"麦考利。"

"名字?"我希望她有一个自己的名字。一个属于她的东西。

"名字叫丽贝卡。"

"他们要多少赎金?"

"三十个。"

我脑子里没有定论,但迈克尔说过的一句话又浮现出来。我带了我能带去的所有钱,但还不够他想要的数目。

艾伦卖给了迈克尔有关丽贝卡·麦考利的信息——几十年前一个儿童绑架案的受害者。也许包括凶手的名字，肯定还有她尸体的位置：永远陪葬在一个警察身边。六英尺之下，别人的棺材里，完美的藏身之处。当我借助远离山区的高速网络打出所有这些字的时候，我已经了解到这是芝加哥黑手党让一个人消失的惯常手段，警察当然也知道。这和先在鞋里灌满水泥，再把尸体抛入水中是一个意思。

艾伦知道尸体在哪儿是讲得通的——因为他就是那个毁尸灭迹的人。

我还记得在那场葬礼上，有人和死者家属发生了一些争执：一个警察（我现在知道他叫艾伦了）想让遗体被火化，坚持说这是他搭档的意思，他们曾在执勤时谈起过这个问题。但家属还是依照他们的愿望坚持让死者入土为安。艾伦当时很生气，他当然会生气，因为把丽贝卡的尸体埋了并不如一把火烧成灰那么完美。

代价呢？这是最简单的部分。艾伦想让迈克尔替那家人偿还他认为那家人欠他的债——一笔三十五年前的赎金。为了查出谁该为我们父亲的死负责，迈克尔愿意付钱。

我试着想象艾伦疯狂地想要掩盖自己的罪孽：一具女孩的尸体和没有支付的赎金。如果他知道我父亲手里有证据，那杀他灭口也是顺理成章的。当艾伦的搭档死后，他的机会来了，他可以永远埋藏自己的秘密了。

"迈克尔发现了丽贝卡的尸体。"我决定让我们的对话来一次质的飞跃，我既和马塞洛分享这一点，又假设了货车里的第二具尸体就是丽贝卡（但说真的，还能是谁的呢）。马塞洛瞪大了眼睛。我又说道："就在迈克尔的货车后面。这是他出狱之后做的第一件事，如果我们假设他等了三年才把它挖出来，我们也可以假设是艾伦告诉他尸体在哪儿的。问题是，如果我父亲有凶手杀害丽贝卡的证据，那证据也不可能和她的尸体埋在一起。"

"因为她是在你父亲被杀后才被埋的。"马塞洛同意我的说法，"所以你父亲那晚想交给他上线的是别的东西。一些其他的证据。你认为艾伦想要卖的是那个吗？罗伯特给他上线的最后一条信息？"

"有可能。但我想不明白艾伦为什么会把他犯下的谋杀案的信息卖给迈克尔。"如果没有搞清这个问题的答案，一切都说不过去，我也就不能确定我是否厘清了整件事情。

"除非艾伦没有杀人，而只是在保护杀人的人。艾伦是个警察，你得记住——如果他欠了某人的，我敢打赌那人是个危险人物。"

这符合迈克尔早些时候在烘干室告诉我的情况，他认为艾伦是在出卖别人。这也让迈克尔的判决成为关键，仅仅判了三年，用他自己的话说，那是因为有些人不希望艾伦的过去在法庭上公开。事情就这样都被连在了一起。读者朋友，我意识到了这是"逐一破解"的一幕。

马塞洛等着我消化这一切，同时也想弄清我有没有相信他。"快进到三年前，艾伦的生活陷入了困境，他在监狱里几进几出，勉强维生。也许他认为丽贝卡·麦考利是所有错误的开始，他认为自己已经做好了把某人扳倒的准备。于是他回到了一切开始的地方，用你们父亲的死亡真相来引诱迈克尔。"

"我能明白他为什么没有选择我。"我摇了摇头，"我不是那种在意家族过去的人。这也是为什么我是迈克尔唯一信任的人。我愿意在法庭上指证他，正说明我知道的东西不足以让我害怕，而我明明应该害怕。这一点为我赢取了信任。"

马塞洛绷紧下巴，想必是想鼓吹是他为迈克尔争取到了轻判，而这也应该为他赢得一分信任，但他随后好像又觉得还是不说为好。

话虽然没说出口，但马塞洛的年龄也使他牢牢地置于嫌疑人的行列。我现在正在寻找一个在三十年前和今天早上两次犯下杀人罪的人。这样就只剩奥德丽、马塞洛、安迪和凯瑟琳了。凯瑟琳当时还年轻，但她年轻的时候非常疯狂，谁也不知道她有没有被卷入其中。而我当时还在尿床，称不上是一个主要嫌疑人。再加上我又假设两个受害者都死于同一人之手——如果动机是简单的报复呢？愤怒就像劳力士手表，是一种传家宝。把年龄排除在外，每个人都是嫌疑人。该死的，没准儿丽贝卡能长大，也是一个杀人犯。

"咱们忽略了一个明显的问题。在过去的十二个小时里，许多人告诉我，我父亲是一个好人，甚至我余生再也遇不到这么多的人会这样说。如果他不是呢？如果就是我爸爸绑架并杀死了丽贝卡呢？"

马塞洛俯身向前，捏了捏我的肩膀。"我很抱歉，你没有机会更好地了解他。我知道这没什么好辩解的，但如果你了解，就相信他不会那样做。说实话，我很惊讶艾伦了解这一点。"

"所以我们被卡在这儿了，我们需要找到一个连接点。艾伦的搭档叫什么？"

"克拉克，布赖恩·克拉克，有什么意义吗？"

如果你希望得到一个能把所有事情都联系在一起的名字——克劳福德、亨德森或者米洛（安迪的姓氏，凯瑟琳在婚后随了夫姓，可能现在是时候提一下它在现实中实际上是米尔顿。我告诉过你我为了好玩而改变了一些名字，这就是其中之一）——很抱歉让你失望了。

"目前为止我都没有接触过任何和这个名字有关系的人。他有孩子吗？霍尔顿呢？如果认为有人会为了维护自己家传的犯罪基因而想把我们整个家庭置于死地，那未免太夸张了……"

"你说得对。而且，他没孩子。"

说完，马塞洛沉默了，像是一种失望的表现。艾伦搭档这条路已经被堵死了。我只能努力维持目前所掌握的线索和理论：我的头已经和我的手一起进入了疼痛模式，这种疼痛是一阵一阵的。我不知道马塞洛和我谈了多久，但我已经筋疲力尽了。我一定是只闭眼了一秒钟，而那一秒在现实世界中变成了更长的时间，因为脸颊上轻轻的拍打让我回过神来，我看到马塞洛的脸凑了过来。

"对不起。等凯瑟琳回来，我再给你要一颗止痛片。但请你听我说完。我现在很害怕，你懂吗？我在担心那些了解这些事情的人，而现在遗憾的是……"他在"遗憾"这个词上拉长了遗憾的语气，"这些人里包括你，可能会因此而受伤。在早餐时索菲娅提到'黑舌头'之前，我没听说过这些事。你又让我去调查受害者的情况。我心里就决定了。我告诉你的一切，我已经想了很多年了，但这些都是我的片面之见。我从未想过要跟谁说。但今天早上，这个'黑舌头'的事情是我没法忽视的。这也是你所谓的戒律之一，对吗？就是没有巧合。"

我乐了。这不是诺克斯提出的戒律之一，而是来自"侦探作家俱乐部"[①]里面提到的誓约，所以我得认可马塞洛对我的关注。"你读了我写的书。"

[①]侦探作家俱乐部是一个英国推理作家组成的俱乐部，成立于1930年左右。

"我确实关心你,这你是知道的。"又是一种喷嚏般又轻又快的语气,以至于我差点没听清,就像一个小孩子的道歉,"我敢肯定的是,有人在为某件事收拾残局。因为有三个人与你父亲的死相关,不仅是我和他。"

这比刚才他拍我的那两下更让我清醒。我想起当我让马塞洛调查"黑舌头"的受害人时,他表现得那么犹豫;他还让我重复了其中一个人的名字。

"那个侦探——我父亲的上线。她叫什么名字?"

"说出来你肯定不爱听。"

"我肯定不爱听。"

"艾莉森·汉弗莱斯。"

27

"他起来了！"凯瑟琳面露喜色，用肩推开房门。她拎着一个大号的卡其色塑料箱，侧边随意地喷涂着一个红色的十字架，我敢肯定它以前是收纳钓鱼用具的。我并不介意她打断了我和马塞洛的谈话；恰恰相反，我很高兴见到她。非常高兴。

"我手疼。"我说，可不是一星半点的疼。

"你可不能没完没了……"凯瑟琳把急救箱放在咖啡桌上，然后俯身看了一眼马塞洛的手表，"其实吧，你不知道还好。"

"求你了。"

她咔嗒一声打开箱盖，翻看箱子里的东西，满意地来了一个弹舌，扔给我一样东西。一个小绿盒应声掉到我的被子上。"现在吃帕纳多应该管用。"我的眼神出卖了我，她一定看到了，因为她的语气柔和了下来。"我知道很疼，埃尼。但你已经这样了，我不能让你用药过量。她都已经给你做过心肺复苏了。"她朝朱丽叶竖了一下大拇指。

这应该不足为奇：我在前面说过你会读到我们"唇齿相依"的内容。就像我告诉过你，在之后三页中还会死人。

"对不起了，我不得不把你衣服脱了。"朱丽叶不好意思地说道，"湿衣服会引发失温，我相信你知道这一点。"她说得好像我可能不知道一样。（如果你看过这本书稿的原稿，你就会知道我不知道:我的编辑把我第一次写的这句话划掉了,并在空白处写上了"失温=冷,高温=热①",此时响起编辑们与生俱来的那种既想帮你又在鄙视你的声音;既想指出你的错误,又想在指出你的错误的同时强调他们的正确。)朱丽叶接着说:"虽然我没做什么。要是你没把绳子系在腰上,我不知道埃琳是不是还能……"

"埃琳?"发生的事情突然闪现。那个出现在冰面上的声音。在我沉入水底之前所感受到的来自绳子另一端的拉扯。"你什么意思?"

"她看见你把绳子扔出车门。索菲娅说克劳福德当时想拉她都拉不住。"凯瑟琳说得很直白,和我脑子里想的东西一对比,显得过于平淡了,"她救了你的命。"

"她做了什么?她还好吗?"我站了起来。血涌到我的头上,我有点没站稳。四只手把我扶住了。凯瑟琳想把我推回床上,但我推开她,朝门口走去。"她在哪儿?"

"她去冰面上了。"凯瑟琳说。

"埃琳!"我打开门,跌跌撞撞地走到走廊里,"埃琳!"我刚又喊了一声,就一头撞上了她。

"天哪,埃尼。"埃琳吓得倒退两步,重新端好了手里的托盘,上面有一罐软饮和两碗热薯条。她皱起眉头:"你不该起来。"她目光越过我的肩头,说:"他不该起来。"

我不记得我是失去了平衡,还是发自真心地朝她扑了过去,因为我不是一个动不动就要抱人的人,但等我再缓过神来,我已经把埃琳拥到了怀里,尽管双臂在泰勒宁的麻痹作用下,但还是

---

① 原文两个词分别为 hypothermia(失温)和 hyperthermia(体温过高),比较容易混淆。

尽可能地抱紧了她。埃琳回应了我的温情,我们就这样相拥而站,好像我们根本就不在山上。就好像我们之间从未改变一样。就好像我在后面不会专门再给她写一章。

"我很久没有洗过冷水澡了。"我在她耳边低声说。她紧紧地抓住我的肩膀。她的笑声突然提高,其中夹杂着抽泣,我们都开始在对方的怀里颤抖。我感到我的脖子上有湿润的泪水。

我不妨多说几句。那天早餐我拆开的那封来自生育诊所的信本应是个好消息。我体内的小蝌蚪个个都是游泳健将。洗冰浴、练拳击、戒酒、吃牡蛎,所有这些提高我生育能力的疯狂实践都是徒劳。我一直很困惑,想要弄清状况,直到我给诊所打了电话。他们告诉我,我的妻子听到这个消息后很高兴,因为我一直没有接听他们的电话,所以他们就把这个消息告诉了她。我跟他们说我没有错过任何电话,然后他们去查电话记录,我才意识到他们那里留下的联系方式不是我的电话号码,而是埃琳的。她跟他们说,我希望他们把结果邮寄过来;这个要求被记在了我的档案上。而且我留在他们那里的地址一直都是正确的,所以他们不明白为什么我一直发电子邮件要求他们重新再寄。在那次通话的中间,我想起埃琳每次都坚持要当第一个拿到信的人。是她告诉我第一封信被邮局搞丢了,第二封被雨淋湿了。

那天早上,当我在早餐中读到那封信时,所有这一切都像龙卷风一样在我的脑海中翻腾。我比埃琳先到了信箱,完全凭的是运气。也许因为她之前已经成功了好几次,有点松懈了。在我读信的过程中,心底里悄悄滋生出一种不信任的想法,我想要去检查一下房前路边的垃圾桶。等我从路边走回来,一只手的手腕上流着一周前吃剩的臭菜汤,手中捏着一个小铝箔袋。你应该猜到了,袋子上贴着一周前的日期。

熄灭了，我们之间的火花。

现在这些都已经不重要了。她救了我的命。她还在这里。

我下意识地感觉到我身后的三个人在向我逼近。他们看着我是为了防止我再次晕倒，但这种感觉还是很压抑。我敏锐地意识到，有人试图把那口棺材送到湖底。也许他们想连我一起杀了，也许我只是碍了他们的事。是迈克尔把我引到那里的，这有点可疑，但他花了那么大工夫才把棺材搬到山上，不会这么轻易地又处理掉。如果他想把我引诱到一个陷阱中进而置我于死地，那他应该在我面前展示一个更好的东西。或者干脆在烘干室里就了结了我。不管我有没有完全相信他，他已经向我展示了一个致命的秘密。现在我必须得去问问他，这一切为什么会接连发生。

我在埃琳的搀扶下一瘸一拐地走下楼梯，周围的人都在反对，他们坚持要我继续休息。但在止疼片和肾上腺素的作用下，我的头脑已经恢复了清醒。一阵冷风吹过门厅，灯光泛着鲜红的血色；透过正面结了霜的玻璃，我不确定外面闪闪发光的是什么。通往烘干室的门发出熟悉的"砰"的一声。是密封条的缘故，没错。这就是为什么，在我打开那扇门之前，我都没有闻到里面空气中奇怪的味道。空气里满是厚厚的灰。

我的姑妈

27.5

这半章没剧透。

善于观察的读者可能已经推断出，根据之前的章节标题命名规律，一定是我的继父马塞洛杀了迈克尔，而我刚刚在烘干室里发现的就是他的尸体。这样想是有道理的，我已经给大家设定了一个预期，每一节都会有死人，相信我，后面都有。

我始终认为，一本悬疑小说除了纸面上的文字，一定还包含更多的线索。书毕竟是一个实物，难免会泄露一些作者无意泄露的秘密：段与段之间的空行，空白页，章节标题。即便封面上印了一句暗示内文会有大反转的推荐语，都会毁掉一部构思精良的好小说，因为透露的同时就是在承认。

在这样一部悬疑小说中，每个字都是线索——该死的，应该说每个标点符号都有其含义。如果你不明白我在说什么，那就想想你手中的这本书。如果在书剩下比小册子还要厚的时候凶手就被揭穿了，那他不可能是真正的凶手。原因很简单，因为书里还有很多内容等着你去读。这一点也会破坏电影的观感：镜头最多，台词最少的演员往往是反派；人物过马路时突然拉一个大广角镜头，意味着他们即将被车撞。好的作者不仅要用叙事手法打读者一个措手不及，还必须在小说本身的形式中做到这一点。小说的方方面面都埋藏着线索。

我必须要知道你已经了解了我写下的这些内容，这是我在本章想要传达的。

在你沾沾自喜之前，我是不会让你抓到我的把柄的。虽然从这本书的内部逻辑中，你可能会产生一些猜想，但你猜得不对。我不妨就大方地说出来，剧透一点。马塞洛并没有杀死迈克尔。他也不是"黑舌头"。

我没有不诚实，这也不是一个情节上的破绽，但我承认这本书里有漏洞，而且你说巧不巧，就在上一节。如果你还记得我在前面说过，随着情节的发展，会出现一个你可以开着货车穿过的漏洞。我当时说的就是字面上的意思。

28

　　灰烬的残渣在空气中打着转儿。细小的灰尘在我鼻尖上飞舞，我忍不住抽了一下鼻子。此时的烘干室已经没有我上次来时那么幽暗了：月亮的自然光补充了加热灯的橙光。月光是从后窗照进来的，窗户刚刚被打破，破碎的圆洞里灌入了一直被挡在外面的雪花。迈克尔斜倚在窗下，即使在相对明亮的环境中也如同一个黑影，因为他身上从头到脚都覆盖着一层薄薄的黑色尘垢。他的手腕被绑在离他最近的那个衣架的立柱上。

　　发出尖叫的人一定是我，因为不可能是埃琳（她用手捂住了嘴），朱丽叶也被这声音唤了过来，露出了忧虑的表情，但这些我都已经不记得了。我记得我膝盖一软，滑倒在迈克尔面前，我一把扯掉烤箱手套（带下来一些皮肉，但我没感觉到），去揪那根束带。但因为我的手指伤痕累累，所以这么做只是徒劳。我记得身后的埃琳在冲朱丽叶大喊，让她去拿剪刀或刀过来，如果索菲娅在酒吧，就把她一起带过来。

　　我放弃了束带，转而开始用我的那只好手拨拉迈克尔的脸，抹开他脸上结成硬壳的灰，仿佛在拨开一个茧。灰下面的皮肤是凉的。他的头发被炭粉染成了灰色。我得先把他放平才能对他进行人工呼吸，但朱丽叶还没有回来剪断束带。我起身一脚踢向衣架，衣架的木杆被我踢折了，截断处仿佛是一根长矛。我把完全没有意识的迈克尔拖到一边,把他翻过来,跨到他的身上,用一只手捶打他的胸口。我擦掉从他的嘴角溢出的黑色黏液,试图给他做人工呼吸。除了恶臭的呼吸和沾满黏稠焦油的嘴唇,我没有感受到迈克尔做出任何反应。我坐起来,再次举起了拳头,每一次挥舞都让我的残臂疼痛难忍。我又把我的嘴按在他的嘴上,但马上又呕着移开,吐到了他头边的地板上。这一幕并不美好,但却是事实。我心里清楚,他已经死了很久了。尽管如此,我还是擦了擦嘴,又试了第二次,第三次。这时,有只手搭在我的肩上,拉开了我。

我看了他最后一眼,他布满尘垢的脸上露出星星点点洁净的皮肤。我意识到,那是我的眼泪落下的地方。

我们全家聚集在酒吧,三三两两地分散在屋中不同的位置。马塞洛坐在奥德丽身边,紧握着她的手。露西和他们在一起,坐在奥德丽侧边。像所有婆媳一样,她们虽然从没有相处融洽,却要分享同一份悲痛。两个人都深爱着迈克尔。两个人都从没怀疑过他。而现在,她们两个人都感到自己的一部分被夺走了。凯瑟琳在来回踱步。安迪仰面躺在地板上。

我之所以也在那儿,只是因为大家都不允许我再回到烘干室。有人告诉我,我已经是歇斯底里的状态了。埃琳和我在一起,一边关注着我,一边放任着自己的思绪。她也失去了迈克尔,但肯定不能加入露西和奥德丽的哀悼。迈克尔一死,她注定要考虑她在这个家庭中的位置。她的上唇保持着僵硬,一方面是因为坚忍,一方面是字面意义——她没能控制住几滴混着鼻涕的眼泪,这几滴固执的眼泪已经硬在她的上唇。

朱丽叶在吧台后忙碌着,我想她是在转移自己的注意力。就在刚刚,她给我的肩膀上披了一条毯子,还给我送来了一杯热巧克力,事实证明,这两样东西在安抚我的方面都有奇效。她的手也是如此,当她把杯子递给我时,她手上的温度和温柔残留在我那只没有受伤的手上。有人给我找回了烤箱手套。我看到凯瑟琳走过去,也想向朱丽叶要杯热饮,朱丽叶却回答说:"报一下你的房间号。"凯瑟琳生气地走了。

唯一缺席的就是索菲娅和克劳福德,我们都在等他们带回验尸报告。我很想在这里撒谎,声称我此时也在烘干室里,四处收集证据,进行天才般的推理,但事实上,我正处于深深的震惊之中。我没有分析犯罪现场的能力。

要是我已经知道了这桩奇案的答案,我会觉得既然大家都在这里,这是一个适合总结陈词的好地方。不过,这个房间和那些侦探们破案的会客室或者书房的感觉还是不一样。那些场景里,侦探通常都是一手插兜,慷慨激昂,展示他们的智慧。而第一个不同就是:我身上还穿着浴袍,也就是说我在展示智慧的同时,还有展示其他东西的风险。房间里的气场也不对。人家都是一屋子嫌疑人,而我们是一屋子幸存者。

一切都改变了。在此之前,这里只有一具无名男尸,杀害他的手法非常残忍,同时又有些滑稽。奇怪之处在于,他是被烧死的,但又出现在了没有融化的雪地里。谁都可以出于好奇心而靠近事发地点,听起来有些病态,但事实就是如此。对于那些不同意索菲娅关于连环杀手的观点的人来说,干脆完全忽略就好了。"绿靴子"成了一个等待破解的谜:一种不便,一种好奇。我虽然一直都在趾高气昂地假装自己是一个从事写作的侦探,但我真对这件事上心了吗?可这次不同,受害人有名有姓。不幸的是,这就是整件事情该死的重点。他叫迈克尔·瑞安·坎宁安。

那么我呢？我试图弄清"绿靴子"身上发生的事情，这样我就可以把我哥从临时的牢狱中解救出来，我的动力一部分来自我对于他所受到的猜疑负有责任，另一部分来自他因我被关起来的愧疚感。现在看来，我还不得不背上把他送进坟墓的重担。我现在满脑子都是迈克尔，他被拴在衣架上，看着空气中飘满灰尘。他遭受了"绿靴子"所遭受的，钳着自己的脖子，弄裂了手上的指甲。我的身子开始发抖——泰勒宁的药效正在退去——所以我大口大口地喝着热巧克力。

外面的人提着行李，拉着孩子，排起了几列队。两辆大巴车停在台阶前的回车道上，分别装着巨大的雪地轮胎，我下楼时看到的亮光就是车灯发出来的。门厅的门开着，人们鱼贯而出，寒风钻进了屋里。朱丽叶厌倦了处理客人的投诉，她抓住了暴风雪停歇的空隙，从金德拜恩叫了两辆大巴车上来，把想要下山的散客送下去。这是限时服务，恶劣的天气仿佛只是想停下来抽根烟，过一阵还会精神饱满地回来。直觉告诉我，仅凭天气不足以让朱丽叶组织这样的大批撤离活动，更别提她还要给客人退款。我俩在她的办公室谈话时，她似乎一直在犹豫要不要惊动客人，但在我的意外和迈克尔惨遭杀害之间的这段时间里，她下定决心打电话叫来了大巴车。结果证明，这是一个正确的决定。

一开始，人们对于预约回程票的态度还有些犹豫不决。天气确实很糟糕，但壁炉、棋盘游戏和酒吧可以弥补，说实话，大多数人的想法不过如此。当然了，那具尸体的事也得考虑进来，但没人知道他是谁。而且你要记住，我们坎宁安家是唯一插手这件事的家庭。官方对于"绿靴子"的说法依然是死于低温环境。是惨剧吗？是，但不值得人因此而缩短自己的假期。想象一下，你要在开回悉尼的八小时车程中,向孩子们解释他们为什么不能去玩雪橇——那才是真正的悲剧。但鉴于发生了第二起死亡事件,而且这一次很明显更加暴力,"你听说了吗?"的低声八卦迅速演变为"你没听说吗?"的恐慌性谣言。那些自己开车上来的人都把车挖了出来,竞相逃跑。其余的人则是你挤我我踩你,抢夺大巴车上的座位,不少人还不得不把车放在这里几天,打算等暴风雪平息后再回来开。

克劳福德带着索菲娅走进房间。索菲娅正在揉搓自己的手,那双手就像是搽了油墨一样,至少我是在心里这么嘀咕的。每个人都向他们俯过身去。连安迪也坐起来,像小孩那样交叉着双腿,全神贯注地等待着。

"迈克尔死了。"索菲娅说,尽管她没必要把这句话说出口,从她脸上就能得出死亡诊断。在安置过"绿靴子"后,她吐得一脸苍白,那天早上哆哆嗦嗦地喝完茶,她还流露出脆弱的神情。然而现在,她看起来非常憔悴,也许是因为寒冷、压力和悲痛。但我清楚地明白,她的体格最多只能再承受一具尸体。从好的方面来说,她痛苦的表情如此真实,以至于凯瑟琳也无心去反对她的医学意见。"他是被谋杀的,我百分之百确定。先绑起来再把他憋死。"

"天哪。"说话的是马塞洛。我一发现尸体,克劳福德就尽力把所有人都挡在房间外面,只把索菲娅让了进去。迈克尔被杀的消息已经在这群人里传开了,所以没有人对索菲娅的第一句声明感到震惊,但只有埃琳和我知道他是怎么死的。我从马塞洛的脸上看到惊恐交织着悲痛。他此时一定想起了我和他刚刚的谈话,因为我也一样。

我敢肯定的是,有人在为某件事收拾残局。

"看在他妈的上帝的分儿上，索菲娅。"埃琳发火了，直接跳过了悲伤的否认阶段，走向了愤怒，"你是对的，行了吧？你戏太足了。"

索菲娅环顾房间，或许是想预判一下自己即将说的话会有多挑衅，以及现在抢一个第二辆大巴车的座位会不会为时已晚。她叹了口气，知道自己不能撒谎。这其实很不公平，她被委以重任，去解释这些恐怖的事情，却不被允许像我们其他人一样情绪崩溃。但她还是深吸一口气，尽可能把自己调整到在病床边应有的态度。任何医生都会告诉你，传达坏消息是他们独有的才能。"是的，埃琳。我认为迈克尔的死法与今早那个男人的死法相同。"

"我们还不能确定。"露西马上反对。我想起，她根本没有看过"绿靴子"的尸体，所以没有理由怀疑官方的说法。"这太荒唐了！你就是在吓唬我们。第一个家伙可能就是死于失温。""你得现实一点，露西。他也是被谋杀的。"索菲娅向房间里提出异议的人发起了挑战。我能看出露西正跃跃欲试，想再次提出异议，但还没想好该说什么。"有人在'绿靴子'头上套了一个袋子，往里面灌满了灰。不管有没有在头上套袋等这一系列戏码，他都会死，但这也算是凶手的'名片'。他对迈克尔做了同样的事情，尽管这次灰烬成了致命的要素。我们发现……"她冲克劳福德打了个手势，似乎要他证实她的发现，他只是点了点头，"破了的那扇窗户上有胶带留下的黏胶，玻璃外的积雪中有一条狭窄的通道。要知道，烘干室是密闭的，门周也贴了密封条，这些都可以起到隔音作用。更不用说我们当时都到湖边去了。如果凶手把他的循环系统穿过积雪中的通道，然后用塑料和胶带将它封在窗户上，也许还用到了一些雪块，那么房间的密闭性就不会受到影响。灰烬很容易就会被混进空气中。"

凯瑟琳想提问,但被泪水呛着了。她用手腕抹着眼泪,在房间里来回走动。

"不好意思。"安迪举起了手。他是最不难过的人,但也是最关心这件事的人;他的眼睛不停地瞟向窗外,瞟向排队上车的人群。即使这只是一种自我保护,我也很高兴有人提问,因为我自己现在不在提问的状态。"循环系统?"

"想要让灰烬为他所用,他就必须让空气流动起来。积雪被掏出一个圆柱形空洞,所以我才说有人把吹叶机插在了雪里。"

我隐约记起,当索菲娅和我跌跌撞撞地走去维修棚时,我觉得在抑扬顿挫的风声里有一个听起来像是电锯的声音。我说隐约,是因为这段记忆确实很模糊,但也因为我认为自己相当愚钝;我当时就应该注意到这个声音很奇怪。但风声在人的耳朵听起来,可以像各种各样的东西——电锯、火车、尖叫——所以我不是在故意混淆信息,换句话说,我没有违反第八条戒律。如果我听到的声音确实是吹叶机在呼呼作响,那就意味着迈克尔死在了我出去扮演侦探的时候。这也就意味着,如果你在记录的话,当时和我在一起的索菲娅现在有了两起谋杀案的不在场证明。

"你怎么就知道是吹叶机?"露西终于找到了她的反驳点。我觉得她这种在迈克尔的死上找漏洞的行为很反常,但我想她这种对事实坚决拒绝的态度是一种迹象,表明她很难接受整个事实。

"没错。"索菲娅承认说,"这部分我是从有关'黑舌头'的新闻报道中推测出来的。但就像我说的,积雪上有一个圆柱形的通道。"

"不，我不信你说的。那个蠢货就是自己冻死的，然后你——"露西指着克劳福德，"把我的迈克尔和某人一起关起来……"她的声音开始颤抖，但她还是坚持一口气说完。"那个人利用了你制造的这些恐慌……认为这是个机会……"她整理好情绪，接着说，"从新闻里找到这些放火杀人之类的东西并不难——你知道，然后照着做就行了。我自己也查过。"她在各种理由之间摇摆不决。她转头在房间里看了一圈。很明显，她在寻找其他能被指责的对象。她继续挨个攻击，每次指控都让她变得更加愤怒、更加疯狂。她对克劳福德说："是你让他成为待宰的羔羊。"她对索菲娅说："是你引发了所有恐慌。"她对凯瑟琳说："是你把我们带到这儿来的。"

然后轮到埃琳了。说她脸上掠过一个阴影，可能是有点夸张，但她的眼里有一种凶猛的变化。她渐渐明白了什么东西，一件她可以抓住不放的东西。"就像我说的，有动机的人才会抓住送上门的机会。他只是在监狱里才看上你的。你是他的消遣，他的玩物。因为他知道我还在外面等他。一旦他出狱，他就不再需要你了。我知道他一看到我就会重振旗鼓。如果他不爱我，那他为什么要修复……"她的脸上绽放出一个残酷笑容，"他可能已经告诉过你了，对不对？你一到这里，他就意识到他犯了一个错误，我很想知道你是怎么回应的。"

然后她把目光投射到我身上。"还有你。"她狠狠地说出这几个字。我的心怦怦直跳，有那么一瞬间，我以为她要透露她知道钱的事情了——那将给我带来严重的动机。但她冷笑起来，"也许你们是一伙的。为什么你一醒过来，就这么心急火燎地要下楼去看迈克尔，嗯？"她在等待房间里有人回应。"因为还没有人发现迈克尔已经死了，而你想成为第一个。我就说这么多。"

我算注意到了，人们习惯于在已经说了非常多话之后，补上一句"我就说这么多"。我能听到身边的埃琳被气得咬牙切齿，她的腿在桌底上下晃动。

我决定为我自己撑腰："我为什么要伤害迈克尔？"

"就一点，因为他和你的妻子上床了。"

"露西！"奥德丽脱离了她一贯的形象，带着怒火低声喊道。我不知道我和露西谁更震惊，我母亲竟然为我出头了。"你可以想怪谁就怪谁，但这里只有一个人坚持要把迈克尔关在那间只能从外面上锁的房间里。"

房间里鸦雀无声。奥德丽是对的。她虽然到目前为止都很安静，但却一直怒火中烧。就像其他人一样，她也找到了可以指责的对象。她不是在为我辩护，她只是想把刀刺向露西。露西是那个建议去烘干室的人，那里成了迈克尔唯一无法逃脱的房间。我以为他之所以被关进那个房间是因为我，但确实是露西建议把他关到那里的。这就是为什么她在房间里大肆指责——她也觉得内疚。

索菲娅对克劳福德耳语了几句，克劳福德把自己的手机解了锁，然后递给了她。她走过去，蹲在露西面前，给她看手机屏幕。

"我想你还没看过这个。"索菲娅说，她的声音很柔和，很平静，"我知道我刚才说的话听起来像是疯了，但如果你看过……"她让手机里的图片替她做了解释，"凶手是存在的。这个人并不是死于低温。"

露西的脸失去了血色。仇恨已经窜回了她的情绪边缘，就像一个满是蟑螂的壁橱突然暴露在光线下。当她从屏幕上抬起头时，脸上似乎是一种困惑，就像她不记得自己一开始就和我们处于同一个房间里似的。埃琳和我曾管这种状态叫作"从愤怒的宿醉中醒来":当你在为没有意义的事据理力争时,突然清冷的晨光照到了你,让你意识到自己看起来有多蠢。这就是露西现在的样子。困惑,丢脸。

"他就是你们在外面发现的那个人?"露西低声说。她现在看到了我们已经从那张发黑的脸上看到过的东西:"绿靴子"死得离奇而惨烈。而这不过是进一步证实了,露西关于那间不能逃脱的烘干室的建议,几乎是把迈克尔放在了砧板上。

索菲娅点点头。我知道索菲娅给露西看这些证据,是为了安慰她,而不是为了找她麻烦。但这并不管用。露西感受到的只有责难。

"我在这儿待不下去了。"露西站了起来,"我很抱歉对你们说了那种话,欧内斯特、埃琳,还有大家。我非常抱歉。"然后她走了出去。

没有人真的去阻止她离开。克劳福德半心半意地追到门厅,叫她回来。但她甩开了他,说了几句酸话。我只听到一半,但听起来像是"你是老大",显然是在暗示他不是。我们围在门框边上看着,以确保她不是往烘干室方向走了,因为迈克尔还躺在那里,我们得以防万一。她迈着沉重的步子走上楼梯,可能是去图书馆,也可能是去屋顶收信号了。她不是去抽烟的。你和我都知道她已经抽完了最后一支烟。

29

"索菲娅。"露西一走,奥德丽便轻声叫道。这是她整个周末中说过的最平静的一段话,所以我们都注意到了。"我儿子死了,而我想知道原因。我们都很难过,我们都有想责怪的人,"我不确定她的目光是真的掠过了我,还是只是我脑补的,"但我们掌握的信息越多越好。因为我想把凶手找出来。如果他还在这儿,我就要还回去。"她深吸了一口气,控制住了自己。她的语气不是我误以为的平静,而是冰冷。"所以你介不介意再给我们这些人解释一下,一台吹叶机和一袋煤是怎么杀死一个人的?"

"实际上不是煤,是煤灰,就是那种碎屑似的东西。"索菲娅解释说,她难掩语气中的一丝兴奋,很高兴终于有人要求她讲述自己的理论了。"因为有大量细小的颗粒,当你把它们吸入时,它们会在你的肺里结成一种水泥状的东西。本质上说,你是从内窒息的。"

我母亲沉思片刻,然后转了两下手腕,比画着想象中灰烬被搅动起来的路径,就像有人在晃动手中的高脚杯一样。"所以,我必须吸入相当多的这种东西,对吗?这样才能伤害到我?"

"对,"索菲娅回答说,"相当多。如果是在一个空气不流通的房间,需要吸入的可能会少一些。"

"她是在问需要多长时间。"我补充道,我也很想了解这一点。虽然几乎看不出来，但我还是注意到奥德丽简短地点头表示认可。

"哦，需要几个小时。"

"几个小时？"奥德丽错愕地说，她的假面终于滑落了。

"那会疼吗？"凯瑟琳抽了抽鼻子。

索菲娅没有回答，此处无声胜有声。

那会是一个极其痛苦的过程。

"几个小时？"奥德丽重复了一遍，我意识到她这次是冲克劳福德说的。她不是在寻求确认，而是在要求一个解释。"咱们的医生已经耐心地解释了科学的问题。所以警察先生，现在你可以告诉我，我的儿子是如何在由你看守的房间里经过好几个小时才死去的吗？"

克劳福德清了清嗓子："夫人，恕我直言，"他不该这么起头，我母亲从来不吃礼节或借口那一套，"门上的橡胶密封条让那间屋子相当隔音。"

我原本想提醒说当时的暴风雪的声音非常大，但我从上次支持警察的行动中吸取了教训，于是把话咽了下去。

"不过，说实话，我什么都没听到，因为……"克劳福德的声音弱了下去。

"你说。"

"我当时没在那儿。"

房间里突然变得非常安静，但气氛同时也变得很紧张，达到了爆炸的边缘。可能会出现两种情况：长久的沉默或者奥德丽起身把克劳福德的头扯掉。最后，两者都没发生，但奥德丽是第一个说话的。她的精神只够发出一声低语。

"你把我的孩子锁进一个房间里，然后把他一个人留在那儿了？"

马塞洛坚定又温柔地拍了拍她的肩胛骨之间。

"夫——"克劳福德又想叫她"夫人",而且这回还带着点美式风味,不过他马上住了嘴。他看起来很慌乱,又张了张口,最后决定称呼她坎宁安夫人,没有连字符的那种,然后说道:"房间连门都没锁。"

我们中那些注意力不断下降的人——我说的就是安迪,以及那些即将昏倒的人——我说的是我自己和因疲惫而原地打晃的索菲娅,都把目光重新投向了克劳福德。

"朱丽叶查了天气预报,跟我说她在考虑趁天气稍有好转的时候,把一部分客人送下山,以免之后的天气更糟。所以我们决定,鉴于迈克尔到那时为止都很配合,我们想把迈克尔转移到其中一间客房里。我们过去跟他说这个事时——这发生在你和他谈话之后,欧内斯特,但在我跟着你去维修棚之前——他已经睡着了。他蜷在一条长凳上,背对着门。他枕着枕头,也有盖的东西——他看起来很舒服,所以我们不想吵醒他。朱丽叶当时也在场。她可以给我作证,对吧?"

"他说得没错。我当时也在场。"

"然后我还得追这俩人,"他朝埃琳和我点了下头,直接忽略了索菲娅,"从维修棚出来,然后对这个兄弟来说,算是短暂登上了'泰坦尼克号'。当我们把他送回这里时,大巴车已经到了,我被拉去帮忙把人引上车。客人的车也需要挖出来。这中间是没有空当的。但我发誓,我也不想我不在的时候把迈克尔锁在房间里,我怕他醒了之后出不来,也怕万一发生……"他在说"火灾"这个词之前停顿了一下,大概是想排除其中的讽刺意味,"我离开之前打开了锁。我很确定这一点。"

我拼命去回想在我开门之前有没有把门闩打开，我觉得我没有。克劳福德说得没错——门没有上锁。

"你最后一次见到他时，窗户被打破了吗？"我问道。

克劳福德求助般地看向朱丽叶，后者耸了耸肩。他摇摇头，说："我不知道。"

"你确定他是在睡觉吗？"

"我只能说，我没有问他。"

"他在呼吸吗？"这一次我问的是朱丽叶。

"我没有……你懂的，我没有检查。当时似乎没什么可疑的地方。"

"你在想什么，埃尼？"索菲娅问。

"'绿靴子'的脖子上有一道锯齿状的伤口，是塑料束带造成的。"我说，"如果迈克尔曾经想要挣脱，那束带就会陷进他的手腕。但我发现他的时候，没有看到他的手上有任何伤口。你看见了吗，索菲娅？"

她想了一下。"没看见，但他身上也没有任何血迹或者瘀伤，如果他当时有反抗的话，应该是会留下痕迹的。不过那里灰很多，所以也有可能是我没看到。"我能看出她并不认为是自己没看到。"或许是一击致命，但这代表着无论打他的是谁，他都足够信任那个人，可以把背对着他。"

我边想边说道："所以，窗户有可能破了，有可能没破。很明显，当我发现他时，地面上有玻璃，有漏进来的亮光，而且不可能注意不到风，因为风雪仍然很大，所以让我们假设……"埃琳用胳膊肘使劲碰了我的肋骨一下，但我没有理会她。所有人都在看着我将时间线拼凑起来。这是一件分析性的工作，发现真相的力量正在帮我从震惊中走出来。我相信其他人都会选择扭头逃回自己的房间，独自释放情绪，但我们都知道现在这件事很重要，它能引导我们找出凶手。"让我们假设，你看到他时，窗户还没有被打破。不过他可能在睡觉，也可能没有。"埃琳又碰了碰我。"你干什么？"我对她不耐烦地说。

"你说的这些都很有用，但只能进一步强调你是在那个房间里最后一个看见他醒着的人。"埃琳低声说。每个人都听到了。

我扭头看了看房间里的人。哦。这就是我引起他们注意的原因。

"我离开他的时候他还活着。"但是，面对一张张严肃的面孔，我觉得我像是在对着一个陪审团讲话。我知道我不应该这样做——如果你看过审讯现场，就会知道只有有罪的人才会不由自主地重复自己的话——但我控制不了我自己，说出来的话就像是在求饶。"我离开他的时候他还活着。"

我们之中没有一个人去坐大巴车。房间里有一种心照不宣的共识，那就是谁想最快下山，谁就可能是逃窜的凶手，所以我们都在默默地互相吓唬，让大家留下来。到了这个时候，我们中大多数人都认为凶手很可能是我们之间的一个。我们中的一些人，包括我和索菲娅，想留下来看看凶手是谁。其余的人则在恐惧和蔑视之间来回摇摆。不带走迈克尔的遗体，奥德丽是不会离开的，她不可能把遗体装进大巴车的行李仓里。凯瑟琳留下来是因为她担心露西。安迪留下来是因为凯瑟琳在。马塞洛留下来，大概是因为他终于被许诺了一个宾馆里的房间。克劳福德从没说过我们可以走或不可以走，但他知道他不能让我们自生自灭，否则当他的上级最终出现的时候，他很可能要为一场大屠杀做出解释。朱丽叶开玩笑说，她不能离开我们，以防我们把这个地方烧个精光。其实我们会这样做的，只不过她当时不知道而已。

我们待在酒吧里,我们的悲痛、愤怒、怪罪和指责慢慢褪去,通过沙哑的喉咙轻轻地相互交换记忆。安迪跟我提起迈克尔在我的婚礼上发表的伴郎演讲。迈克尔那时以为,模仿我写的一本书会是一种聪明的做法,给完美的伴郎演讲准备了十条戒律,但他后来积攒了过多酒胆,忘了其中七条。此时在周围的人中提起这件事似乎很蠢,但尴尬的气氛很快就消散在夹杂着打嗝和流鼻涕的笑声里。我没有大度到为了给迈克尔脱罪而把他的行为当作简单的错误,但他的生命并不是仅仅用过去三年就可以代表的。

等大家全都意识到我们不会离开,就有人提议说我们应该去睡一觉,屋里响起一阵疲惫的低语,表示接受。克劳福德锁上烘干室的门,他不想移动迈克尔的尸体,并警告我们所有人都不要靠近。朱丽叶给我们重新安排了宾馆里的空房间,并发了钥匙。我拒绝了,我更喜欢我的小木屋。如果有人想要杀我,至少我可以看到他们从阁楼的梯子上走过来。而且无论如何我都要回到我的房间:从那天早上开始,我就没有再去看过那袋钱。我想离它近一些。我现在知道了马塞洛不知道这些现金的存在,我很庆幸除了索菲娅和埃琳之外没有人知道,因为这袋钱会被认作我的动机。再加上我是最后一个和迈克尔说话的人,这群人原本就是带着警惕的怀疑态度把我排除在外的,如果让他们知道了我拿着迈克尔的钱,他们会把我撕了的。这是家里的钱。

大家打着哈欠,急着走出房间。凯瑟琳经过我身边,我轻轻地拍了拍她的胳膊,问她今晚能不能把那瓶止痛药留给我。

"对不起,埃尼,这药的药效太强。我离不开它呢。"她冲我微微一笑,表示歉意,然后把一颗药塞到了我的烤箱手套里。

她第一次在楼上给我药时，我就觉得很奇怪，但她护着它的态度更让人觉得奇怪。她的腿疼无疑让她受了不少罪，有时一定疼得要命，一般来说，这个时候就该用药治疗。但她在事故发生后选择了自然疗法，用她的话说，叫"替代医学"。用医生的话说，叫"一派胡言"。但这对凯瑟琳来说并不重要，她已经改过自新，而且戒了酒，没有什么能打破这一点。头痛时不吃药，工作不顺时也不喝酒。就连她生艾米时，也拒绝服用任何止痛药。她既然已经上了戒酒这趟车，就不会因为任何事情再下车了。

随着我年龄的增长，我开始明白这对她来说有多重要。她在事故发生时喝得酩酊大醉，给腿部留下了残疾，所以她对任何会损害她的事物都不屑一顾，即便那些东西对她有好处。她把身体机能看得比痛苦更重要：她不想再失去理智了。这就是为什么我建议索菲娅在需要的时候应该向她询问戒酒会的情况，因为凯瑟琳是坚定的、毫不动摇的。她是——我永远不会对她大声说出这句话——激励人的存在。

除此之外，我一直觉得她腿上的疼痛，她行动时的不便，都在某种程度上是一种忏悔，时刻提醒她不要忘了那晚在她车上的是她最好的朋友。她不希望自己的痛苦被磨灭。她觉得这是她应得的。如果你想知道同行的人是否幸存，那么请查看现在的页码。

也许是我想多了，也许岁数越大，伤病就越严重，总之凯瑟琳最终屈服于医生的建议。也许寒冷的天气会让她的腿疼痛难忍，虽然是她自己选择了这个度假村。不过，要是她的确饱受疼痛之苦，那这似乎是一个奇怪的选择。也许她屈服于压力，大概是来自安迪的压力（虽然我想起来了，我醒来的时候朱丽叶清清嗓子，逼着她又拿出来一颗药），知道这些药对我的伤势至关重要，但她仍然只允许自己以最保守的剂量来配给。如果按照她自己的方式，她可能会让我进行一些呼吸练习来代替。露西甚至还能卖她一些精油，我觉得精油生意会是她继特百惠和化妆品之后下一个小本生意。

因此我决定对我得到的微薄配给表示感激，用已经不热的热巧克力把它冲服下去。出门时，我把杯子放在了吧台上。我惊讶地发现埃琳还在门厅里等我。前门大敞着，屋外的冰坨在瓷砖地上簌簌滑过。

"我不知道该怎么跟你说……"她开口说道，然而接下来的话早在她组织好之前就已经消散了。她看着自己的鞋。风吹乱了她的头发。然后她抬头看我。空气中的原子发生了变化。"我今晚不想一个人。"

我的妻子 ———

30

埃琳呼唤我名字的低语声从上空飘下来。暴风雪再次来袭，我的小木屋在天气的挤压下发出呻吟声；感觉就像我们在一艘潜水艇里。我躺在沙发上，把阁楼让给了埃琳，最后脱下浴袍，穿上一条平角短裤和一件印有我不再听的乐队的T恤衫。埃琳要求和我待在一起是出于孤独和恐惧，而不是调情，所以我从来没有期望我和她一起上楼。这本书中没有性爱场景。

"我还没睡。"我说。

阁楼上传来一阵窸窸窣窣的声音，她大概是翻了个身。当她下一次说话时，她的声音似乎更近了。"那，你是怎么想的？"

"我不知道。"我实话实说。"我无法把'黑舌头'的事从我的脑海中抹去。这种折磨和以前都不一样。推理小说能写成这样就好了。"

"差点儿就违反第四戒了，"她心不在焉地说，"还是需要科学的解释，现在还不确定雪道算不算是秘密通道。"

我写写作指南已经很长一段时间了，所以埃琳跟我一样了解罗纳德·诺克斯的戒律。我想知道她在这个时候抛出这么一句话，是不是为了让我觉得我们还是一伙的。一个曾经为了不跟我生孩子而不惜说谎的女人说出这句话来，未免要的有些太多了。何况她还抢占了我的阁楼。

"问题就出在这儿。"我说,"这几起谋杀案都是头条新闻,它们简直是完美的头版内容——不出几个月就会成为流媒体平台上的纪录片。媒体内容就等同于呈堂证供,这说明想要效仿是很容易的。"

"你是说,也许有人就是想让我们以为'黑舌头'在这儿?"

"你觉得哪种更可信,是一个恶名远扬的连环杀手跟踪我们到这儿,还是有人试图让这一切看起来像是那个连环杀手做的?"

"索菲娅一直都在努力用她的解释来说服大家,"埃琳说道,"这几乎就像她在试图吓唬我们。"

"她是个大夫。她还治疗过其中一名受害者。而且她好像也没说过什么新闻里没出现的东西。"

"听起来你像是在替她说话。"

"你总得去相信别人。"这话说得有点残忍,于是我改变了话题,"告诉我,迈克尔是怎么说服你和他一起去挖坟的?"

这个问题让她始料未及。"哎,我一开始也不知道是叫我去挖坟的,他几乎是到最后才告诉我。"

"那你当初是怎么搅和进去的?""搅和"这个词的双重含义开始膨胀,充满了整个房间。

"迈克尔和露西财务状况出了问题。至于你和我,我们一直都很困扰,自从……嗯,人们不是说吗,痛苦有人分担就会减半。就是一种安慰,埃尼,只不过是一种安慰。"我原本不是要问她这个,但我也没法打断她,"这就像山上的雪一样,我只能这么形容了。雪一片一片落下,突然间,你发现雪已经及膝了。我想可能肺里吸入煤灰的过程也是一样?我这么说是不是太阴暗了?事情都是一点一点向前发展的,但等你回头再看的时候,才发现已经走出老远了。这件事是在咱俩开始分床睡的时候发生的，但露西不知道。"

他们在一起的时间比我想象中的更长，在迈克尔出现在我家的车道上之前就已经开始了。这个事实本来是会让我崩溃的，但那天我已经崩溃太多次，以至于有些见怪不怪了。

不过我又想起了迈克尔那天晚上说过的话。那露西就该知道了。因为在一桩谋杀案的审判中，每个环节都会被盘查到，他出轨的事几乎必然会被曝光。露西应该不知道，否则她就不会对他们共度一夜的消息做出那样的反应。设想一下，如果她真的知道整个故事呢？那露西就该知道了。尽管迈克尔当时已经和埃琳在交往了，但他还是这么说。我好奇埃琳知不知道迈克尔直到那时还没有放弃自己的婚姻，而是在很晚之后才下决心要和她在一起的。这就说明面对迈克尔的死，露西比埃琳更悲痛。我想知道露西是不是比我想象中知道得更多。

我只能先叫停。"我的意思是说，搅和进这件事里。"

"迈克尔和我，这事倒也没有多重要，但我们从来没想过要——"

"这些你都不用跟我说。你就告诉我迈克尔都跟你说过什么。更重要的是，你为什么相信他。"

"我一开始也不信。我需要一些能够说服我的东西。但是，嗯，然后我发现了你藏起来的那袋钱，是迈克尔让我去找的。我没指望能找出什么来，但我只是不明白他对我撒谎能有什么用，所以我就四处找了一下。你藏得可没多好，埃尼。"她说得好像那是我的错一样。就像当我们还很幸福的时候，她告诉我她吃了不想吃的巧克力，纯粹是因为我把巧克力留在了她的视线范围内。"然后我开始思考他讲的故事里还有哪些部分是讲得通的。

也有可能是我希望他的故事是真的。我当时因为咱们感情的结束受到了不小打击，而那成了——嗯，听着像是疯了，但它成了一种救赎。我加入是因为我以为我们可以补偿你。我让迈克尔保证你也会加入。这本该是咱们的钱，埃尼——咱们三个的。"

那是家里的钱。

我脑子里又响起了这句话。只不过这一次，我终于明白它的意思了。"你现在说的不是那个包。你以为你挖的是……"所有这些都是为了一张藏宝图吗？"等等，你到底以为你在挖的是什么？"

"他在出狱前让我告诉大家一个错误的出狱日期。他还让我雇一辆货车，因为他说我们得去取点东西，而且必须在晚上过去。他说他知道要去哪儿，他只需要在出狱后能有一天的时间去干那件事。所以我就跟着去了，然后我们就到了一片墓地，我跟他说我不想做这样的事情，而他跟我说那些不过是土和木头，他需要我的帮助。于是我们用绳子、滑轮和货车的发动机把那个棺材从地里拉了出来。迈克尔打开看了一眼，说我们必须把它带上来。于是我们把它装进货车，然后就来到了这里。我觉得他当时挺满意的。我不认为他觉得自己马上就要死了。你爸爸参加过抢劫，所以我把两件事结合在一起，以为那副棺材不过是用来保存更有价值的东西的。我不知道——也许是钻石？我当然没想过我们是在挖一具尸体。我要是知道，早就跑到一英里开外了。"

"你之前跟我说，迈克尔不肯告诉你艾伦想卖给他什么东西的。如果你费了那么大劲儿把那口棺材挖出来，你为什么不问里面有什么？"

"我问了。他说我不知道会更安全。"

"后来你也没问我。"

"好像每个知道里面究竟有什么的人最终都死了,或马上要死了。"她一边说着自己的分析,一边尖锐地看了一眼我的手。"我认为他了解到了什么。"

"也许这也是其中的一部分。假设'绿靴子'是一个无关紧要的人,他的死是为了显示'黑舌头'或者假装'黑舌头'的那个人在这儿。他被杀还可能是因为他碍了事。如果一直以来迈克尔才是真正的目标呢?"

"这说明任何知道那口棺材里有什么的人都有危险。"她说。

这也是马塞洛所暗示的想法。马塞洛不知道货车里有一口棺材,埃琳不知道棺材里有什么。按照他们的逻辑,我是知道的最多的人,将是"黑舌头"名单上的下一位。

"如果是这样的话,你还需要告诉我一些别的事情。我们已经过了需要对彼此说谎的阶段了。我们结婚四年,你还是一想到在公共场合接吻就退缩。但你和迈克尔……我不理解。"我的话说了一半,希望她能在我不明说的情况下领会我的意思,这也等于承认了我对他俩的观察究竟有多密切。

"我不知道你想表达什么。现在这个时候真的适合探讨我们的亲密关系吗?"

"在宾馆前的台阶上,在克劳福德把迈克尔带走之前,你从他裤子后面的口袋里拿走了什么?"

一开始,埃琳在众人面前拥抱迈克尔的行为在我看来有些显眼,但我把它归结为我的嫉妒和她的张扬。后来我又在朱丽叶的天气监测录像里看到了类似的一幕,埃琳把手放在迈克尔牛仔裤的后口袋里,这再次击中了我,因为非常怪异。在烘干室时,迈克尔在递给我货车钥匙之前,曾经想要给我看些东西,但他没能找到。然而我的嫉妒影响了我对于这么明显的事情的判断。我了解我的妻子。她不会公开地表露感情。

埃琳在我的上方发出了一阵窸窸窣窣的声音,然后一个轻飘飘的东西落在了我脑袋旁边的垫子上。我在黑暗中胡乱摸找,直到我的手指握住了一个塑料的小玩意儿。它的形状类似于酒瓶盖,不过比酒瓶盖略微大点,也更深一些,更像是一个小酒杯。我把它举过头顶,刚好有足够的月光从云层后面照过来,它的样子渐渐展现出来。它眨了一下眼睛,是反射的光。材质是透明塑料,甚至可能是玻璃。

"你还真不傻,真的。"她说。

我想起一件事,当迈克尔在我家的车道上倒车时,一个小酒杯从仪表盘上滚落了下去。我当时的注意力都放在了后座的东西上,但现在我反应过来了,这两个是同一个东西。并且这东西不是小酒杯,而是一个修表师傅的眼罩,就是那种一端卡在眼睛上,另一端是一片放大镜,可以通过它看清零部件的圆台体。(我的编辑在这里留下一句很有用的批注,说这叫目镜,所以我要假装自己有文化,从现在开始使用这个正确的名词。)

这显然是无害的,以至于它没有被作为证据没收,但对迈克尔来说却很重要,以至于他在被捕前就从座位下翻出了它,并把它作为出狱时交还给他的一小包所有物的一部分。

"你拿这个干什么?"我问。

"动动你的脑子,埃尔恩。我还以为我们挖到了什么值钱的东西,钻石或者金砖之类的。如果是你,你会偷什么东西然后藏在棺材里?如果不是专门去检查那么一样东西,他为什么会带着这个?艾伦不是一个二手珠宝商吗?我觉得这些已经很明显了。我拿这个是因为,好吧……"她不好意思地清了清嗓子,"是因为迈克尔没有告诉我任何关于棺材的事情,也许我是想亲自看一看。以防这个周末的情况跟我预想的不一样，我是说和露西。"

"你觉得你还不能完全信任他？有第一次出轨就会有第二次？"我拿这一点说事，完全是出于私心，虽然我知道说出来会显得自己有多小气。一定是凯瑟琳的药让我有点飘了，我清醒的时候是绝不会说出这种话的。

"也许是有这个原因。"她用人们承认某件事情时会用到的那种低沉而羞耻的声音说，"他花了那么长时间才告诉露西我俩的事，而且他知道在他同意告诉她之前我不能告诉你。我求他替她把债还了，这样我俩就可以干干净净地跟过去了断。当他最终寄给她离婚协议书的时候，我想那只是因为他仍然对你很生气。那是我第一次产生了这种念头，也许他只是想得到一些你的什么东西。这个周末让我又有了这种想法。我觉得我们是在演给大家看。"

"所以你从他那儿拿走了这个，你知道这样一来无论棺材里装的是什么，只要他没能在下山之前弄清那个东西的价值，他就不能把你一脚踢开。"

"听你这么说出来，我觉得我这么做有点小气。"她说，"但后来他确实把钥匙给了你，而不是我。而且我知道，如果你不是单独进货车里，那么克劳福德和索菲娅都会看到里面的东西，这样一来，大家就全知道了。起码我知道你是想守住那袋钱的秘密的，所以我觉得别管里面是什么，你同样也会守住那个秘密。所以我才一定要让你单独进去看。"我听到她在嗑牙，这是她在焦虑和睡不着觉的时候会做的事。过去我会轻抚她的肩膀，让她知道我在她身边，一切都没关系。我惊讶地看到我的胳膊对着我旁边的沙发空位做出了同样的动作。肌肉记忆。"现在咱们都知道了，我对棺材里的东西的想法是错的，"她停下来，期待着我的反应，但我没有上钩，"所以我有了一个新的理论。我觉得他是想查你手里的钱。"

我思考了一下。这不是没有道理。我对假钞了解不多，但我猜每张钱都会在某个位置有一个细微的标志，或者序列之类的其他东西。后来我看了一下，我猜得没错。

"这东西本身没什么特别花哨或者值钱的地方。"我边说边在指尖把玩那个目镜，我的眼睛现在已经适应了黑暗，可以把它看得更清楚了，"它看起来跟我上十二年级时在科学实验室里见过的东西一样。你在任何地方都能找到它。但你提到的关于艾伦的工作是对的。这可能是他的，是迈克尔从他身上拿走的。"

"所以有可能是艾伦带着它来检查迈克尔的钱，然后那些钱不符合他的要求？这就是他们打起来的原因？"

"我一直在想，迈克尔是如何在露西没有发现的情况下拿到二十六万七千元的。"我坦白说，"这可是不小的数目。连马塞洛都不知道钱的事情，你也是。所以如果迈克尔让你去找它，只是想看看它是否还在，我并不觉得惊讶。"

"但如果迈克尔已经知道钱是假的，那他为什么还要检查呢？"

"我也不知道。"

"如果是另一种可能呢？"她提议说，"是艾伦把钱带来的，但迈克尔不满意。"

我顺着这个想法往下想。迈克尔一直很清楚，他是在向艾伦买东西。事实果真如此吗？会不会是迈克尔有什么东西卖呢？"如果这些钱不符合要求，甚至有人因此而丧命，那为什么还要留着？"

"你已经花掉一部分了。"她来了这么一句。这不是问句。

"就花了一点。跟我没关系。"

"只因为它是假的,并不意味着它没价值。或者它上面有标记——你知道警察会在钱上做标记之类的事吧?"

"大概知道。"这里面有些事情我没想明白,但我不确定是什么事情。我的直觉告诉我,埃琳提出的理论之一,她说过的一些话,其实离真相已经不远了。但我掌握的东西还不够多,还不能揭开谜底。迈克尔告诉我,问题在于还不够,所以我觉得这些钱不太可能是假的。

我们又没思路了,再次陷入了沉默。我们的小屋好像一台潜水艇,此时给人的感觉是又"隆隆"地下潜了一百米。有段时间我感觉埃琳好像睡着了。结果她苍白的脸又从阁楼上探出来,出现在我头顶。

"我该说对不起吗?"她问。

"为哪件事?"

"为所有事吧。"

她的声音里藏着一些隐喻,向我飘来,而我躺在沙发上,对着星星说话,但我不知道那是什么。

"好吧。"

"只是'好吧'?"

"嗯……"我咕哝着,尽可能营造出一种困倦而含混的形象,但我相信她能听到我的心跳,它似乎在带着我的整个枕头颤动。

"你不想知道为什么?"

"你说话是因为有话要说,还是因为你睡不着觉?"我并不想把话说得这么没好气——婚姻中有块余地,虐和爱在那里交缠——但现在我们不在一起了,即便是温柔的玩笑也会让对方觉得暗中带刺。

"就不能两样都是吗？"她声音中的请求特别清晰。

"能。"我的语气柔和下来，"但我明天要是因为没睡够而跑输给了一个连环杀手，到时候就怪你。"

她的白牙在黑暗中闪出光泽，她笑了。"你又来了。"

"你不用跟我道歉，埃琳。我不应该给你压力。我当时以为你很幸福，我以为我们已经一起做出了生孩子的这个决定，但我肯定没发现我在逼迫你。我生气了很长时间，但我有什么权利来决定你的选择？你不应该撒谎，我也希望那个人不是迈克尔——我永远也忘不了这一点——但我对你已经要求得够多了，我不需要你给我道歉。"

我只把真实想法说出来一半。我的真实想法是，我不想躺在那里，听她滔滔不绝地说着各种借口。这些借口我已经听过了——在接受心理治疗时，在家时，小声说，喊着说，发短信说，发电子邮件说，泪流满面地说，咬牙切齿地说。我觉得我已经听过了所有形式的所有借口。

然后她说了一句让我惊讶的话："我杀了我妈妈。"

31

这六个字就像炸弹一样,在这个小房间里炸开了。面对她的坦白,我不知道该说些什么。我知道她是被爸爸养大的——这是我们刚开始约会时就能相互理解的原因之一——但埃琳告诉过我,她母亲是在她小时候生病去世的。

"她是在生我的时候死的。"她的声音没有比耳语高多少,"你可能要告诉我,那不是我的错,但那没用。我父亲就是这么告诉我的,而且我也相信,到现在也是。我知道是我杀了她。我知道有时是会发生这样的事,我知道那不是我的错,所以我开始跟别人说是癌症,因为人们听了只会说'哦,太不幸了'。而不会再多说别的。但我父亲在我成长的过程中每天都在告诉我——直到他去世前的最后一刻,这都是我的错。我知道,他愿意用我的命换回她。"

我知道她的父亲虐待她,但我从来不知道他的行为如此有针对性,充满了这样的责备和仇恨。"对一个孩子说这种话真是太可怕了。"我说,"我之前不知道这些。"

"你得相信,我说的话不是要故意伤害你。我只是,嗯……我们谈到试着要孩子之后……"她先是抽噎得说不出话来,然后用一秒钟平复了自己的情绪,"你当时特别兴奋,埃尔恩。我简直不相信,光是谈到这个问题,就能让你那么高兴。在我们开始尝试之前，你就已经爱上了这个想法。我想成为你想让我成为的样子。所以我同意了，然后你高兴得不得了。但后来……我不是说这是你的错——我是在跟你解释。我当时很害怕。我只是需要多一点时间。"

"我本来只需再继续服用几周的避孕药，"她接着说，"直到我渐渐适应怀孕这个想法。而且，天哪，我爱上了开头那几个星期。我觉得那是我们在一起之后最幸福的一段时间。你眼里有一种亮光，让我无法下决心去扑灭。但后来，几个星期变成了几个月，几个月又变成了一年。突然间，你想知道是怎么回事，我们开车去了诊所，看了医生，你端着那个小塑料杯子，我意识到我永远都不会告诉你了。所以我只好顺其自然，心里知道唯一的解决办法就是停止吃药，赶在别人告诉你之前，先奇迹般的怀上孕。但我就是做不到。这就像是在往赌博机里投币。我一直在推迟去诊所的时间。我一直在想，我只需要再扔掉一封信，我只需要再挂断一个电话，然后我就准备好了。结果每张药方都是我的最后一张，然后我发现自己正在药店里等待下一张。"

我此时也哭了。"我只想要你——只想要你做你自己。我不是想要一个生孩子的工具。我兴奋是因为我以为我们都是这么想的。我应该多听听你的想法。"

"但如果我告诉你了，你就会劝我。你不会明白为什么劝不动我，你会用你那种搞笑又迷人的方式来劝我，有可能你会放弃一两年，但你还是会劝。我不能告诉你我妈妈的事。我从十几岁起就没有告诉过任何人，因为当时我就明白，告诉别人她生病了容易得多。我无法面对别人的看法。我以为假以时日，我就可以给你你想要的。我确实尽力了。

"我不是想让你心疼我。我是想告诉你我为什么害怕。我害怕对身体有伤害，没错，我怕死，怕像她一样。但最主要的是，我怕如果我真有个好歹，你会用我父亲看待我的眼光来看待那个孩子，那个你曾经那么想要的孩子。"

"我太想要孩子了——"

"嗯，埃尼。我知道。"

"也许我忘了我已经有一个了。"我叹了一口气，"对不起。"

"是我在跟你道歉，你这个傻子。"她笑得呛了一下，"对不起，我对你说谎了。我不想成为不能给你想要的东西的人。"

"那我也会一样爱你的。"我仍然爱着她，但我没有说出来。坦白的过程太痛苦了，所以即使吃了泰勒宁我也做不到。可能我应该说点什么。可能这就是我写下这一部分的原因。别忘了，书是一个实实在在的东西。它写出来就是供人读的。

停了一会儿，她的声音又飘了下来。"你想爬梯子上来吗？"

我明白她只是想获取一种亲密的感觉，作为对迈克尔的死的慰藉。我明白那是虚假和空洞的，只会在明天让一切都再度受伤害。我什么都明白，但我还是躺在那里，不确定该怎么回答她。

"比什么都想，"我最后说道，"但我觉得我不会那么做。"

32

我梦见了我的婚礼，尽管它不像是梦，而更像是一种回忆。迈克尔靠在教堂的讲台上，好像那是唯一能让他保持直立的东西，当他讲到伴郎演讲的第三条戒律时，已经有些口齿不清了。客人们看着他费劲的样子都笑了，甚至连奥德丽也笑了。他喝了一口啤酒，举起一根手指——等等，听我说这句——他打了个嗝儿，用袖子擦了擦嘴，又试着让舌头说出"妻子快乐了，生活才会快乐"这句话。大家哄堂大笑，他也一咧嘴乐了，觉得这些笑声都是他通过才华而不是丑态赢得的。他又打了个嗝儿，但这个嗝儿听上去不一样，有点像……他又打了个嗝儿，这个嗝儿肯定是故意逗大家的，紧接着，他紧紧抓住自己的喉咙，眼珠感觉要瞪出来了——他从打嗝儿变成了彻底窒息。屋子里的人还在笑，热闹极了，就在这时，冒着泡的黑色焦油从他的嘴唇之间渗出来。

早晨的天色灰蒙蒙的，很昏暗，暴风雪卷土重来。前一晚的雪下得铺天盖地，以至于得用肩膀猛撞才能把门撞开。在外面，我们在三十秒内就被打湿了衣服，浑身发抖。旋转的冰片像沙蝇一样咬着我的皮肤。剩下的汽车戴着白色的假发，像悬浮的波浪一样倾斜在宾馆的墙上。

埃琳和我穿好衣服，没有多说什么就离开了木屋。我们之间有一种多年的朋友睡在一起的尴尬气氛。经过昨晚的忏悔和她的邀请,我们不知道该说什么。我戴着烤箱手套睡着了,现在它有一半是生物材料。我想脱也脱不下来。我不得不把它强行塞进我的保暖衣里,接缝处很紧张。看到我单手挣扎,埃琳帮我把小帽拉到盖住耳朵。昨天,我发现自己在寒冷中的时间比我的壁炉衣柜所能承担的要多,所以我很想做好准备。我把一只手套从我的好手腕上咬上来,直到它滑过我的手指。当我们离开时,我拿起一个熨斗——从木屋后面的一个柜子里翻出来的。当我拿起它时,埃琳挑了挑眉毛,但我看到疑问在她的胸口升起,然后半途而废,毫无疑问,看来她不屑于知道。

我把目镜放在口袋里。我在埃琳之前醒来,在晨光中检查了它。它的侧面写着五十倍,我想这就是放大倍率。我从藏钱的地方拿了一张五十的纸币,高高举起,透过目镜看看有没有有趣的东西。

关于澳大利亚的五十元纸币,我知道一件事,这要归功于一个对作家有用的古老聚会技巧。二〇一八年,黄色的五十元纸币经过重新设计,在伊迪丝·考文的肖像下,加上了她在议会的就职演说的缩影重印。不幸的是,它的特点是"责任"一词有拼写错误,在数百万张纸币已经流通的六个月之后,这个问题都没有被注意到。这是一个简单的晚餐聚会轶事。我四处找五十元纸币,一旦发现其中一个拼错的,就开始讲故事,最后碰撞玻璃杯感叹说:"这证明他们没有付给我们作家足够的报酬——如果我们多看几张这样的纸,一定会更快地发现这个错误!"这会引发喧闹的笑声。这就是我对货币的全部了解。我检查了这张钞票,发现里面确实有错误,这表明这钱更可能是真的而不是假的。

正如我猜测的那样,纸币上确实有一个序列号,还有相交的彩色虚线和左下方的一个小全息图。但所有这些特征，包括错词，都可以用肉眼看到，没有必要用目镜。五十倍的放大镜足以让我看到塑料的接缝，不同颜色墨水的渗出。目镜是为了看到别的东西。我放弃了。如果我不知道我在寻找什么，寻找是没有意义的。

当我们经过汽车时，我轻轻地拍了拍埃琳的手肘，引起她的注意。在呼啸的暴风雪中，说话没有什么意义，所以我干脆举起熨斗，向马塞洛的奔驰车点头示意。我们匆匆走过去。我把熨斗——我在小屋里能找到的最重的可拆卸物体——怼到玻璃上，玻璃裂开了但没有碎，围绕中间的一个坑弯曲了。着色的窗户上现出长长的白色条纹。

昨天我看到凯瑟琳车周围的玻璃后，这个想法就一直在脑海中发酵，但我一直忙于半死不活的状态，因此没有尝试。我想，既然凯瑟琳的沃尔沃在暴风雪中遭受了相似的损失，那么另一个破碎的窗户也不会引起人们的注意。但我没有考虑到警报器，我一撞到窗户，它就开始在风中嘶叫。暴风雪的声音很大，但我不确定它的声音是否足以掩盖警报声，而且风向对我不利，把声音拂向宾馆。警报灯也像灯塔一样闪烁着。埃琳一直在把风，以防有人决定调查，但这完全是徒劳的，她的能见度只有几米。我必须抓紧时间。

我又砸了一下窗户，它进一步凹陷，当它像蛋壳一样凹陷时，风灌了进去，但玻璃仍然没碎。我只需再砸一次，我的整个手就会炸开。我用烤箱手套（现在派上用场了）把玻璃碎渣推过窗框，然后靠了过去。埃琳微微弹跳着，激动地准备离开，但我知道我想要什么。我猛地一扯，把一串绳索从插座里扯了出来，刚站起来，准备转身对埃琳喊"我们可以走了"，一只拳头就猛地打在我的下巴边。

摔在清晨的雪地上，感觉应该还算不错，但我并没有摔倒在地。埃琳像个拳击教练一样从下面托住了我的双臂。

"天哪，欧内斯特。"马塞洛边甩他的手，边惊讶地看着我。

我轻轻地重新站起来，探出下巴的一侧。他用右手打的我——因为那是他戴着劳力士的手腕，所以我很庆幸他修复过的肩膀削弱了他拳头的力量。那感觉应该像被哑铃打了一拳。我很惊讶我还有牙齿。

"我很抱歉，"马塞洛说，"我正在检查露西的车，我听到了警报声。发生了这么多事，我以为有人在……等一下……你在这里做什么？"

他看了看自己的车，显然是在想那扇破碎的窗户。我意识到我把熨斗掉在了车门下面。它现在已经被雪覆盖了一半，但仍然可以看到。我用脚把它推到车下。马塞洛走近窗户。如果他往里看，他就会看到散落在仪表盘上的电线，就会知道有问题。

"我看到窗户被暴风雪打碎了。"我说得太大声了，但这起了作用，成功使他回头看向了我，"那些漂亮的皮革座椅之类的。我想，如果这些东西被毁了，那就太可惜了。我希望能在里面找到一些东西来盖住它们。"

"好小子。"他说。他用一只胳膊搂住我，把我从车边带开。"别管什么真皮不真皮了，走，咱们进去吧。"

"你等等……"他停住脚步，单膝跪在雪地里。我的心已经有太多次要跳出嗓子眼了，现在又得到了一次机会。马塞洛"哎哟"着站起来，伸出一只手，拿着一样东西给我看。但不是那熨斗。"你手机掉了。"他把它递给我。

你看，这是一个险些违反了第六条戒律的行为——险中求生——但每个侦探都需要一点点运气的加持。叙事的悬念是通过堆积不利于侦探的可能性来建立的，但偶尔也会像现实生活中一样，多米诺骨牌会倒向他们想要的方向。而且老实说，我也不知道马塞洛为什么没有看出来。也许他心不在焉，正在计算换车窗玻璃需要花多少钱，也许他已经被冻得视线模糊，也许他正因为打了我的下巴而手疼。当然了，这玩意儿长得很像手机——无论是个头还是形状，一看就是电子产品，上面还有液晶屏——但他应该还是能注意到的。我并不打算问。我觉得在经历了昨天的事之后，我也该走走运了。

于是我一把拿过刚从他挡风玻璃支架上拆下来的便携式GPS定位器，赶在他看清楚之前塞进了自己兜里。

宾馆门外停着一辆气焰嚣张的车——一个开了窗户的亮黄色立方体高高地架在四个半人高的轮胎上，很是扎眼，看起来像是军用坦克和校车的后代。车的底盘下面嘶嘶地冒着蒸汽，说明发动机没关，而且很烫。

一小撮人围在它旁边：索菲娅、安迪、克劳福德、朱丽叶和一个我不认识的男人，暂且让我心中燃起了希望——也许他是个侦探呢。但当我加入这群人时，看到他穿着一件光滑的塑料雨衣，拉链拉到最上面，胸前绣着"超点度假村"。他穿的每件衣服上都有一个标志——从他蓝金配色的欧克利太阳镜，到他围在下巴上的斯酷凯蒂头巾（骷髅头和交叉腿骨的图案正好在嘴的位置），再到他宽大的防水裤——一条裤腿上从裤腰到裤脚都绣着"极速骑板"的品牌名。他看起来就像一个贴满了贴纸的装啤酒的冰箱。我判定他是一个滑雪运动员：他脸上唯一露出来的部分，也就是他的鼻子，像是经常骨折的样子。凑近能看到那辆"坦车"的侧面同样印着"超点度假村"的标记。他一定是从山那边那家临近的度假村过来的。

我从安迪和索菲娅中间挤过去。索菲娅正在剧烈地颤抖，脸色苍白得像冬天的天空。我看得出她并没有把注意力放在眼前的事情上，而是在倒计时还有多久才能回到屋里。埃琳还穿着昨天的衣服，我本以为至少会有一个人对我俩一起出现露出惊讶的表情，但似乎没有人还有精力用于校园八卦。每个人都把注意力集中在和我们一起走回来的马塞洛身上，根本没人注意到我俩。

"咱们是要走了吗？"我问道。这辆车的唯一设计用途就是要在厚厚的积雪上行驶，何况把它开到这里绝对不是为了兜风。

"怎么样？"朱丽叶越过我的头顶对马塞洛说。

"木屋里没人。她的车还在那儿。"

"妈的。"

"我可以把你们带到山脊上。"那位行走的广告牌的声音果然跟他的装扮很配，他的口音就像是接受了怪物能量饮料的赞助。要不是因为他现在是在谈论一个失踪的女人，我保证他会用"狗"和"哥们儿"作为断句的标点符号。他有轻微的加拿大口音，我觉得这代表着他是逐雪而居的那种人，每年在北半球待六个月，在南半球待六个月。"但雪这么厚，咱们是看不到人的，除非碾到人了。"

"发生了什么？"我又问了一遍。

"露西走了。"马塞洛终于对我说话了，尽管他的神情就像在看电影时被问"刚才演什么了"那样不走心。"从昨天晚上开始，就没有人见过她。"

怪不得。我在打劫马塞洛的车时，他突然出现，吓了我一跳，原来是因为他本来就在那里，正检查露西有没有连夜开车离开。我猜这就是凯瑟琳和奥德丽没在这里的原因：她俩分头去搜查房子了。

行走的广告牌转过头来，看着我们这群人。"别怪我多嘴，但你们这些人到底怎么回事？朱尔斯，我现在就应该把你们都带回金德拜恩。"

"这位是加文。"朱丽叶把一只手搭在他的胳膊上。他们似乎很熟络，我想在他们这种季节性临时工之间的友谊可以很快建立起来，但他俩还没有要好到朱丽叶会告诉他有关迈克尔的谋杀案的事，否则他就不会那么问了。"天气越来越差，这辆'超雪'——"她拍了拍这辆坦克般的车的侧面，发出沉闷的砰砰声，"是咱们下山的唯一选择。加文说可以开车带我们。"

"但我们必须现在就走。"加文紧张地看着天空，补充说。

"不等露西了？"埃琳问。

"我们只有这一会儿时间。"他耸耸肩说，"你们这儿还有警察呢，我可是一个人。我还得担心自己的员工。"

"我们只有一个警察。"马塞洛纠正道，"而且几乎等于没有。你听着，要么我们都走，要么谁也别走。我们是一家人。"

他这样说让我觉得很奇怪，露西是他的前继儿媳，但我知道加西亚家族的联姻政策跟我的不一样。此外，如果违反法律是坎宁安的家族特征的话，露西在来的路上还吃了一张超速罚单，所以我想她怎么说也算是我们中的一员了。

"我很感谢你能过来，"朱丽叶说，"但我们不能不管她。你开车带我们绕一圈。算我欠你的。"

"请我喝两杯？"

"喝两杯。就像在惠斯勒一样。"

我猜那一定是个狂野的夜晚，因为想到惠斯勒就已经让他精神到连太阳镜都变了颜色。"那好，那谁跟我一起去？"

"我去。"我怀疑安迪的自告奋勇一部分来自他与劳动人民之间的惺惺相惜，另一部分来自他的中年危机，也许他觉得有行动就有作用，也许他只是想体验一下坐着这个大箱子叮铃咣啷绕一圈的感觉。

我感觉埃琳杵了我一下。我俩之中应该有人去。"我也去。"我说。

加文似乎才注意到我，伸出一只带着北面手套的手要跟我握手。我举起我的烤箱手套，抱歉地拒绝了。

"手套不赖，哥们儿。"他说。

克劳福德挪到要去的人身后，但朱丽叶走到他前面。"你应该留在这里，把事态控制住。埃琳、马塞洛，你们帮凯瑟琳和奥德丽搜索这里的其他地方。索菲娅，"她上下打量着她，"说实话，你看起来需要躺一会儿。"索菲娅感激地点点头。"加文，我也要去看看那些文件。我知道。"她一定是看到他的眼睛亮了起来。"你别得寸进尺，我就只是看一下文件。欧内斯特、安德鲁，上车吧。"

我很佩服她记住了我们所有人的名字，并且向她表达了这一点。她耸耸肩，说如果这张名单上的人越来越少，她记起来更是毫无难度了。这句话尽管有点邪恶，但还是让我笑了出来。我意识到我很高兴她能和我们一起去。

加文绕到这台机器怪兽后面，拉开了门。我们爬上一个三层的梯子，他则走到驾驶座上。这几乎不是一辆车，车厢后面不是座位，而是两侧各有一条长长的铁凳。车里冷得像冷库里的冰柜，冷气从四面八方扑过来，仿佛要把我的肋骨抖断了。所有东西都沾染着汽油的味道。当加文扳动那根有树枝那么粗的变速杆时，地板随着发动机的轰鸣震颤起来。

一开始，我们在建筑物之间缓慢爬行，但随着加文脚踩油门向山上开去，我们三个被颠得上蹿下跳。我紧紧抓住一扇窗户上方的铁把手，想透过结霜的玻璃看向外面。加文确实没开玩笑，我们在看到露西之前一定会先撞到她。考虑到下面这些巨大的坦克轮，我怀疑到时候我们甚至感觉不到。雪下得太大了，甚至留不下车驶过的痕迹。

路上我从兜里拿出马塞洛的 GPS。它是太阳能的，但还剩了一些电量，所以开机不难。我在菜单里搜索了最近的行程，它加载出一个基础版的地图。云顶小屋甚至没有被标记出来，只是空白区域中的一个小箭头图标。我把屏幕放大，直到可以看到最近的那条路。那条绿色的线从一个感觉有一千多公里远的"啤酒"标识附近起，然后一路向金德拜恩延伸，再然后——我困惑地挠了挠下巴——从山谷的另一边回到了山上。这段路程是一个完美的 U 形，单程大约需要五十分钟。我从朱丽叶的雪地监视器上知道，他离开了六小时。这就引出了一个问题：在剩下的四小时里，他在超点度假村做什么？

"这完全没意义。"十五分钟后，安迪喊道。我们大概已经开到了山坡的一半。我能看到一个小小的光晕，我知道那是吊椅索道顶部的探照灯，除此之外什么东西也没有。在这么高的地方，甚至没有树或石头。没有人理他，所以他拍了拍朱丽叶的肩膀，重复了一遍。"我说，这完全没意义。雪下得这么大，根本没有她的踪迹。她一定是疯了才会走到这里。"

"咱们必须得试一试。"朱丽叶喊着回应道。这就像是在运输飞机的货舱里说话。"从山谷下面看，缆车看起来比实际的位置更近，山也没有这么陡峭。也许她无法移动她的车，觉得自己也可以走到那里。但不走到一半，她是不会知道自己遇到麻烦了的。"

"或者她已经走到了大路上，想看看能不能搭车。"我补充说。

"没错。"

"但她究竟为什么要到……"车猛烈地颠了一下，打断了安迪的话头，他又支支吾吾地说，"到暴风雪中去？"

"也许她害怕了。"我说。

安迪点点头。"索菲娅给她看那张照片的时候，她看起来非常不安。"

我那时以为她只不过是感受到了死亡的威胁，但安迪说得对，她当时显得心神不宁，直接离开了房间。有没有可能她感受到的是来自索菲娅的威胁呢？当着我们所有人的面，那是一个自信的举动，但我已经知道，自信并不是"黑舌头"所缺的东西。但那种威胁是什么呢？是我知道你的事，我会抓住你吗？

安迪也在想着同样的事情。"即便是有什么东西吓到了她，为什么要来这里？"

"她以为她能行。"朱丽叶声音的边缘有一种黑暗的色调，很明显她不相信自己说的话。不过话说回来，我们为什么会在这儿？

"在这种天气下？"安迪摇了摇头。"那就是不想活了！"

一瞬间，朱丽叶的目光和我的目光相遇了，她的眼神微微一闪，看向了地面。我明白她在想什么，明白为什么她觉得露西可能把自己带入一场致命的暴风雪中。我想起露西在酒吧里据理力争的样子，在那之后她看到了"绿靴子"的照片，然后匆匆离开了。也许是索菲娅吓跑了她。毕竟到目前为止，唯一能把这两起死亡事件联系到一起的就是手法，而埃琳当时正在向大家指出，"黑舌头"的作案手法很容易被查到。我可以肯定的是，露西在网上搜过，就是她告诉我第一批受害者的情况的。而且她对迈克尔的不满比我们大部分人都多。也许看到他和埃琳一起到达是最后一根稻草。

我回头看了看朱丽叶，她正神情严峻地盯着结霜的窗外。

我们不是在寻找露西，我们是在追赶她。

我的（前）嫂子

33

加文把我们带到吊椅索道的顶端。高高的山脊上，一根巨大而粗重的柱子将几根黑色的电缆举至空中，电缆很粗，上面吊下许多三座的车厢，点缀其间，从我这边的窗外坠入旋涡状的云间。如果从安迪那边的车窗看过去，就能看到电缆在顺坡而上连进一个由波纹状金属片搭成的棚屋。加文停下车，让朱丽叶跳下去看看里面的情况，他觉得露西有可能会躲进去，但她很快就回来了，冲我们摇了摇头。

加文又启动了车子，沿着电缆的路径往山下开。我觉得这是个好主意，缆车的柱子如同一个个耸立的黑影，在一片混沌中格外显眼，要是我被困在那儿，我也会顺着它们走。当然了，前提是露西没有明确的目的地。风雪中，缆车的座椅在我们的上方摇摆，几乎转了九十度。我很庆幸我没有坐在上面。加文每开到一根柱子旁，就会像进行障碍滑雪一样绕着柱子走，看他那么激情澎湃地嘎嘎扳着变速杆，我觉得他很可能会因此患上"网球肘"。坐在后面的我们把额头冰封在玻璃上，身体随着陡峭的下坡而向前倾斜，我们眯着眼睛，看向白茫茫的一片。但是没有露西。

车开到平路上时，我们经过了另一个锡皮棚，顺坡而下的电缆一直连到里面。朱丽叶又跑了出去，然后很快就回来了。我们微薄的希望正在被一点点抽光。我们车开得越远，找到她的可能就越小。

又过了几分钟,一排建筑进入我们的视野,我们到了度假村。

"妈的。"安迪一边嘟囔,一边戳着自己的手机,"什么破玩意儿。"

"这里的信号会好点吗?"我问。

"不知道,已经没电了。你的呢?"

"我的手机跳湖了,你还记得吗?"

超点度假村看起来不像是一个度假胜地,反而更像是一个军事基地。到处都是巨大的方方正正的厂房,要我猜,这些厂房里都是一间一间的宿舍,价格是云顶小屋的十分之一,相应地,容纳人数是云顶小屋的十倍。院子里很冷清,有一种被遗弃的游乐场的恐怖气氛(我猜人们都缩在屋里,天气确实阴沉,但还没到世界末日的那种氛围,所以除非他们需要处理自己人的尸体,不然没理由走出来)。荧光色的引导旗竖在路边,我几乎能从它们上下翻飞的样子里感觉到幽灵正在活动。主路上的雪都被踩实了,即便下了厚厚的新雪,脚感也非常结实。写着"招工"和"餐饮"的牌子在一片空旷中显得尤为惨淡,仿佛是来自另一个地方的承诺。我们开着这台隆隆作响的野兽向上行驶其间,感觉就像在沉船附近潜水一样。整个地方安静而阴森:有的地方活着,它已经死了;有的地方死了,它还活着。

这个地方简直是云顶小屋的反面,旨在让人释放活力,而不是让人恢复活力,在住宿上抠出来的钱,到头来都会花在买缆车票和租装备上。公共浴室和体癣都包含在套餐里,我相信如果不是人们需要在凌晨三点酒吧关门后和六点索道开门前找个地方睡觉,他们完全可以在不遭受任何责难的情况下取消床位供应。

加文带着我们停到了一张巨大的地图旁边,透过表面的一层冰，我能看到五颜六色的路线沿着山坡由上至下。地图的右半部分全都结了冰，只露出一串发光的红点，不难猜到，红点的旁边写着各条缆车线的名字。红灯意味着所有缆车线都关闭了。

"对不住了，各位。"加文像公共汽车司机一样从座椅上转过身来说。"我会把你们送回去，但不如先喝杯热饮吧？朱尔斯和我正好有些生意要谈。"他打开了他那边的车门。

"是吗，加文？"朱丽叶坐着没动。

"她要是在这儿，也肯定在里面。"加文说，"你们的人也可以检查一下入住登记表，虽然每位客人的情况我们都清楚。"

"这没准儿有用。"我脱口而出，"我可能会认出一个你没注意到的名字。"

"我要一杯咖啡，就爱尔兰咖啡①吧，如果不麻烦的话。我还需要一个手机充电器。"安迪从铁凳上起来，弯腰驼背地站在后面，双手揉着自己的腰。"如果再不缓一下，我的痔疮马上就要犯了。"他瞥到了朱丽叶不耐烦的神情。"怎么了？她有可能就在这儿啊。"

他推开后门，"嘎吱"一声跳进雪地中。我跟在他后面，觉得他说得不无道理：尽管露西未必在这儿，我们也不妨问几个问题。也许有人知道"绿靴子"是谁呢。况且在一切事情开始的前一晚，马塞洛出现在了这里。朱丽叶拗不过我们，跳出了车厢，跟加文去了最大的厂房里，那个厂房看起来像个飞机库。

山的这一边，暴风雪并没有任何缓和。我能听到吊椅缆车的索道在肆虐的狂风中嘎吱作响。道路两旁的汽车变成了巨大的白蚁丘。各种滑雪板埋在雪堆里，我猜它们过去是整齐摆放的，

---

① 爱尔兰咖啡（Irish Coffee）：一款鸡尾酒，以爱尔兰威士忌为基酒，配以热咖啡和奶油。

但现在却像一口坏牙似的东倒西歪。有的滑雪杖上还套着手套，证明许多躲进室内的人原本希望过不了多久就能回到雪道上，但这些手套现在已经被冻硬了。整个景象就像是雪崩版的切尔诺贝利。

"这鬼地方简直太垃圾了。"当我们走近那栋建筑时，安迪在我身边小声说。一扇窗户中跳动着一束微弱的橙光，这成了这里唯一的生命迹象。他呼出的热气把我快要冻僵的脸刺得生疼。"就像上了一艘幽灵船一样。这个度假村里真的有人吗？"

当加文带着我们走近时，我想我听到了从房子深处传来的防空警报器或火警警报器发出的刺耳的轰鸣，以及一连串遥远的闷响，响得足以让脚下的地面跟着震动。我的胃里泛起一种不安的感觉。我开始剖析目前的情况。比起找到露西，加文看起来更关心把我们，或者至少是把朱丽叶带到这里。而且，虽然露西失踪了，我们也很担心她，但她并没有死。在这类书里，你永远不能确定一个人已经死了，除非你亲眼看到了尸体，否则他通常还会冒出来。大家都读过《无人生还》。

另外，尽管我对加文心存疑虑，但在写到多一半的时候才引出凶手，未免太不地道。诺克斯要是知道了，肯定会把我拖出去分尸——因为这触碰了他的第一条戒律。再者说，我的读者朋友，你右手的拇指应该可以告诉你，后面的内容还多着呢。

不管怎么说，我们周围应该有几百个人才对——正值旺季，何况这还是一个为硬核极限玩家提供的度假胜地，那些人不太可能被一些风和冰吓跑。那他们在哪里呢？

当加文打开门时，我的问题有了答案。

与我们迈进门槛时迎接我们的轰鸣声相比，暴风雪的呼啸简直不值一提。电子音乐冲击着我的耳膜，炫彩的灯光几乎要闪瞎我的双眼，四周的墙壁随着低音的节奏嗡嗡直响。旋转的聚光灯照亮了扭动的身体，人们的脖子和手腕上都戴着荧光棒。一个人站在绿色激光围绕的台子上，拳头一下一下地挥向空中。餐厅中的椅子和桌子被推到墙根，清理出一块空地为舞池开道。我们径直走入狂欢派对的中心。

加文穿梭在人群中，我们尽可能跟上他。房间里很热，这几天以来我从没这么热过，汗水弥漫在空气中。舞池中的人群尽情享用着彼此的面庞，这些年轻的肉体和迷幻的氛围令安迪瞠目结舌。头戴雪镜的人身上穿着内衣，下身穿着短裤的人上身套着滑雪衣，有的人身上披着毛巾，戴着滑雪头盔和手套，头上还绑着T恤。一个女人戴着夏威夷花环，套着巴拉克拉法帽，穿着比基尼，还戴着一个五颜六色的墨西哥阔檐大草帽。我的烤箱手套在这儿再适合不过了。

几个光膀子的男人站成一排，他们把六个小酒杯固定在滑雪板上，举起那根直挺挺的木头就要一起往嘴里倒，险些把我的脑袋削掉。吧台旁边是人群最密集的地方，菜单上的酒价被潦草地划掉，然后用粗大的黑色马克笔重新写上了一个溢价严重的价格，旁边还有一个醒目的"只收现金"的标志。加文走到另一扇门前，替我们把门拉开。我们逐次走进走廊，安迪最后两步路还得让我拽着他走。

"天哪，加文。"朱丽叶喘着气说，然后靠在墙上松了口气。地板仍然在跟着低音的节奏震动，但至少人在这里可以呼吸。"简直乱套了。"

"这太疯狂了！"压抑的青春在安迪的眼中闪闪发亮。"咱们选错度假村了！"我觉得凯瑟琳没在这儿真是太可惜了，我都看不到她对此做出的反应。

"一开始没搞这么大。有个小伙子说他带来了DJ设备，问我能不能在这儿装起来——我们以前也有乐队之类的，所以我说没问题。我想反正也要等暴风雪过去，这也算是一个小小的调剂。但随着外面的天气越来越狂野，这里面也越来越狂野，结果就有点儿寻欢作乐的意思了。"他耸耸肩说。"每个人都玩得很嗨，没什么大不了的。"

"万一出了什么事，云顶小屋现在可帮不了你。"朱丽叶提醒道，"到时候你能求助谁？"

"你那边倒是一个派对都没开，不是照样死了两个，丢了一个吗？"加文一边反驳，一边领我们继续往走廊深处走。"听我说，我管不了。事情已经这样了，我要是把电闸拉了，他们就得给我来一场大合唱。我要是把吧台关了，我的冰箱就会被砸烂，洗劫一空。等暴风雪过去，他们又能去外面了，那他们自己就会往外走。我现在就是要让他们把自己累趴下。"他忍不住笑了出来。"啊呀，不过我真觉得有点对不住那对老夫妇。我敢说他们希望自己订的是山那边的度假村。"

"我敢说，抬高吧台的酒价肯定让你没少赚。"

"你总不会是想让我饿死吧？"他笑了。

我们穿过这家旅馆。和预料中一样，这里就是云顶小屋的反面：与其说是旅馆，不如说是大学宿舍，只是区隔出的空间不是阅览室而是公共厨房，壁炉中的火焰也被替换成了平板大彩电。到处都是不锈钢。加文的办公室并没有多复杂：一张台球桌，台子被划了一道口子，橡木的帮上还有酒瓶留下的圆形印记；一张站立式办公桌，上面装饰着一台比朱丽叶那台贵得多的电脑，光是显示器就有两台；此外还有一块软木公告板，上面是整座山的A3地图，云顶小屋也在其中，此外还有各种天气和卫星图像。加文绕过办公桌，走到一个黑色的东西前，一开始我以为那是一个小保险箱，结果却是一台小冰箱。他取出几瓶科罗娜啤酒，用手指夹着瓶颈递过来，搞得跟他是剪刀手爱德华一样。安迪痛快地接过一瓶，但我摇了摇头。

"我们还有急事，加文。"朱丽叶一挥手，挡住了递过来的啤酒。安迪在意识到我们都拒绝了之后，尴尬地握着手中那瓶，思忖着现在喝是不是不太够意思。

加文举起双手表示投降。"明白，明白。"他在电脑上敲了几个键，显示器被唤醒了。屏幕上落了厚厚的一层灰。他用鼠标点了几个东西，然后示意我和安迪过去看。他调出的是一个Excel表格。有那么一瞬间，我还以为他是应凯瑟琳阿姨之邀来参加聚会的，但我把这种反应归结为一种创伤后应激障碍——电子表格创伤。"这是房间表，"他对我说，"你们也可以连网。聊五分钟的？"他最后这个问题是等着朱丽叶回答的，他想让她注意他。他把电脑交给我和安迪，让我们有事可做，这跟你给孩子一个电子游戏机同理。"你们好好研究。"

"我已经告诉过你了。这不是钱的问题。"朱丽叶朝门走去，一手把门撑开。"咱们出去说。"

加文笑得特别灿烂。安迪认怂了，心虚地喝了一口啤酒。

我转向电脑屏幕。和超点度假村其他东西不同的是，这份Excel表格相当有条理。Excel里共有两张表，一张表头是"客房表"，另一张是"入住表"。我巴不得把它们都过一遍，但可以在室内上一次网实在是太诱人了，所以我打开了一个浏览器页面。

如果罗纳德·诺克斯晚出生一百年,我肯定他的第十一条戒律会是禁止使用谷歌搜索。但我能说什么呢:他早就死了,而我还想晚点再去下面找他。我能掌握的信息多多益善。

我知道用谷歌搜索新闻文章并不能达到大家想要在书中寻求的那种刺激,所以我在此将省去我点击和滚动界面的场景。我在谷歌上搜了"黑舌头"和"黑舌头受害者",但不想让新闻文章逐字逐句出现在书里。而且你也知道,现在是二十一世纪,而我已经两天没有上网了,所以请原谅我浏览了一些没用的东西。以下是我了解到的情况:

· 我证实了从露西和索菲娅那里得到的二手信息:灰,窒息,古波斯酷刑。就像露西说的,这些信息一查就有。任何人都可以模仿。

· 事实上,我刚输入"黑",谷歌就根据搜索历史自动帮我补全了"黑舌头"。加文也搜过,可见这个词比我想的流传更广。

· 其实被报道的几起谋杀案发生的时间跨度很长,三年前发生了第一起(也就是艾伦死后),十八个月之后发生了第二起。

· 安迪让我迅速看一眼比特币的价格行情。

· 第一组受害者马克·威廉姆斯和贾妮娜·威廉姆斯来自布里斯班。马克六十七岁,贾妮娜七十一岁。他们在布里斯班开了一家炸鱼薯条店,辛苦劳作三十年后刚刚不干了。那篇文章以"命运的不公"为切入点,把他们称为社区的中坚力量:他们做志愿者,加入社区委员会,因为没有自己的孩子而抚养了无数孩子,这让他们的离世更加令人揪心。一篇文章中还包括一张葬礼现场的照片,教堂门外排起了长队。从我的观点看,他们的人缘非常不错,不像是团伙高级成员。索菲娅关于他们死亡的描述很准确,"他们在自家车库里,被人用束带绑在了自家车的方向盘上，凶手把吹叶机伸进天窗，让灰散布在车内"。

· 第二名受害者艾莉森·汉弗莱斯被人发现是在她位于悉尼公寓的浴室里，当时她还活着。浴室的窗户被胶带封死了，灰从吊扇里涌入。五天之后，人们决定撤掉艾莉森的生命维持系统，她死在了索菲娅工作的医院里（我注意到这和她在维修棚里所说的信息相符）。人们把她的死与马克和贾妮娜的死联系在一起，突然间，命名一个连环杀手的任务落到了一个副编辑身上，"黑舌头"就这样诞生了。

· 我迅速查看了我的脸书。

· 通过艾莉森的领英账号（没有什么比一个人死后留下的领英账号更让人心酸的：受雇自二〇一〇年至今），她之前是一名警探，后来当了"顾问"。至于她顾的是什么问就不得而知了。

· 云顶小屋（我记得我在合同上看到的房地产公司的名字）的挂牌价格要通过私聊才能知道，猫途鹰网站给它打了3.4分，在我看来，除去尸体的原因，这个分数未免有点太苛刻。

· 我点开露西的照片墙账户，如果她昨晚一直在屋顶上，手机信号和社交媒体的诱惑会让她无法抵挡。果然，有一个新的帖子：她的银行账户上的存款截图，几千块钱，其余的识别细节都被模糊掉了。说明文字写道：工作不易，但最终是值得的——联系我，你也可以实现财务自由。滑动图片，看看这个了不起的公司为我提供了什么 # 工作日常 # 赚钱与自我提升 # 公司团建 # 女强人。第二张照片——从屋顶拍摄的华丽的山景——和第三张——第一天大家（除了我，来晚了）围着午餐桌的照片。我甚至没有力气嘲笑她是如何假装我们的团聚是公司团建的（# 装着装着就成真了 # 会是一个更好的标签）；我对岩石山顶上明亮、晴朗的天空太失望了。这些照片是在暴风雪前一天下午发布的。它没有给我带来任何新的信息。

我在第二台显示器上打开了云顶小屋的主页，然后点开了雪地摄像头。镜头里几乎是白茫茫的一片，但朱丽叶和加文从外面进来了，所以我又把注意力转回到了客房表上。查看客人名字的工作跟我预想中一样毫无收获。表格里都是些很普通的名字，混成了一大片，就算有什么让人眼前一亮的东西，被我直接翻过去的概率也很大。我一时兴起，搜索了威廉姆斯和汉弗莱斯，霍尔顿和克拉克。什么都没搜到。我唯一真实的想法是，叫迪伦的滑雪爱好者好多啊。最后，我点开了"入住表"。有一栏是房间号，有一栏是预订床位数，还有一栏的标题叫"入住情况"，可以下拉选择"是"或者"否"，似乎是专门为了核实谁在谁不在，找出可能失踪的人而设置的。我扫了一遍这一栏。全部都是"是"，每个人都被排除了。

朱丽叶正忙着查看软木板上的山地地图，但我能看出来她很不耐烦，急着要离开。毕竟露西还没有下落。"查到什么了吗？"她终于问出口，觉得已经给够我时间了。她俯下身子，头探过我的肩膀。"我有个朋友就是做那些的。"我察觉到她正在看另一台显示器上露西的照片墙账号，我正好定格在她的银行账户截图上。"这些都是假的。他们鼓励大家把这种照片修过之后发到网上，这样看上去他们就是挣到钱了。就算钱是真的，他们也不会让你看到他们为了挣这点钱花出去了多少。这基本上都是他们的老本，不过是在亏本的情况下挣回来的。"

埃琳说，迈克尔在和露西一起承担财务问题，这也是他们分不开的一部分原因。然后迈克尔又从某个地方搞来了二十六万七千元。也许他们都在向对方隐瞒自己的财务问题。

我把客房表拉到表格末尾，希望发现能让我眼前一亮的东西。叫迪伦的有好几个。我再一次提醒自己,这里是聚会胜地,与云顶小屋完全不同。想在这里找到与三十五年前那桩历史案件有关的人其实都是徒劳:任何四十岁以上的人都不敢踏入这个度假村半步。这就跟退休之后非要乘船游览坎昆①一样。

除非……

"加文,"此时的我正焦急地滚动着房间的电子表格,"你说有一对老夫妇住在这儿?"

"对,他们在自己的房间里躲着。我觉得他们是订错度假村了,因为说实话,我们这儿什么人都有,但他们并不是我们的目标客户。我们一直在为他们提供客房服务,一般来说我们不会这样,但我有点儿替他们难受,你懂吗?"

"我打赌他们会给小费。"朱丽叶说。

"就像我说的,他们并不是我们的目标客户。"

"是1214房间吗?"我问他。话音未落,我已经大步走出了办公室。"你能带我去看看吗?"

"对,还真就是那间。"加文喘着气说,尽量在身体和精神上都追赶上我。朱丽叶和安迪紧随其后。"你是认识他们还是别的什么?"

我怀疑电子表格上的名字对他们三个来说没有任何意义。十二小时之前,它对我也毫无意义。但世上没有巧合,它就清清楚楚地写在表格里。

我们来到房间门口。想想看吧,一张电子表格开启了这一切,而现在,我们就要让这一切揭晓了。

1214室,麦考利。"马上就认识了。"我说,敲了敲门。

---

①墨西哥东南部城市。

34

当我介绍自己姓坎宁安时,埃德加·麦考利和茜奥班·麦考利都很急切地邀请我进去。他们虽比我母亲年长,但精神更加矍铄。埃德加有个大大的蒜头鼻,穿一件淡绿色的马球衫,下摆塞在棕色休闲裤里,腰上系着腰带。茜奥班个子不高,剪成"精灵头"的一头银发闪闪发光,纤细的手臂让我想起了开车路上看到的那些被霜打过的树枝。她裹着一条博柏利围巾,确实不像加文惯常主顾的样子。

房间很狭小:左边是一套上下铺双层床,右边是一个衣架(没有放衣柜的空间),衣架旁有一把孤零零的椅子,没有桌子。在椅子和床的下铺之间有一摞书,书上放着一个用来充当桌子的手提箱,上面散落着扑克牌。临近门口的位置是一个衣柜大小的浴室。度假村本身建得就像一艘游轮一样:在最小的空间内创造最大的利用率。房间里的气味和度假村其他地方一样,又湿又潮。据我观察,空气中没有灰。

进屋后,这对夫妇对我们的态度简直是热情过度。埃德加谈论着外面的暴风雪,茜奥班在用电水壶烧水,嘴里也一直没闲着。她向我们道歉说他们只有两个杯子,所以我们之中的一个人注定要渴着。安迪的手指间还夹着啤酒瓶,他微微举起瓶子婉拒了她递上来的水。朱丽叶、安迪和我尴尬地坐在塌陷的下铺上,膝盖顶在胸口上。加文则站在门口。

埃德加坐在那把孤零零的椅子上，身体前倾，胳膊肘支在膝盖上。"因为暴风雪和目前的情况，我们原本不太指望能够见到什么人，所以我没法向你们表达我们有多么感谢你们鞍马劳顿地来到这里。"他的口音像是英国人在试图赶走澳大利亚人——上流社会的口音，但俨然是被训练成这样的。"我们没收到迈克尔的消息——以为你们可能和我们一样，都被困住了，所以我们只能一直等在这儿。你们也看到了，这里不是我们惯常会住的地方，但居然还挺让人兴奋的。是不是，亲爱的？"他对妻子喊道。

"哦，是的，亲爱的。"她从浴室里探出头，眼镜被水壶冒出的蒸汽弄得起了雾。"云顶小屋的主屋都被订走了，如果住在那些可爱的木屋里，我出门走在雪地里会有些吃力。尽管我已经有一段时间没睡过上下铺了，但迈克尔觉得我们在这儿过夜会更好。为什么不呢？我们正在做的事情和所有这些事情，都更像是在冒险。"

他们对迈克尔的期待让我心头一怔，他们表现出的态度更是如此。我本以为他们会充满敌意甚至是恐惧，但万万没想到会是⋯⋯激动？房间里的其他人都不知道麦考利夫妇的身份，所以要靠我来让对话继续下去，但我不知道该怎么办。我很难说出这个事实：他们多年前死去的女儿尸体就在山的另一边。

"那什么⋯⋯"埃德加替我说了，"你们找到她了吗？"

这个问题足以让我对眼前发生的事情形成一个清晰的概念。我打定主意要尽力配合，看看我的猜测是否是正确的。"是的，我们找到她了。"我说。一旁的安迪眼睛瞪得老大，我没有理会他，我知道他在想什么：她是谁？

"不过现在的情况有点复杂。"

"他还想要更多的钱。"茜奥班端着两杯滚烫的茶从浴室里走出来,郑重其事地说。但她的情绪似乎没有波动,也完全没有动气,而是平静地把杯子递给了我们。"没关系,亲爱的,我们想到迈克尔可能会多要了,所以我们多带了一些。"她轻轻地推了一下他们的临时桌子——手提箱。

"你们能不能……"我犹豫了一下,不知道该怎么告诉他们。他们似乎还不知道迈克尔已经死了。实际上,他们以为我是代表迈克尔而来的。还有一种可能就是他们在跟我演戏,在这种情况下,我最好先把几张牌拿到胸口处,然后在他们撒谎的时候打他们一个措手不及。"你们介意先帮我解答几个细节上的问题吗?"听到这句话,他们显得很疑惑,于是我尽可能展露出一个轻松而友善的笑容,想用笑声糊弄过去。我解释说:"不过是一些……家务事,你们能理解吧?我哥把我拉进来了。他让我到这儿来,却没跟我讲太多。我只是想看看价格是不是合适,并不是——"我冲手提箱挥了一下手,希望能让他们放心,我不是来敲诈他们的,"跟你们有关。完全就是家务事,你们能理解吧?"他们看起来还是不信,互相交换了一下眼色,于是我又说:"就像我说的,我们已经找到她了。"

这句话就像驴眼前的胡萝卜一样,终于让他们跟着我的思路走了,因为埃德加说:"你想了解什么?"

我赌了一把。"你们到目前为止给了他多少?"

"一半。"埃德加说。

我想从自认为已经猜想出答案的问题入手。迈克尔显然是麦考利夫妇和艾伦·霍尔顿的中间人——我已经猜到了这一点。那个袋子里的钱应该就是麦考利夫妇的,这就是为什么所有人,包括露西、马塞洛和警察，都没有注意到迈克尔的账户里少了钱。我还怀疑迈克尔想要卖给麦考利夫妇一样他没有的东西：迈克尔打算用他们给的定金去跟艾伦交易，然后再把另一半钱收回来作为自己赚的差价。但他在跟艾伦买到东西之前就进了监狱，所以直到现在还没能完成整笔交易。这就是为什么他要把尸体带到山上去——他是在做生意。

还有一些我猜不出答案的问题。我以为艾伦出售的是我父亲所掌握的最后一条信息，也就是丽贝卡被绑架和谋杀的罪证。我父亲就是想把这些证据交给他的上线艾莉森·汉弗莱斯才死的。麦考利夫妇想要这个东西合情合理，而且他们愿意为此支付一大笔钱。但我父亲手中的信息不可能是丽贝卡的埋尸地点，因为我父亲在她被埋之前就已经死了。

"好吧，这里面有四十万。"茜奥班主动说，她指了指手提箱，省去了我问具体数额的麻烦。她向埃德加做了一个抱歉的表情。很显然，她不擅长谈判，也没有耐心再去听有关自己女儿的事情。"我们多加了十万，就是想要照片。"

数目对上了。如果手提箱里的三十万是剩下的一半，那这个数字与我猜想的艾伦的要价是相符的：最初的赎金是三十万。但我的脑子里还在思考别的问题：如果迈克尔已经从麦考利夫妇那里拿到了钱，为什么他还会缺钱？如果他们有能力为照片支付额外的十万，他们就没有动机拒绝……等一下……什么照片？

"等等，"我说，"什么照片？"

茜奥班结结巴巴地说："迈克尔说——"

"不好意思。"埃德加倾身向前，把手提箱揽到怀中，扑克牌稀里哗啦地掉到地上。他用一只手护住箱子，但我可以从他的眼睛中看到一丝恐惧。他心里清楚，我们要是想把它拿走，早晚都会拿走。而他的妻子刚刚告诉我们里面有多少钱。他们并不习惯跟罪犯打交道，或者说跟坎宁安家的人打交道。"你刚说你是谁来着？"

茜奥班直起了腰，证明自己并没有被吓倒。"跟你一起来的这些人都是谁？迈克尔人在哪儿？"

"迈克尔死了。"

这句话把他们震惊得一句话都说不出来了。

"但他确实找到了你女儿的尸骨。我会告诉你们她在哪儿。"

"哦，感谢上帝。"茜奥班心中的解脱完全体现在了身体上，以至于她不得不抓住衣架的一端才能站稳，"不好意思。我不是那个意思……"

"没关系。你们甚至可以把钱收好。"我在说这句话时，感觉到安迪在用胳膊肘碰我。你确定吗，伙计？"但迈克尔是因为找到了某样东西而死的。不管他挖出来的是什么……都有人想要把它埋回去。你们能为我做的，就是帮我补全空白。因为凡是过于了解你们女儿事情的人，看样子都会有危险，这里面包括我和我的家人，我猜现在还得把你们也算上。"

"告诉我们怎样做可以帮到你。"埃德加说。茜奥班在他身后点点头，看得出她并不在乎会有什么风险，只想知道自己女儿的情况。

尽管我急于想知道关于照片的事情，但我知道应该从最符合逻辑的地方问起。"你们是怎么认识迈克尔的？"

"其实是他先来找我们的。"埃德加说，"据他自己说，他掌握了一些重要的情况。说实话，在那之前，能知道的我们都已经知道了。那么多年来，我们雇过几个私人侦探，合法的、不合法的都有，但他们都得出了同一个结论：没用。我们也试过悬赏，相信我,当时家里的电话就一直没停过,弄得我们现在一眼就能识破骗局。"

"但我们有二十八年没干过这些事了。"茜奥班补充道。她说的年头非常具体,让我一下子就注意到了。"现在来找我们的人,净是些拍电影的,做播客的,还有写书的。"

埃德加接过他妻子的话头。"不过我们一接触迈克尔,就知道他不一样。他跟我们说起一个警察,据说那个人也参与了我们第一次给绑匪交赎金的过程,就是出了差错的那次。那个人叫艾伦·霍尔顿。你哥说这个艾伦知道丽贝卡埋在哪儿,不仅如此,他还有证据证明是谁杀了她。"

"照片。"我喃喃自语说。马塞洛曾经认为我父亲目睹了一场谋杀,但我现在明白了,他还把过程记录下来了。难怪有人想要掩盖那些照片。

"谋杀现场的照片。反正他是这么告诉我们的。他原本应该把照片带来。你见过吗?"

"咱们先倒回去一点。你是说,艾伦·霍尔顿参与了你女儿绑架案的侦查工作?"

茜奥班点点头。"当时大概有五十来个警察,还有侦探。不是我自以为是,但那不是一起普通的绑架案。"

我知道她话里的意思。有钱人家的孩子可以制造新闻。

"迈克尔给你看过那些照片吗?"埃德加又问了一遍。他问第一遍的时候我跳过了他的问题,这让他很恼火。

"没有,我没有看过。但我觉得迈克尔带来了,或者说带来过。我哥是个谨慎的人,他一定会把它们放在安全的地方——只是我还不知道是哪里。"我又接着刚才和茜奥班说的话继续说,"为什么是现在?现在你愿意掏出七十万,那为什么不当初就把三十万都给他们？那样她可能还活着。"

"他不是故意要说话这么直——咱们时间不够了。"朱丽叶歉疚地替我补充说。

"不要紧。"埃德加皱着眉头对妻子说，"时间会帮助你对事物做出不同的评估。现在当然很容易看出我们做错了。但回到当时，警探说不急着给钱是对的，我们就相信了她。而且我们——怎么说呢，那笔钱当时看起来挺多的。不过话说回来，我们还是付得起的。应该给他们的。我们现在给多少都行。"

"那个警探，是不是艾莉森·汉弗莱斯？"

埃德加和茜奥班一起点了点头。安迪想悄悄喝口啤酒，谁知没把酒喝进嘴里，反而洒到了面前，他整个人尴尬到脸红。

"艾伦为什么不直接把信息卖给你们呢？"

"我们不知道迈克尔和艾伦是什么关系。他只是告诉我们，艾伦从内部把事情搞砸了。我们要买的是迈克尔掌握的东西。"

"我们可没有付钱给迈克尔让他去杀艾伦，如果你是这个意思的话。"茜奥班插话说，"我们在新闻里看到了。我们不是那种人。"

"之前我们以为他俩是一伙的。"埃德加解释说，"艾伦知道我们很脆弱，他告诉迈克尔足够多的关于我们女儿的信息，让他用那些来调动我们的情绪，果然奏效了。但他们在钱的问题上发生了争执，人不都是这样么。我们当时觉得，投资的钱可能要打水漂了。""投资"这个词用得很奇怪，不过在冰天雪地里穿一件绿色的马球衫也很奇怪，所以我觉得这个词是埃德加能说出来的。

"直到迈克尔从监狱里写信过来。"茜奥班说，"他说他有照片，等他到这里时，也能把尸骨带来。所以我们就来了。"

"我们虽败犹荣。"埃德加说,他庄重的声音清楚地表明,他希望我对此致以敬意。

这是迈克尔的功劳,钱来得似乎相当容易。唯一的疑点是,他如约去见艾伦时,少带了三万三。他跟我说过,这就是艾伦拔枪的原因。我觉得我可能只需要理解到这一步,先不把麦考利夫妇考虑进来。我决定先把这个疑惑放到一边,以后再去琢磨,当务之急是把心思转移到其他参与者身上。

汉弗莱斯警探曾经指挥过一次解救行动,却直接导致了丽贝卡的死亡。那起案件在当时受到高度关注,为了保住自己的工作,她一定连一根稻草也不会放过,这就是为什么她会把罗伯特·坎宁安逼得那么紧。就像马塞洛说的,她违背了最初的协议,对于听到的每一个答案都要再追问两个问题。艾莉森急切地想知道是哪个警察出卖了她的小组。答案是艾伦·霍尔顿和他的搭档布赖恩·克拉克。我父亲为了找出这个答案,付出了惨重的代价。也许在十八个月前,艾莉森重启了这起悬案。也许她就是因此而惹上杀身之祸的?

我的叙述中仍有缺漏——艾伦和布赖恩都已经死了,不可能再为了几张照片而杀人——但另一些东西正在显现,就像雾中的缆车塔架。

"迈克尔是云顶小屋死的第二个人。"我说。我从思绪中回过神来,发现埃德加和茜奥班正期待我说些什么。"如果两名受害者之间有联系,你们也许可以认出第一个人的身份。或许那个人在绑架案的谈判中也起过什么作用。朱丽叶,你能给他们看照片吗?"

"我没有那张照片。"朱丽叶抱歉地说。"我连看都没看过——我把客人名单上的每一个名字都勾掉之后,就没有看的必要了。因为我的工作人员和客人都没有失踪。克劳福德只给几个选定的客人看了,这样才能把恐慌的影响降到最小。显然我不在他展示照片的名单上。"

我转向麦考利夫妇。"有人跟你们一起上这儿来吗?朋友?保镖?"

"只有我们两个。"埃德加说。

"够了。我女儿到底在哪儿?"茜奥班终于在一声哀号中说出了这句话,她再也等不及我的回答了。"拿走。全拿走!"她把手提箱猛推给我,但我往回推的力度稍有些大,她朝后踉跄了一步。茜奥班并没有摔倒(房间小到不够一个人摔倒的),但她被墙轻轻地弹了回来,然后把箱子搂到胸前,整个人泄了气。"我们就只知道这些,我们发誓。我们只想让她安息,就算永远找不出是谁做了这一切,我们只想让她入土为安。算我求你了。"

"她被埋在一个警察的棺材里——这就是那些人藏匿尸体的方式。他们肯定买通了验尸官。"我知道这些话让他们很难接受,所以我给了他们一小会儿时间去消化,我也正好利用这段时间鼓足勇气,告诉他们剩下的坏消息。"遗憾的是,那口棺材现在在云顶湖的湖底。"

茜奥班倒吸了一口气,泪水充满了眼眶。

"我们可以雇潜水员,亲爱的。"埃德加安慰她说。

"买你女儿的尸体,这简直丧心病狂。"朱丽叶忍不住说。

"卖她尸体的人才是丧心病狂。"埃德加回应说。

我对安迪和朱丽叶做了一个起来的手势。我们仨费劲地从双层床站起来。埃德加和茜奥班已经崩溃得抱在一起了。我无意再去打扰他们，在朱丽叶说出那句评论后，他们肯定希望我们离开，但我还需要去了解一些事情。"我很抱歉让你们经受这些，但我还有一个问题要问。两天前的晚上，我的继父有没有来找过你们？一个身材魁梧的南美人？他叫马塞洛。"

"没有。"埃德加摇了摇头，"但一个叫奥德丽的女人来过。"

35

当我们颠颠晃晃地回到山那边时,安迪坐在前排座位上。朱丽叶坐在我对面的后座上,就像我们被逮捕了一样。加文这次开车的速度很快,这使我们的旅程变得惊心动魄。我们都懒得看窗外。

"所以你妈妈知道的比她说的多。"朱丽叶猜测道。

在我们离开之前,我问加文是否可以让我检查一下安全摄像机,以免录像中出现什么被遗漏了。

他回答:"伙计,我的酒吧只收现金。"仿佛这解释了技术的落后,然后就这么算了。

"我不明白。"我回答。

"话说至此,"她用手指点了点自己的嘴唇,"我昨天晚上下载了你的书。你妈妈有一个双胞胎?"

她是想给我留下好印象吗?这是第十条戒律:出现同卵双胞胎必须做充分的铺垫。"诺克斯会杀了我。"

朱丽叶笑了,然后把额头靠在窗户上,她的眼睛在刺眼的雪地上乱瞟。她的呼吸在她面前形成一团雾气。"我们应该离开。"

我知道她在说什么。如果露西在暴风雪中,她早就已经死了。恐怖片里的人都是因为分头行动而死的,但人们在山上可不是这样死的:他们都是因为寻找彼此,走回头路而死的。我们已经到了必须自救的地步。

我身体向前倾。我不必把声音压得那么低——除非我故意对司机大喊大叫，否则"超雪"的轰鸣声会把我湮没，但我希望在肢体上展现一丝隐秘。"加文想买下云顶小屋吗？"

朱丽叶皱起了眉头。"你怎么知道的？"

"我在你的桌子上看到一份房地产协议，但它没有签字。加文在他的软木板上钉了一张你的度假村地图。没人藏着掖着。但如果你能原谅我的猜测，我想你们有，比方说，不同的商业理想，从他昂贵电脑上的灰尘和你走过聚会的表情来看，他工作不那么努力，但赚的钱更多。这让你很生气，所以你坚持不卖。"我用了夸张的手势来显摆我的推理，也许我也在试图给她留下好印象。

"他不想要云顶小屋。"她说。"他只是想要那块地。他要把小屋推倒，只是为了在山脊的这一边再建一个超点度假村。这样他就拥有两个山谷了。当我们在谈论上百——唔，反正是很多钱的时候，听起来很愚蠢，这并不能打动我。"她再次看向窗外。

客房的灯光渐渐映入眼帘。我权衡了一下，回到这间圣诞日历上的房子与开车穿过组成超点度假村的机场机库，两者感觉有何不同。毕竟，那提议听起来并不那么愚蠢。

她显然也在想同样的事情。"我告诉过你，我的家人死后我就回到这来了，结果却被困在这里。在现今这个世道这种事就是会发生，你知道吧。山里的生意不知怎么的，就是扛下来了。生意很兴隆，但后来我们有几个暖冬——每个人都说我们会有更多的暖冬。"她停顿了一下，"我没钱投入加文的那些大冰块爆破器。因此，当他提出一个提议，一个好提议，我很高兴。加文和我是老相识了。我们都是度假区家庭的孩子。"

"在惠斯勒？"

"在惠斯勒。"她笑了，沉浸在回忆里。"你知道吗，他人不错。他这是想拉我一把。"她看出了我的想法，挑了一下眉。"他是想要我的地，但不代表他会为了那块地什么事都做。"

钱固然是一个过于常见的动机。我之所以没有太过关注索菲娅，是因为为了五万块钱杀人似乎有些不值当，但如果这块地能值几百万……

"所以我同意了。"她接着说，"当时我以为他要继续经营这家旅馆。我高兴得不得了——我摆脱了这份……遗产，我是这样想的。但到签字的时候，我才得知他想把所有东西都推倒。唉，遗产这个词不是瞎用的，不是吗？"她叹了口气："那栋楼有太多历史，我没法潇洒地离开。那些墙承载着我的家族历史。"

我思考了一下加文为什么如此热衷于把朱丽叶带到他的办公室里去。他告诉她这是值得去做的。"他提高了报价？就在刚才？"

她点点头。"他找到了一个新的投资者。"

"我想也是。"我说，"你还在考虑吗？"

"这个周末过后……"她又看向窗外，整句话在她的沉默中结束了。

"天哪！"安迪在前面尖叫了一声，用袖子擦着前挡风玻璃上的雾气。透过雾气可以看到一个巨大的黑点，其大小只可能是马塞洛。马塞洛挥舞着手臂，像是在指挥飞机降落。在他身后，一个明亮的红色信号牌插在楼侧的雪地上，许多人影挤在周围。地上蜷缩着一个人。"看来他们已经找到她了。"

* * *

露西一定整夜都在那儿，因为她的身上已经积了几英尺厚的雪。我只能看到她的手从雪堆里伸出来，苍白而冰冷。

没有人想过把她挖出来。在她的躯干上方有一个凿开的小洞，大小刚好可以看到里面，也足够把手伸进去检查脉搏。从这个洞你就能知道，挖掘工作放弃得有多快。但凡有一点希望，这个洞都会比现在的大。

闪烁的信号牌把我们周围的雪照得一片血红。我俯下身子，迅速地看了露西一眼，然后走到了后面。荧光色的口红在露西毫无血色的脸上显得更加鲜艳。她还穿着昨天那件黄色高领毛衣，身上的衣服在户外根本起不到保暖的作用。血在她的后脑勺和头顶上结了冰，看上去像是她戴着一顶暗红色的冰冠。至关重要的是，她的脸上没有灰。我感到一阵恶心。没有人告诉过她烘干室没有上锁吗？

"我发现她，是因为我站到了她的手上……"凯瑟琳说话了。站在尸体周围的人是她、索菲娅和克劳福德。奥德丽在屋里取暖，马塞洛在示意我们停下来后就进去找她了。我不知道埃琳在哪儿。

"把洞填上吧。"朱丽叶说。

每个人都难以置信地看着她，不明白她怎么能说出这么冷酷无情的话。

"咱们必须得走了。现在没法把尸体带走，只能在积雪融化后再回来。所以咱们应该把她盖起来，以免让动物发现了。"她弯下腰，用胳膊抱起一堆雪，填到了露西临时的坟上。我开始帮她一起填。"加文，我们还要多久可以离开？"

朱丽叶没理由要求加文把我们所有人都送下山，但我知道如果加文想让朱丽叶考虑他对旅馆的报价，他就有义务帮朱丽叶几个忙。

"我得先去加个油。大概几分钟吧。"他说。

"也就是说……"安迪说话了。

"大家赶紧收拾各自的东西。咱们要走了。"

我很感激朱丽叶的坚决。我们一直没有离开的唯一原因就是要找到露西。我们并没有像这类小说中经常发生的那样,被困在暴风雪里。我们根本就没被困住。我们是被我们的自尊、我们的懊悔、我们的羞耻和我们的顽固束缚了。是时候接受现实了。现在正是一起离开的好时机,我想,离结束还有六章。

我又填了一大捧雪,然后把雪拍实。这些雪应该足够帮露西遮挡恶劣的天气了。她的生命不该至此结束。她此行的目的是要试着赢回迈克尔的心。她想要成为坎宁安家的一员。这就是她来这儿的原因。无论离没离婚,她都是我们的家人,但我们却没有把她当作家人对待。这个周末的前半段,没有人真正在意她。然后迈克尔死了,奥德丽又怪到她身上,让她承受内疚。我们中没有一个人跟她去屋顶。她孤独地死了。这就是所谓的亲人。当眼泪凝在脸上时,人是很难哭出来的。

露西的手从雪堆里伸出来,掌心朝上,我发现她仍然戴着婚戒。该把它摘下来保留还是该把它留在她身上,我拿不准哪种方式更尊敬她。最终因为我不想和她冰冻的手指较劲,所以我抱起一推雪,盖在了她手上。然后我摘下帽子,顶着刮到头皮上的寒气,从小屋墙边顺来一根没人要的滑雪杆。我把它插到雪里,然后把帽子撑在上面,这样我们就能在暴风雪过后再次找到她了。

"我们会回来接你的。"我对雪堆说。有人用胳膊搂住我的肩膀,但我甚至看不清风中的那个人是谁。我们一起向屋里走去。我知道在离开之前,我必须去我的小木屋里把装钱的包拿过来,也应该考虑如何趁我母亲一个人的时候,去问她关于麦考利夫妇的事情。但在那一刻,我真的都不在意了:我只想离开。我需要暖和一下,然后想办法再找一片止痛药。

我终于体会到了上瘾的感觉:我愿意用那一袋子现金换取任何东西,只要它能麻痹我的思绪和我手上的疼痛。我跟在其他人后面,艰难地走进餐厅。

事实证明,埃琳一直都在里面,朱丽叶让工作人员回家了,埃琳替代了他们的工作。她给我们所有人都做了午餐。我带着绝望的感激之情端了一碗鸡肉玉米汤,坐到了索菲娅旁边,在一张空桌上。有人去找我母亲,让她知道我们准备走了。吃之前,我把脸贴到汤上,想用热气让自己暖和起来,直到鼻头被烫着了。

"脸上没灰。"我喝了几大口,对索菲娅摇了摇头说,"跟那几个不一样。"

索菲娅皱起眉头,明白了我没说出口的问题。她简单解释说:"她肯定断了很多骨头。"索菲娅从餐厅的门望向门厅,我看到她的目光在楼梯上游走。在那辆东摇西晃的车里,我错误地评判了朱丽叶的悲观猜想。安迪那时候说,"在这种天气里……这等于自杀。"索菲娅给露西看的那张"绿靴子"的照片,实际上详细地展示了迈克尔后来的遭遇,而露西则知道自己把迈克尔放到了一个他无法逃脱的房间里,内心已经充满了挣扎。最重要的是,露西在奥德丽审问克劳福德具体细节之前就冲出了酒吧。最后一次有人看到露西时,她正满怀愧疚地爬上楼梯,爬到了屋顶。朱丽叶当时的意思是,我们需要赶在她在暴风雪中受伤之前找到她。但露西不需要暴风雪。客房楼的屋顶已经够高了。

索菲娅和我任由痛苦的领悟笼罩着我们:没有人告诉露西,迈克尔的房间没有锁。这不是她的错。这本书的标题是真的:我们家的每个人都杀过人。

只是并非所有人杀的都是别人。

36

就凭我母亲把自己铐在床柱上的这股子决绝的劲儿,我估计她在二十世纪七十年代大拆大建的过程中曾是不少开推土机的人的眼中钉。马塞洛走进餐厅,摇了摇头。过去一个小时里,我们都在忙着把行李堆到房间中央(我又出去直面了一次风雪,还把运动包都叠好塞进了拉杆箱)。鉴于我和凯瑟琳眼下成了奥德丽最亲的人,所以我俩自告奋勇地爬上三楼去找她,发现她正倚着枕头,一只手铐在床柱上(我说铐的意思是,她把克劳福德那个傻小子的手铐从他后兜里抽出来了),整个人呈现出一种非常惬意的抗议姿态。

我和凯瑟琳在无声中达成了共识:作为我俩之中第二被讨厌的人,凯瑟琳应该先说话。于是她伸出一只手说:"别犯傻了,奥德丽。钥匙在哪儿?"

我母亲耸耸肩膀。

"开雪车的人现在可以带咱们走,否则就走不了了。你这样做是要把咱们所有人都害了。"

"你们愿意走就走。"

"你知道,我们走了那就太不像话了。我们不可能把你留在这儿。要是暴风雪更大了呢?你的家人就会有危险。这里是会死人的。"

"听你的意思,你是要带着凶手一起下山了。我是不会把迈克尔留在这里等着腐烂的。"

"等天气稳定,安全有保障了,咱们就回来接他。"

马塞洛在我们身后坐立难安,想必凯瑟琳抛出的大部分论点他都已经尝试过了。凯瑟琳越来越生气,音调越来越高,理性争论的那一套被她抛在脑后,自私、冷漠、蠢女人之类的词全从嘴里出来了。与此同时,她还在疯狂地摇晃床柱,想让它从接头的位置断开。正常情况下,敢管我母亲叫"十足的婊子"的人一定会招致灭顶之灾,但这次奥德丽只是把头扭了过去。从马塞洛脸上的表情来看,他也尝试过这种方法。

"我需要一把螺丝刀之类的东西,让我看看……"凯瑟琳眯着眼看着床架——"一个内六角扳手。"她的目光从床柱上移开,厌恶地对马塞洛说:"一晚上四百元,就给咱们睡宜家的床。"然后又对奥德丽威胁说:"我们抬也要把你抬出去。"

马塞洛很高兴能够就此逃脱,马上出去找工具了。

"我儿子死了,"奥德丽只说了这一句话,"我是不会扔下他的。"

索菲娅和克劳福德在酒吧里解释谋杀案时,她也是这么说的,我一下子有点受不了了。自从我们来到这里,我就在恳求大家把我当作真正的坎宁安家的人来看待。比起"绿靴子",甚至比起迈克尔,我更在意这件事情。找到凶手并不是为了伸张正义,而是一个证明我自己的机会,是对我母亲的一种谄媚,向她证明我配得上我的姓氏。但我母亲一而再再而三地重复着失去迈克尔的痛苦,甚至完全没有考虑到还有一个女人死在外面的雪地里,那个女人也是这个家庭的一分子。不谈姓什么叫什么,不谈结婚了还是离婚了,马塞洛早就说过:要么我们全部,要么我们全不。而我母亲只是一味地坚持,却不明白家庭的含义。

"你儿子?"我的吼声让奥德丽和凯瑟琳大惊失色。马塞洛后来告诉我,他顺着走廊都能听见我的声音。我积攒的怒气比我意识到的还要多。"你儿子?那我嫂子——你儿媳妇算什么?嫁过来的人也是家里人。你知道露西还躺在外面的雪地里吗?你知道她就是因为你给她的情绪负担太重才死的吗?因为你一直都在向她灌输,她应该对迈克尔的死感到愧疚。现在她和迈克尔一样都死了,而你却只提你的儿子。"

"埃尔恩。"凯瑟琳想要上前阻止,但我气势汹汹地要跟我母亲讨个说法。我母亲并没有退缩。

"你别管,凯瑟琳。我们已经惯她太久了。"我转向我母亲,接着说,"你总把你的痛苦凌驾于其他人之上。因为你丈夫死了,你就让我们在痛苦中长大。因为我对你家人的所作所为,你就对我弃之不顾。但你别忘了,他们同样也是我的家人。"我的语气缓和下来,尽管我正在气头上,但我已经更理解她了。我坐在床上。"我知道很难。在你失去爸爸之后,不得不独自做好这一切。而且我也知道,你开始用你的姓氏,用人们对爸爸的看法来定义你自己。我还知道的是,解决这个问题的唯一方法就是内化它,你决定成为一个真正的坎宁安家人。但在你这样做的过程中,你开始想要对得起别人给你贴的标签。但坎宁安这三个字并不像你以为的那样。我知道……"我拉起她的手,这个举动让我自己感到惊讶,而她也让我拉起了她的无力的手,"爸爸临死前想做的是什么。"

我母亲木然地看着我,但她的下巴却依然显得坚定。很难看出她感受到的是威胁还是理解。我凝视着她,不想率先打破沉默。"你都知道了?"她说。

"我知道丽贝卡·麦考利的事。我知道爸爸手里有一些照片,涉及参与绑架或者参与谋杀她的人。我知道艾伦·霍尔顿是个骗子。我知道为什么你会为我站到了法律那边而不是迈克尔这边而伤心。我花了很长时间才从你的眼睛里看出这一点，但我现在都明白了。我知道两天前的晚上，你去找过丽贝卡的父母，当时你取消了晚餐，说自己病了。你跟他们说，让他们先回去。"麦考利夫妇告诉我，我母亲两天前的晚上出现在他们房间的门口，我把他们说的话复述了一遍。"你威胁了他们，奥德丽。你问他们还有没有其他孩子，那些孩子有没有自己的孩子。那两个人失去了一个孩子，你竟然敢用发生在丽贝卡身上的事情再去威胁他们。你竟然做得出来。"

"我没有威胁他们，"奥德丽平静地说，"我那是在说明风险。"

"他们太了解风险了。他们已经失去了一个女儿。"我深吸一口气，决定孤注一掷，把我自认为弄明白了的事说出来，"就像你失去了杰里米一样。"

"你知不知道你自己在说什么。"她从牙缝里挤出这句话来。

"茜奥班·麦考利说，"我继续说道，"他们在过去二十八年里没有雇过私家侦探。在我看来，这个数字未免有些过于具体。丽贝卡是在三十五年前被绑架的，和二十八年差七年，和你等着给杰里米办葬礼的时间一样长。七年，这两段相同的时间不是巧合，这是在法律上宣告一个人死亡所需的时间，我说得对吗？"

"你在说什么，埃尔恩？"凯瑟琳从我的背后说。奥德丽盯着我，下巴颤抖，但一言不发。

"上次咱们在阅览室谈话，你也说漏了一些其他的事情。"我没理凯瑟琳，依然直视着我母亲。"你说咱们家必须为爸爸的行为付出代价。但你也说了，他没有给我们留下战斗的武器。你原话说的是'银行里什么都没有'。我以为你指的是钱，但其实不是，对吗？你知道照片的事——那就是你所说的武器。如果剑齿党或者剑齿党保护的人，没有在爸爸死的那天晚上从他手里得到这些照片，他们自然而然地会认为你有这些照片。他们的目标可能是你工作的银行，那里可能有爸爸的保险箱。"

"你不明白。为了保守这个秘密，他们什么事都做得出来。罗伯特手里的照片——从来没有人找到。我巴不得他们能找到他们要找的东西，几个黄色的信封，上面盖着'如发生意外，请交付媒体'的戳，或者一些线索，什么都行。我希望他能找到，我真的这样想。我到处都找遍了，就为了那些该死的照片。"

"但剑齿党并没有从银行里空手而归，对吗？他们可能没有找到照片，但当他们从屋顶停车场逃出来时，我想他们找到了仅次于照片的东西：就坐在车里。他们只能用一个办法来确保你没有照片。一种要挟或是一种保证：如果你有照片，你就会马上交出来。而我们都知道，他们是抢孩子的一把好手——丽贝卡就是证明。整整七年，奥德丽。"

我母亲低下了头。她放弃了。

"他们把杰里米从车里带走了。"她喃喃说。我听到凯瑟琳在我身后猛吸了一口气。空气安静下来，直到我母亲准备好继续往下说。"艾伦是他们的传话人。"她冲着自己的腿说。"他说那些人想要的只是照片，而不是钱。我不能告诉警察，因为那个姓汉弗莱斯的女人已经把罗伯特和丽贝卡都害死了，不是吗？而艾伦显然是个两面派——谁知道还有哪个也是呢？我必须要保护你和迈克尔。"

"怎么说也一定有警方介入吧？"我轻声提示说，唯恐稍微提高一点音量，都会打破我母亲陷入的恍惚状态。所有人都静止不动了。凯瑟琳停下了寻找手铐钥匙的动作。

"当然有。他们把它当作一起失踪案来调查。至于是不是因为他们都是一伙的,就不得而知了。但起码看来,杰里米被带下了车,才让你和迈克尔获救了。我不得不配合他们。我的额头确实被玻璃划伤了,但车窗在那之前就碎了。一个五岁的孩子走不了太远,他们一直这么说。后来时间一天天过去,我看得出来他们改变了想法,从"走不了太远"变成了"走丢不了太久",他们一直在搜查,但我知道结果渺茫。与此同时,艾伦还在不断问我要照片,我告诉他我没有,我找不到。然后他说他相信我……"她抬头看着我,眼眶通红,"他说他相信我,但只有一种方法可以确保我没有私藏照片。他们必须明确知道……"

她的话没说完,但意思已经很清楚了。确保奥德丽没有隐藏这些照片的唯一方法就是继续威胁她,并且将这种威胁悬在她剩下的两个孩子头上。一想到杰里米被埋在另一个警察的棺材里,我就感到一阵恶心。我突然意识到,我都不能确定找到的孩子的尸体就是丽贝卡的。

"我从没想过要偏袒任何一方,妈妈。"我想起她告诉我,我犯了和父亲一样的错误,而现在我对她又多了一些理解。她的手一直搭在我的手上,我能感觉到她此时紧紧地握住了我的手。"我想要做正确的事情。但事情又分为两种,正确的和对我们而言正确的。我没有想到,你会为此付出这么高昂的代价。"

小说和影视剧里的主角无论扮演的是警察还是强盗,结局都错不了。但在现实生活中,坎宁安一家是作为配角出镜的,他们承受着打击,承受着痛苦,使得另外一些人得以高高举起手臂,摆出胜利者的姿势。我父亲曾试着去做"正确的事",这让他付出了代价。然而那对富有的、为自己被掳走的孩子而悲痛的夫妇,却没有付出代价,那个为了个人晋升而不断逼迫线人的侦探却没有付出代价。于是在奥德丽看来，事情早已没有对错之分，有的只是家人和家人之外的东西。或许她心底里知道这意味着什么。作为回应，我攥紧了她的手。

"马塞洛知道吗？"我问。

"后来才知道。"

"你们从来没有告诉过我。"凯瑟琳说。很难判断她这么说是因自己被排除在外而感到痛心，还是她想要让自己免受一通审问。

"我记不太清那天早上的事了。"我的注意力还在奥德丽身上。

"你那时太小了。发生了一些事情，全都乱套了，所以我告诉你什么你就会听什么。我告诉所有人，包括你和凯瑟琳在内，杰里米死在了车里，因为这是最简单的，而且我也担心艾伦会出于各种原因回来找你和迈克尔的麻烦。说实话，我不怕你们怪我。讽刺的是，如果剑齿党没有打破车窗把杰里米带走，你们三个可能都已经死了。所以我觉得这是我应得的。"

"然后过了七年，马塞洛帮你私下处理了法律方面的问题。当你为杰里米举行葬礼的时候，你让他知道了这个秘密。我说得对吗？"

"没错。他解决了问题，帮我了却了罗伯特的遗愿，做了所有这些事情。我觉得我还有一些事情应该告诉你，但不是在这儿。我现在不能好好思考。咱们下山吧。钥匙在《圣经》里夹着。"

凯瑟琳从床头柜的抽屉里翻出《圣经》，翻开书页，一把银色的小钥匙掉了出来。她把我母亲从床架上松开，正要扶她下床。这时，奥德丽把她赶开了，伸手寻求我的帮助。她站在我面前，我弯腰伸过肩膀，她的体重压在我身上。

"我不过是想提醒一下麦考利一家,"她说,"那些人杀孩子不眨眼。他们想要赎金还是筹码并不重要。我很抱歉他们以为我的提醒是一种威胁。"

我没有回答,只是给了她一个拥抱,希望可以传达出我的理解。我很高兴我们现在能走了,一旦我们到了山下,就可以开始疗愈每个人的创伤。撇开那些谋杀案不谈,这终究是一次有意义的团聚。

听了奥德丽的版本,整个故事清晰了许多,但我仍然被一些细节上的问题所困扰。

如果丽贝卡·麦考利不是剑齿党唯一的受害者,我怎么能确定棺材里就是她的尸体?艾伦·霍尔顿到底是怎么弄到我母亲找了三十五年都没找到的东西的?

我跟凯瑟琳说好,她帮奥德丽收拾好行李后下楼与我会和。然后我一边在脑子里酝酿问题,一边出发去找马塞洛。路过一楼的阅览室时,我的心思被吸引过去。房间最里面的壁炉里,火依然噼啪作响,温暖的空气扑面而来,我的额头上渗出了汗珠。这股热流也有可能源自我的腹部,一路蹿上我的脖子。因为直觉告诉我,神秘的碎片正聚在一起,但还没有形成一个整体。我浏览了摆放黄金时代悬疑小说的书架。奥德丽把玛丽·韦斯特马科特的书放错了位置,把它按照作者的笔名放到了姓氏以 W 开头的一栏,我把它移到了以 C 开头的那一栏里。我的拇指抚过书脊,也许是在为结局寻求灵感。诺克斯没有给出过禁令,但我面前的所有书都暗示着一个戒律:侦探不会轻言放弃,也不会在结尾时下山。

但那些侦探一个个都比我聪明。跟他们相比，我没有提线操控我的作者，也没有老天爷赏饭吃的天赋。我根本就没有加入侦探作家俱乐部的资格。我记得当时唯一可以认定的就是自己遗漏了某样东西，一个小东西。这类书中总有那么一样东西，可以解开所有谜题，而且往往是最不起眼的那一种。有一样东西我没注意到。总之我需要一个福尔摩斯用的那种讲究的老式放大镜，或者目镜。

然后我的问题就迎刃而解了。

这类书经常会使用一些令人印象深刻的引喻图导来引出最后的推理时刻。书中的侦探会坐下来思考，他们的脑海中或许是一块块拼接到合适位置的拼图，或许是绽放的烟花，或许是多米诺骨牌。也许他们跌跌撞撞地穿过一条漆黑的走廊，终于找到了开关。无论是哪种方式，过往的发现都会碰撞到一起，而后壮观地倾泻而下，侦探在那一刻灵光乍现。我向你保证，现实中没那么戏剧化。前一秒钟我还不知道答案，下一秒钟我就知道了。我走到地毯前确认了我的猜想，然后心里有数了。

为了让罗纳德·诺克斯高兴——鉴于所有发现的线索都必须告知读者——这些是我集中思考的线索：玛丽·韦斯特马科特，五万元，我的下巴，我的手，云顶小屋的雪地摄像机，索菲娅的渎职诉讼，一个开在布里斯班的邮政信箱，露西用想象中的枪顶着自己的太阳穴，一口躺了两个人的棺材，呕吐，超速罚款，手刹，目镜，理疗，一桩尚未解决的袭击案，一位殷勤而又哆哆嗦嗦的丈夫，"老板"，一件夹克，脚印，露西紧张的等待，金字塔计划，脚趾酸痛，我的小木屋里的电话，我做过的那些窒息的梦，迈克尔新萌生的和平主义思想，F-287，一只获得过勇敢勋章的死鸽子。

凯瑟琳拖着行李箱走下楼,行李箱一路磕着台阶,让大家都知道她来了。她看到我之后停了下来——行李箱和我妈妈跟在她后面——要么准备让我帮她,要么准备告诉我别满屋溜达,但我没机会知道她到底想干什么,因为我没给她机会。

"你能把大家都叫过来吗?"我说,"我需要跟大家说点事。每个人都得来,因为我还有一些问题要问他们。这样也不怕有人跑了。"

凯瑟琳听懂了我的语气,点了点头。"你想在哪儿?"

我的目光扫过书架、噼啪作响的炉火以及红色的皮椅子。"如果咱们能活着离开,就把这个故事给卖了,现在不占用阅览室的话,我觉得好莱坞到时候会不满意的,你不觉得吗?"

37

马塞洛和奥德丽坐在皮椅上，犹如两个坐在宝座上的皇亲国戚。克劳福德和朱丽叶站在房间最里面的壁炉两侧，他们在和坎宁安一家的破事搅和了一个周末之后，领会了"安全距离"这个词的含义。凯瑟琳站着，一只手搭在奥德丽的椅背上。安迪坐在一张边桌上，但显然对边桌的支撑力缺乏信任，他双膝用力朝上，把大部分重量都压到了自己的脚掌上。索菲娅则席地而坐。这又是一幅会出现在婚礼上的阖家欢乐的景象，就像昨天上午在外面的台阶上一样。只不过在那之后的晚上，聚会的气氛越来越淡，大家喝了点酒，鼻尖微微泛红，他们的衣服变得破破烂烂，有人的手还被压残了，塞进了烤箱手套里。加文正在外面，把我们的行李往"超雪"里塞，根据第一条戒律，加文是无辜的，不属于被怀疑的对象。我一定要守住门口，因为凶手一旦被揭露，总会想要夺门而出。

发现谜底时的激动多少已有些消退，我现在必须想清楚，怎样说才能让我的指控最有力，使它合乎逻辑。很难决定从何开始：房间里杀手很多，但凶手只有一个。

"说吧。"马塞洛第一个开口了，他的不耐烦暴露了他的好奇心，恰恰把他置于不利地位。我准备从他开始。

"现在该说明白为什么咱们都要到这儿来了。"我说。我从兜里掏出 GPS，扔给了马塞洛。

他看了一会儿才意识到那是什么。我能看出他正要问我，我是从哪里弄来的。但紧接着他记起在雪地里遇见过我，是他自己在打碎的车窗前亲手把这个设备递给了我。

"加文想要买下这块地，而你是加文新的投资者。当然是你了——你是这里唯一一个钱够多的人，否则凯瑟琳怎么可能说服你来这里过周末呢？你比索菲娅还讨厌冷，你一直都在抱怨这件事。你因为凯瑟琳安排我们都住在小木屋里而生气，一部分就是因为这个：你知道加文准备拆掉宾馆，但你想事先看看房间什么样，再来确定值不值得保留。"

"我来这里确实是为了建立业务关系。凯瑟琳订房时，我注意到这个地方正在出售。这有什么关系呢？"马塞洛厉声为自己辩护道，比起被人指控，他更习惯于做出指控。他的神色很坚定，胸口因愤怒而上下起伏。

"没什么关系。但你在两天前的晚上撒了第一个谎，你说奥德丽病了，不能一起吃晚饭。"我说。"她先让你撒谎，然后又要跟你一起去见加文，这难道不奇怪吗？"我心里清楚，这是因为奥德丽希望在把麦考利一家顺利劝走后，能给迈克尔一个不在场证明。马塞洛会支持她称病，她可以跳过晚餐那一项。马塞洛看着他的妻子，我能从他眼中看到怀疑。

他最终清了清嗓子，说："我没有杀过人。"

"你看，你又撒了一个谎，不是吗？"

"我连碰都没碰过迈克尔，也没碰过露西，还有那个躺在雪地里的人。"

"我没说你杀了他们。"

"那你启发一下我，我应该杀的是谁？"

"是我。"

我的继父(又是他)

38

还记得吗？当我掉进湖里时，冰冷的湖水足以让人心脏骤停。朱丽叶用心肺复苏术才救醒了我。这当然是一个专业的问题，但同时也是一个诚实的问题。

"咱们一起想想现在所知道的事情。"我说，"咱们都知道迈克尔杀了一个叫艾伦·霍尔顿的人。咱们之中的一些人知道艾伦·霍尔顿就是枪杀我父亲罗伯特的人。咱们之中个别人知道我父亲被杀的原因，因为他当时在为警察做卧底。他最后的情报，也就是他要传达给汉弗莱斯警探的最后一条信息——"

"你不会说的是汉弗——"埃琳开口了，她迅速把我摆放出来的拼图拼凑到一起，这个名字让她想起了"黑舌头"受害者之一。

"是的，请不要打断我。"我笑着说。"罗伯特最后的信息是几张照片，那是一起谋杀案的罪证，这个我们之后再说。尽管艾伦和奥德丽都拼尽全力，也一直没能找到照片的下落。三年前，艾伦突然拿到了照片，并且想要卖出去。马塞洛，你就是那个试图阻止我发现这件事的人。"

马塞洛紧紧握住椅子的扶手，皮革在他的手指下发出吱吱的声音。他没说话。他想让我把能说的都说出来，看看我知道了多少。他暂时不准备开口替我填补任何漏洞，而是要把话留到有机会反驳我的时候再说。随他的便，反正我知道我是对的。

"马塞洛，你就是那个介绍罗伯特和汉弗莱斯侦探达成交易的人，也是亲眼看着整件事情出错的人。你帮忙在法律层面了结杰里米的死亡问题时，奥德丽告诉过你剑齿党对杰里米做的事情。这说明你知道迈克尔带来的东西对于拥有它的人来说有多么危险。"房间里的大多数人都不知道我指的是什么，但我只专注于和马塞洛一个人对话。"当你看到迈克尔的脏手，看到他选了那么一辆荒谬的货车时，你怀疑他挖到了什么东西，而且你一直怀疑这样东西与丽贝卡·麦考利有关。你不知道迈克尔带来的是什么，但你担心有人会因为和多年前罗伯特一样的原因而死去。你想让他带来的东西不复存在。"我停顿了一下，让他领会我的意思。"只不过……你这样做不是为了掩护自己。你这样做是为了保护迈克尔，对吗？"

马塞洛深深地陷在椅子里。"我不是故意要害你的。我只是想让车开到山下去。我以为那会看起来像是一场意外。"他承认道，"那是辆老款车，所以我用一个衣架就可以撬开车窗，钻进去把手刹抬起来，但我没有启动发动机的钥匙，所以我往车轮底下浇了一些热咖啡，好让雪融化。克劳福德当时跑上去把你们从维修棚里叫出来，我的行动被打断了，所以才没能把它推下山坡，而是把它留在了那里。"

我的脑中听到了埃琳的声音——地上有一摊棕色的东西，可能是制动液——接着想起车厢后门边上放着的那个空咖啡杯。"我没想到会有人进车厢里跳来跳去。你的手受伤了，我感到很抱歉。我发誓，我只想阻止你发现货车里到底有什么。天哪，我甚至都不知道里面有什么！那天早上我被山坡上的尸体吓到了，当你问我有关汉弗莱斯的事时，我就知道有事要发生。我希望我们不要去插手，不管是谁在隐瞒，我都希望他能感受到自己的秘密是隐秘的、安全的。我只是想让事情赶紧结束。我用我的生命发誓。"

"发生了那样的事,我看你是在用我的生命发誓。"

"我坐在你身边,一直到你醒过来。"马塞洛说。被我指责掩盖一桩谋杀案时,他都没有像现在善意被揭露时表现得这么尴尬。"如果你醒不过来,我真不知道我会做什么。对不起。"

"谁是丽贝卡·麦考利来着?"安迪竟然举起了手,"这和那对拿着现金的老夫妇有关吗?"他有点不好意思地看了一圈。"怎么了?我真没弄清!"

"是我说得有点快了。"我决定先跟马塞洛说到这里。"让我们都再问问自己,我们为什么会在这里。为了团聚,不是吗?我们可是一个幸福的大家庭。"我的语气中充满讽刺,"但我们之所以会在这里,是因为我们之中的一个人选了这里。我说得对吗,凯瑟琳?"我转向她:"你特意选择了你能找到的最偏僻的地方。谁也不能轻易地离开这里。你也说过,我们应该留下来——我们当然都知道你接受不了不退押金,但不止是这个原因,不是吗?"

"非要当着所有人的面吗,埃尔恩?"凯瑟琳说,但她的语气没有心虚或者威胁的意味,反而听起来充满同情——甚至是尴尬——替别人尴尬。"得了吧。"

"凯瑟琳,如果这些都没什么好说的,那就没什么好说的了。咱们该把所有事情都放在台面上,你也算在内。因为'绿靴子'死的那天晚上,你闯进了索菲娅的小木屋。不是你就是安迪,是谁都没有关系,但为了推导出理由,我们假设是你。一开始我觉得闯进索菲娅屋子的人没有被雪地摄像头抓拍到,实在是很幸运。那台相机每三分钟拍摄一张照片,所以需要非常刻意的努力和精准的时机才能避开。你是那种会查看未来一周天气预报的人。你是咱们这里面最有条理的人,你可能在离开家来这里之前就浏览过五十次官网了。这就意味着你知道这里有一个雪地摄像头,并且知道如果你根据它的拍照时间安排行动,你就不会被拍到。"

凯瑟琳和安迪交换了一个心虚的表情。

"可你为什么要闯空门呢?你要到索菲娅的屋里找东西。找到之后,你要给安迪打电话告诉他你拿到了,或者他可以告诉你当时的时间,这样你就能知道摄像机还有多久会拍下一张照片,你可以先休息一下。但你忘了我和安迪换了房间,所以你打错了。所以问题来了,你在找的东西是什么?"我举起我的烤箱手套,"那些药片才是重点。泰勒宁,对吧?"

凯瑟琳向索菲娅投去歉意的一瞥。

"你不吃止痛片的,凯瑟琳——自从车祸以来,你就再也没吃过。你用身体上的痛苦为自己所造成的伤害做补赎,你不会那么容易旧瘾复发的。那么为什么你会有一瓶止痛片呢?顺便提一下,我太感谢这瓶止痛片了,但它不是你的。泰勒宁是大多数医生都会上瘾的药物,对吧?药劲儿大,但吃了也不至于进医院。"我晃了晃药瓶,里面的药片哗啦哗啦地响,像是一种指责。

"我从索菲娅的屋里把它拿走了。"凯瑟琳说,"我根本不在意退不退款。我们不能早走是因为索菲娅需要待在这里。她需要待够四天时间。她正在脱瘾。"

所有人都转头看向索菲娅,她脸色苍白,显得疲惫不堪。她羞愧地低下了头。

"她不服药的时间越长,身体状况就越差。表现之一就是手抖。"我回忆起在酒吧里她手中叮当作响的咖啡杯。"从昨天早上起，她就开始呕吐，脸色苍白，出虚汗。"

我要在这里打断一下自己，以免有人可能会发牢骚。我需要澄清的是，我在第七章里从没说过不应该去关注索菲娅的呕吐，我只是告诉你她并不是因为怀孕。我不会接受任何说我欺骗的指控。

"我在想，索菲娅，你是个高功能型的上瘾者。毕竟你不仅在工作，而且还能做手术。你自己告诉过我，他们不会像检测运动员那样检测医生，即使在出现医疗事故之后也不会强制。但你在手术出了问题后害怕了。你被停职了——尽管他们让你停职的理由是错的，他们说你在酒吧喝了一杯酒。无论如何，你还是被停职了。因为验尸官在找的无非是那几种原因。也许你还在面对其他事情，不值一提又避免不了的日常小事。也许就像落在这座山上的雪花一样，每片雪花本身并不能代表什么，但积到一起就能构成一幅景象。所以索菲娅找到你，凯瑟琳，因为她的药瘾还在变大，她知道自己受到了更加密切的监视，如果验尸官要求进行药物检测，她将没法通过。"我继续说道，"如果她下周出现在法庭上时，体内还有残存的泰勒宁，她就完蛋了。"当我正在计划怎么给迈克尔当律师时，索菲娅开玩笑地问我下周是否有空，她就是在那时无意中透露了时间。"所以这个周末是她戒瘾的最后机会。这就是你对她说话一直没好气的原因。第一天吃早餐时，你咄咄逼人地说她不是医生，因为你那时已经搜过她的房间，发现了药片。她背着你带来这东西，让你很不高兴，但你也想要吓唬她，想让她明白她可能会付出的代价：她的全部事业和身份。你还要求马塞洛不再给她经济支持——这就是为什么他会拒绝帮她。虽然到了关键的时候他还是会帮的，这一点我们都清楚。但这个周末，你准备好好吓吓她。你还想让我也对她产生怀疑。她必须得学会自立。"

马塞洛轻轻地向索菲娅点了点头，表示抱歉。我猜到了这一点是因为当我指责马塞洛对迈克尔和索菲娅厚此薄彼时，他的反应证实了这一点。他结结巴巴地说"并不完全是这样"。迈克尔告诉我，罗伯特和奥德丽多年前曾对凯瑟琳使用过同样的手段：切断经济支持。这也是凯瑟琳给迈克尔提供的建议，她让迈克尔在露西的财务问题上试试看。这实在是下策。

"再说回药片的事，凯瑟琳。你把药锁在自己的车里，方便安全保管。但索菲娅……"她仍然一边低头盯着自己的膝盖，一边默默流泪，双肩不住地颤抖，"并没有就此罢休。她想要把药片拿回来。索菲娅，你跟我说你看到维修棚里有人，其实你是不可能从酒吧里看到的。那天的暴风雪让天上地下都成了白茫茫的一片：我自己坐在窗边，都看不到停车场的情况。这说明你必须人在停车场里，才能看到埃琳走进了维修棚。凯瑟琳的车窗不是被暴风雪打破的，而是被你打破的，你不顾一切地想要拿回药瓶，你觉得凯瑟琳一定把它锁到车里了。但在那之前，凯瑟琳曾让安迪冲到暴风雪里拿她的包。她就是怀疑你会做出类似的举动，才改变主意，把药瓶一直装在身上。这也是为什么她不能把药瓶整晚留在我那里。"

我跪到索菲娅面前，一只手放在她的肩膀上，轻轻地捏了捏。"我说这些不是无缘无故的，索菲娅。我们会帮助你渡过这个难关。但我需要你对我说实话，诚实地回答下面这个问题。"

她抬头看着我，眼睛里充满了血丝，然后缓缓抬起手，放到自己的鼻子下面。"我发誓。我怎么做其他手术，就是怎么做那台手术的。这就像喝醉了的飞行员还能让飞机安全着陆一样，你明白吗？我没有……"她哽咽了一下，"我不知道是怎么回事，就是出了差错。从那时起，凯瑟琳就一直在帮我。我想赶紧好起来。"

"我明白。"我给了她一个拥抱，在她耳边轻声说道。"你是个好医生。虽然你没能控制住自己的药瘾，但我们可以解决这个问题。我只需要你诚实，帮我找出真正的凶手，为了迈克尔和露西。即便你刚开始会觉得羞愧，但你完全有能力戒掉它，也完全有能力帮到我。"她的鼻子在一上一下地蹭着我的脖子——她点了一下头。我站了起来。我把别的糟烂事抖搂出去，却不提我的，显然就不太公平了。所以现在我要开始说自己的事了。

"两天前的晚上，索菲娅跟我要了五万元。我得跟大家承认，我随身带来的现金比五万要多得多，大约二十五万——嗯，二十四万五千元。这笔钱原本是迈克尔要付给艾伦·霍尔顿的。后来事情急转直下，迈克尔让我看管好它，我也没告诉过警察。一部分原因是这事压根儿没人提起来，另一部分原因是……嗯……我不想那么做。我坦白。"我举起双手，鉴于我在这间屋子里指责完这个又指责那个，我希望这个投降的动作能让他们接受我和他们一样都会犯错，"我把钱带来，是以防迈克尔会想要回它。我把钱的事告诉了索菲娅，她就想管我要一些，说这能帮她大忙。"我换上一种体恤的语气开始对索菲娅说话："现在我知道你是来这里克服药瘾的，我就更理解你说的话了。因为对于有瘾的人来说，在钱上出问题太常见了，但你在问我的时候并不显得绝望，说明你的生活并不取决于有没有这笔钱。你跟我要钱是因为这笔钱来得容易，因为这笔钱是追查不到的，而且就摆在你面前。五万块的债务不会摧毁你的生活——如果真的到了那一步，你还有房子可以卖——但你确实在泰勒宁上花了不少钱，而且考虑到你在做的事可能会终结你的事业，如果你是会计什么的还好点儿,追查不到的现金就显得至关重要。对于成瘾的人来说,钱的问题很常见,偷窃也是如此。你从我们中的一个人那里偷了点东西,换了现金,对吗?"

索菲娅抽噎着点点头。

"我是一个规则爱好者——你们中有些人是知道的。戒酒会倡导的第九个步骤就是向我们伤害过的人赔礼道歉。"我看了看凯瑟琳,她冲我点点头,表示我说得没错。我又转回去看着索菲娅:"你确实带了止痛片来,但只是以备不时之需。你打算在这个周末完全遵循戒瘾的计划。你跟我要现金,不是因为你欠了外债,而是因为你觉得就算没人察觉,你也得把某件东西还回去。"

"我想索菲娅要是偷了五万块,有人可能会注意到的。"马塞洛抬高了嗓门,"她已经承认了,你就放过她吧。"

"如果我说得不对,索菲娅完全可以自己打断我。"

"如果这对迈克尔和露西很重要……"索菲娅深吸了一口气,"我需要钱去买回我偷的东西:一块五万美元的劳力士铂金总统表。"

马塞洛被惊掉了下巴。他赶忙查看自己的手表,在上面轻敲了好几下,最后才勉强合上了嘴。

索菲娅看起来已经被坦白弄得筋疲力尽了,所以我又接过了话题。"马塞洛从不摘下手表,这个大家都知道。除了他接受肩部重建手术那一次。那个手术是索菲娅给他做的。她借手术之机,把他的手表换成了假的。我之所以能注意到,是因为马塞洛之前给了我下巴一拳,我的牙齿竟然还都在。那块劳力士加上铂金表带,应该有将近一斤的分量。挨上这么一拳,即便出手的是一个老人——无意冒犯——也应该像戴着"手指虎"一样,足以把我招呼到地上。

"他应该能注意到区别。"朱丽叶带着几分讥讽说,"如果假货这么轻,那肯定会的呀。"

"你说得对。但马塞洛那时刚做完手术,还需要恢复。一开始,任何东西都会让他感觉像是一块砖压在手腕上,所以他渐渐习惯了这块比较轻的表,还以为是自己手臂在康复过程中反而变得越来越强壮了。"我看到马塞洛假装用他的右胳膊举起了什么东西,正在衡量它的重量,他的脸上写满了困惑,"但问题在于,那不是一块普通的旧腕表。我得承认,我一直都有点惦记那块表,偶尔也上网查过它到底值多少钱。所以当马塞洛告诉我那块表是我父亲的时候,可想而知我有多惊讶。他是个罪犯,这没错,但不是个爱炫耀的人。他从来没买过华丽的珠宝或改装车。所以这东西在我看来似乎很奇怪。起初我以为它是偷来的,但即便如此,我爸爸也不像是会从一堆赃物里挑出这么一样东西的人。然后我知道了照片的事,就是那些每个人都想得到,但每个人都找不到的照片。团伙中的暴徒为了那些照片,不惜把他妻子工作的银行翻了个底朝天,就是为了找到他在那里开的保险箱。"

"罗伯特把手表留给了杰里米。"我母亲低声说。

"劳力士设计出来就是为了传承的——他们的整个营销活动都是基于他们的手表值得世代相传。尤其是劳力士铂金表,因为它非常结实,连表蒙都是防弹玻璃的。"我在社交平台上经常会刷到的一条广告就是这样说的:像银行金库一样安全。"所以这块表会被保留很长时间,而且会被保护得很好。没有什么比这块表更适合用来存放重要的东西了。只要被存放的东西足够小,小到可以放在表蒙下面,不是吗?"我从兜里掏出目镜,举起给大家看,"朱丽叶,麻烦你把弗兰克的奖章扔给我。"

朱丽叶不解地皱起眉头,但还是按我说的,把那个玻璃盒子小心翼翼地扔了过来。

我接住了盒子。我已经检查过了，这是我为证实我的猜测所做的唯一一件事，所以我知道它有多重要。就像我在第120页所说的，我不会白白花一百七十七个字来描述这个该死的东西。

"朱丽叶告诉我，F-287，也就是弗兰克——就是壁炉上方的那只死鸟——携带着地图、步兵位置、坐标和其他重要信息穿过了敌人的防线。但即便是加密了，一张地图的重量也足以让一只鸟摔下来。我之前没想到，朱丽叶，你父亲把真的救命信息也装裱起来了。"我把目镜放到奖章下面，能看到一张小纸条安放在里面，上面带着含义不明的小点。很明显，即便不用对着目镜看进去，也能知道从这些小点中可以放大出一张详细的地图。

我们现在要从克里斯蒂时代进入勒卡雷时代——我父亲称之为"谍战垃圾"——但你接着看吧。虽然我那本告诉你如何写作这类小说的书没卖出多少，但它即将带给我回报。"这叫'微点'，是一种将情报缩小的技术。比如一整张A4纸，或者一幅地图之类的图，都可以缩小成一个句号大小的点。第二次世界大战中，间谍们很喜欢用它，他们会把微点嵌在邮票背面。而这个东西——"我又举起了目镜，"迈克尔当初处理艾伦的尸体时，这个东西就在他车里晃荡。这次来这儿，迈克尔也把它带来了。克劳福德把他带走时，埃琳拿走了它。这是一个珠宝商使用的放大镜。"（别忘了，我是在写这本书的过程中才学到"目镜"这个词的，所以如果我在对话中就假装会说这个词，那就太不要脸了。）"马塞洛，在你的手表，我是说那块真表的表蒙下面，有一个微点。罗伯特从来没吸过毒。他们在他身上发现了一枚针头，并由此推测他嗑药嗑嗨了，想要抢劫加油站。其实那枚针头并不是注射用的。微点那么小，我觉得需要像注射器或笔尖这么精细的东西才能把它放到表面上。"

我举起了目镜。

"但每个典当行都有这个东西,甚至还有更好的设备。任何人在检查手表质量时都能直接看到这个点。索菲娅以为她只是在出手一块表,但她实际出手的东西更多。我怀疑索菲娅是不是运气不好,直接把表卖给了对方。但迈克尔告诉我,在悉尼销赃往往要通过艾伦的店铺。索菲娅必须去一个危险的地方。也许卖给你泰勒宁的人给你指了一条'正道',也许你用它换了止痛片然后他们又把它卖了。我并不是没想到,艾伦甚至也可能在照片里,有人给他通风报信了。具体我不清楚。不管怎么说,这就好比一只蝴蝶在土耳其扇动了翅膀,引起了巴西的一场龙卷风。简而言之,就是错误的表落到了错误的人手里。艾伦知道他手上的东西的价值,而且更为重要的是,他知道谁想要它。这就是为什么迈克尔那天晚上带着一袋现金去见他。他想买下那个微点。"大家都在专注地听我说话,"有没有人愿意补充几句,还是我接着往下说?"

人们管这类书中类似微点的东西叫作"麦高芬"。它到底是什么并不重要,重要的是人们会为了它而杀人。你知道,就是詹姆斯·邦德一直在追寻的那些东西:存有可以毁灭世界的病毒的U盘,银行账户密码,核弹发射密码,或者我们这个案例中的照片。

"我有一个问题。"奥德丽说,她把手伸出来,做了一个别开枪的动作。"欧内斯特,你告诉我们的所有事,都是在说我们努力寻找的东西有多小。迈克尔开来一辆搬家车,就为了装一张小小的照片吗?"

我这才意识到,除了奥德丽和凯瑟琳,房间里的每个人都知道货车里装着一口棺材——埃琳知道是因为那是她亲手挖出来的；索菲娅和克劳福德知道是因为他们跟在后面追过；安迪和朱丽叶知道是因为听过我和麦考利夫妇的谈话；马塞洛知道是因为我告诉他的。

"迈克尔开货车是为了带来布赖恩·克拉克的棺材，那是他和埃琳来这儿的前一天晚上挖出来的。布赖恩是我父亲死的那天晚上被枪杀的警察，也就是艾伦·霍尔顿的搭档。马塞洛想处理掉货车上的东西，但他并不知道那是什么，但我看到了迈克尔想让我看的东西。布赖恩的棺材里有两具尸体：其中一具是孩子的。"我很高兴地向大家报告，这是我第一次让他们一致惊呼，"安迪，如果你需要我告诉你的话，那就是丽贝卡·麦考利的尸体。她是在三十五年前被绑架的。她的父母试图通过欺骗绑匪来省几个钱，结果适得其反：他们再没见过自己的女儿。"

"而罗伯特有丽贝卡尸体的照片。"埃琳说，"这就是你认为在微点上的东西，也就是谋杀她的证据？"

"正是。艾伦很高兴这块手表落入了他的手中，因为他知道麦考利夫妇会为其中的证据付出可观的一笔。接下来我要说的内容都是猜测，但我已经排除了艾伦杀害丽贝卡的嫌疑，因为马塞洛告诉我说艾伦太软弱了，而且如果是他干的，他就会销毁这些照片，而不是卖掉它们。正因为他要卖掉它们，所以我想三十五年是一段漫长的时间，长到艾伦已经解决了足够多的后患，他开始觉得自己当年所需要保护的人已经不必再去保护了。"

我停顿了一秒，为了看看房间里的大多数人是否认同我的推测。有些人在跟着点头。索菲娅看起来像是快要吐了。安迪一脸茫然，仿佛我解释的是量子物理学。反应还不错。

"但艾伦遇到了一个问题。他可能没杀丽贝卡，但也不是无辜的：他在为剑齿党效力。他在和罗伯特对着干，帮忙藏匿了丽贝卡的尸体，起码他很有可能也干预了交付赎金。所以他不可能就这样出现在麦考利家门口。他们会认为他在其中也有责任。所以他需要一个中间人。"

"为什么是迈克尔？"凯瑟琳问。

"我花了好长时间才想清楚这一点。我觉得艾伦是想找一个能从中得到好处的人，这样就能信赖他，让他帮忙交接这么一大笔钱。一个坎宁安家的人能从照片里得到的东西太多了，并且还能从艾伦参与的事情中获得其他信息。最明显的当然是能够了解到罗伯特背后的真相。我怀疑我只猜中了其中的一半，不过我们正在接近真相。迈克尔似乎是正确的选择——马塞洛，你是罗伯特的律师；凯瑟琳，你这个人正直得像冰刀一样；奥德丽，你的年龄让你胜算不大，没有冒犯你的意思。但这是艾伦犯的错误。他以为私人关系可以保证交易顺利进行，结果却成了迈克尔杀了他的原因。"

"而交易本身是其中很简单的一部分。艾伦开的价格就是原来赎金的金额：三十万。于是艾伦告诉了迈克尔足够多的信息，好让他和麦考利夫妇都上套。迈克尔从麦考利夫妇那里拿到了向艾伦买微点的钱，艾伦给他分成，然后迈克尔再把照片送回来。就是这么简单。当然除了一点：迈克尔最后干掉了艾伦并且自己留下了钱。"

"因为迈克尔拿不出三十万。"索菲娅说。我很惊讶她自己话都说不利索了却还在听我说话。"你跟我说，他给了你二十六万七。"

"答对了。"我说，"迈克尔在给艾伦送钱之前，自己先从中拿出来一笔。他这样做的原因是什么？"如果让我实话实说，我想到的原因没有任何依据，只出于我的直觉，但我对此非常有自信。而且目前为止我发挥得都很好，所以我得趁热打铁。"露西的生意遇到了麻烦。她不仅在赔钱，还得在严苛的租赁条件下负担着一辆她买不起的车。马塞洛，她在早餐时跟你说，她的车已经付完全款了，当时咱们大多数人都觉得那是她一贯的作风，她在为自己鸣不平。但事实证明，她并没有撒谎。迈克尔在去见艾伦之前，用那笔钱替她偿还了债务，其中就包括那辆车。他这样做可能是为了确保万一出了什么问题，她自己还能过下去。"还因为他想和她断得一干二净，这样才能离开她投入埃琳的怀抱。我很高兴露西不在这里，听不到我对这一部分的分析。"但他没料到从中捞钱会有什么后果。艾伦不傻——他数了数钱，发现钱少了，于是他掏出了枪。他们为了钱争吵起来……后来的事你们都知道了。"

"你说的这些都很有意思。"安迪没管住自己的嘴，"但'黑舌头'又是怎么回事？"

"我还没有把其他人的事情都说清楚。埃琳、索菲娅、马塞洛，你们不知道丽贝卡·麦考利的父母也在这儿——就住在山那边的度假村里。鉴于迈克尔现在拿到了微点，知道了尸体的埋藏地点，他从监狱里给麦考利夫妇写信，要求他们付双倍的钱。茜奥班·麦考利在超点度假村的时候让我知道了这件事，她的原话是'他还想要更多的钱'。迈克尔在烘干室告诉过我，他手里的东西要比艾伦最初定的三十万'值钱多了'。迈克尔原本计划去山那边和麦考利夫妇见面，把照片和他们女儿的尸体一并卖给他们——这就是他把尸体带上来的原因。他告诉过你他的计划，不是吗，奥德丽？"

"我警告他不要那样做。"奥德丽确认说，"当他坚持要那样做的时候,我就亲自去山那边提醒了他们。"

"不好意思!"又是安迪,他对搭建悬念的过程真是毫无尊重可言,"但欧内斯特,所有这些黑帮绑架的事情都发生在三十五年前,和那该死的灰烬又有什么关系?"

"好吧。"我举起一只手,"我明白你的意思。让我们说回'绿靴子',说回我们那位身份不明的受害者,或者说对我们大多数人来说身份不明的受害者。露西实际上先于我们弄清了这个问题。"

"你的意思不会是说,她的死是因为她看破了这一切吧……"索菲娅用手掌托住自己的脑袋,缓缓地摇了摇。"我们都知道她是摔倒的——她身上没有任何煤灰的痕迹,反倒有几处骨折。没有迹象表明她在死前挣扎过。"

"没错,她是自己跳下去的。"我同意索菲娅的说法,我想起在屋顶上和露西谈话时,露西用手指比着枪说"我宁愿……""她昨天告诉过我,她宁愿自杀也不愿在'黑舌头'的折磨下窒息而死。她自己从屋顶上跳下来,只是为了逃避即将发生的事。我觉得她上屋顶是为了谷歌什么东西,为了再次验证她的猜测。我们的杀手害怕了,在我们都离开酒吧后,上屋顶与她对峙。还记得当她看到'绿靴子'照片时脸上惊恐的表情吗?我当时以为她只是因为看到了迈克尔的实际遭遇而感到害怕,尤其是当她认为一部分原因是她的错。但我错了。她害怕是因为她认出了他。"

"我们之中没人见过他。那露西到底怎么会认识那个死了的人呢?"这是安迪在问。他还是那个最困惑的人。其他人看起来多少都明白了一些,但依然眉头紧锁,努力去理解事情的全貌。只有一个人面色凝重,摆出一副扑克脸。我每说出一句话,都像是摇动了一下绞车,拉紧了那人脖子上的皮肉。"我没有说她认识他。"我说，"我是说她认出了他。她只见过他一次——他在来的路上给她开了一张超速罚单。"

我给大家时间去领会我话里的意思。人们转身看向身后，每个人的目光都落到了站在房间后面的一个人身上。"克劳福德，你制服袖口内侧的那几道血迹，不是在把尸体抬下山时蹭的。血迹在你的手腕内侧。无论是谁弄脏的，都是在他紧紧抓住自己的喉咙时沾上的。"我假装自己的脖子上有一根系带，做出拼命地想要把它拽开的动作。"你穿的是一件死人的外套。"

"你到底想说什么？"克劳福德问。

我在回答他之前，先冲朱丽叶会心一笑，为自己没有在说话时添油加醋而暗自得意。然后我把注意力转回到克劳福德身上。"我是说，即使阿瑟·柯南·道尔也相信世界上有鬼。不是吗，杰里米？"

我的兄弟　————

39

杰里米·坎宁安此时穿着一件沾有别人血迹的警察大衣，出尽了洋相（甚至有点像在角色扮演）。他露出一个虚弱的笑容，无力地摇了摇头。他想说点什么——也许想说，这太荒唐了——但发出来的声音却成了，怎么说呢，一阵哽咽。

奥德丽看起来和旁人一样惊讶：她显然认为剑齿党已经说到做到，杀死了她的儿子。杰里米就像书架上的阿加莎·克里斯蒂一样，躲在另一个名字之下：达利斯·克劳福德，这是他在扮演一个笨手笨脚的当地警察时给自己起的名字。他的另一个别名，也就是媒体给他起的那个名字——"黑舌头"，与笨手笨脚恰恰相反。他犯下了五起谋杀案，还逼迫了一个人自杀。就像我之前说的，我们中有的人是很有"成就"的。

虽然这不属于诺克斯的戒律，但在你亲眼看到尸体之前，永远不该相信某人已经死了。

从现在起，我就直接管他叫杰里米吧。客厅表演到此结束。"'绿靴子'一定是当地人。这就是为什么你只把照片拿给我们家人看，却对其他人隐瞒，甚至对朱丽叶也一样，你用避免引发恐慌为借口，是因为任何当地人都会认出他。所有的员工都会在山上度过整个冬季——他们已经在这里待了几个月了。从镇上来了一个他们没见过的新警察，可能不会引起怀疑，但他们会立刻认出这个巡佐。这就是你想让他迅速离开人们视线的原因，你把他的尸体锁在维修棚里，还拿走了他的外套，但你没有拿走他的鞋。钢头鞋通常是警察制服的组成部分，那具尸体穿的也是钢头鞋，但埃琳在追货车的时候踩到了你的脚趾，把你疼得龇牙咧嘴，这说明你穿的不是。你其实可以装扮成任何人，但我觉得你想成为有权力将我们分开的人。这也是为什么你会用警方发言的架势宣布这位巡佐的死亡，这样你就可以把迈克尔跟大家分开了。但是你很紧张，太紧张了，你所做的每一步看上去都符合正当的警察工作流程——从辨认尸体，到压制恐慌——是为了确保你可以伪装得像模像样。所以当坎宁安家的人问起来时，你给我们看了照片。看上去你是在做正确的事，其实你是在确保我们不知道那具尸体的真实身份。这就是为什么我们围在尸体周围时你会紧张。我当时只是以为你太脆弱了。

"但你没料到露西的反应，她认出了受害者正是那个在路上给她开过罚单的警察。当她冲出去时，我以为她说的是'你是老大'。但她实际上说的是'是你的老大'。她还没想到要指认你——她不过想到什么就说了什么——但她知道有些事不对劲。直到她爬上屋顶，上网搜了金德拜恩警察局，才把事情搞清楚。但那时我们都一个一个上床了，而你跟着她上了屋顶，她不想像迈克尔那样死去，所以她跳了下去。

"你还在为什么这么快就来到这里的问题上撒了谎。你说你整晚都开着测速雷达抓超速的游客，但那不可能是真的，如果真是如此，那露西肯定会抓住机会为她收到的罚单向你吐口水。之后再没有警察过来——你告诉我们说，他们是在忙着处理道路上的问题。但在接连发生两起谋杀案的情况下，两辆大巴车都开上来了，而一辆警车却会找不到方向？当然了，一开始谁也没有觉出不对劲来。你看上去很可靠。尸体周围有三组脚印，返回去的只有一组，如果分配给一个受害者、一个赶来的警察和一个离开的凶手，也够用了。我原本以为，这说明是凶手自己报的警，在那之后"我用双手在空中比了个引号——"'克劳福德警官'到达现场，留下了第三组脚印。我猜得没错，凶手确实是自己报的警，或者说至少是假装报了警。因为没有其他人发现尸体，而是你自己发现了尸体——这是你行动的一部分。你上去过两次。第一次是和巡佐一起，然后你把袋子套在他的头上，引他走上去，他死在了那里，然后你拿了他的外套，又在早上去了一次。"

"从监控录像中看，他到达的时间比你说的要晚。"朱丽叶听起来对我的结论不太有把握，"咱们两个都看到了。"

"我想你在计划跟踪我们来这儿的时候就已经调查过这家度假村了。雪地摄像头的信息就在他们的主页上，所以你知道车道在某种意义上是有监控的。我假设你在来这儿的路上袭击了巡佐，他当时应该是停下了巡逻车，正在架好测速枪。在山顶上时，你的手机可以连到信号，所以你查看了网站。我不是没想过，如果你真踩足了油门，也许可以躲过摄像头间隔三分钟拍照的那一下。然后你只需要之后再开回去，确保你在正确的时间被拍到。从照片上看来，你是在向停车场行驶，但你的手臂搭到了副驾驶的头枕上。你是在倒车。"

"杰里米？这不可能。"凯瑟琳紧盯着他，好像他是从荒岛上回来的一样。然后她转向奥德丽。"你怎么会不知道呢？"

"剑齿党带走了他，凯瑟琳。但没跟我提赎金——他们想要的是照片，就是欧内斯特一直在说的东西。我不知道手表或任何东西……而杰里米，如果是你，我试过——我试过找到照片。他们说他们一定要确保我没把它们藏起来。所以他们告诉我他们不得不——"她在这几个字上哽咽了,"从而确定我说的是实话。"马塞洛朝克劳福德／坎宁安(叫什么又有什么关系呢?)走去,但奥德丽拉住了他的手。我看到她捏了一下他的手,然后他把手背在后面,像一只被拴绳拴住的斗牛犬。"我不能告诉警察,不仅仅是因为艾伦当时还是个警察,还因为我担心他们会回来找迈克尔和欧内斯特。我们家因为这些破照片已经失去了太多东西,我只想让这件事赶紧结束。所以我假装接受了那个结果。如果真的是你,杰里米,我很抱歉。你确定吗,欧内斯特?你真的确定吗?"

"迈克尔告诉我艾伦曾经试图先联系我。"我说,"我跟迈克尔说那不可能,我当时一门心思认为这是艾伦为了跟他建立信任而编造的谎言。但后来我想了想。艾伦说的是他已经联系了迈克尔的兄弟。在艾伦找到你之前,你并不知道你是被收养的,是吗,杰里米?"

杰里米强忍着咽了一口口水。他咬着嘴唇,什么也没说。

"但艾伦当然知道你还活着。马塞洛告诉我他没有杀人的胆量——也许他就是那个放走你的人?但你不记得这些了,所以来了一个你不认识的人,跟你谈起一个你从来不知道自己是其中一员的家庭。马克·威廉姆斯和贾妮娜·威廉姆斯,他们被告知将会寄养你,我想实际上是他们收留了你,但也许你从来不知道你不是他们亲生的。当你发现他们没有把一切都告诉你时,你不是太理解。你给还在监狱里的迈克尔写了一封信,一边拼凑起你了解到的事情,一边试着跟他解释发生了什么,以及你认为你是谁。但迈克尔把落款处杰里米·坎宁安这个名字当作了某种威胁。"我问过迈克尔,信上是否有名字,他几乎带着笑回答说"哦,是有一个名字……我猜他们是想威胁我"。"他这么想是有道理的,尤其是在艾伦告诉过他剑齿党对我们母亲所做的事情之后。他不相信你说的,而我又是一个被媒体称为家族叛徒的人,那你还能找谁?你要找和他关系最密切的人,也就是露西。"

"露西一直在等你来,但看你没出现,她开始担心你可能就是'绿靴子',被极端天气困在外面,发生了意外。我原本以为她担心的是案子一出,会招来大批警力,迈克尔会觉得不太舒服。但她担心的其实是如果你一夜之间被冻死了,她的计划就破产了,不仅没能让你和迈克尔相认,她还要对你的死负责。她尝试过去确认尸体的身份,在我之前就查过客人的名单。她问我那具尸体'像不像迈克尔',而不是'是不是迈克尔',可见她在意的是两个人长得像不像一家人。她上屋顶是为了能有信号给你发短信,看看你在哪里。"露西跟我说过,这个周末是她把家庭交还给迈克尔的机会。她指的不是她自己。"后来她意识到了你的真实身份,以及你可能做了什么事,她整个人都崩溃了,其中一个原因是——是她邀请你到这儿来的。"

"看看你计划的好事,凯瑟琳。"你一定要相信安迪抢戏的能力,"这简直就是一次被诅咒的家庭团聚。"

大家都需要消化的时间,此时只有风在怒号。

最后,杰里米说话了。"我没想到会这样,和你们所有人共处一室。"

他的目光扫过我们每一个人,手紧紧抓着壁炉,把上面的漆抠得一块块脱落。在他和那扇通往逃亡之路的门之间,隔着太多人,而他身后有一扇结满冰的窗户。他或许可以从那扇窗户冲出去,这取决于下面雪的柔软程度,但我相信如果他想逃,我们之中有人会一把拽住他。

"我……"他犹豫着说,"我等了这么久才见到你们。这不是我想象中的场景。"他那种伤感语气,和他让我进烘干室见迈克尔时的一样。"你真的很关心他,对吗?我从小到大没有兄弟。"

"小时候,我总显得格格不入。我和大家都处不来,经常打架。然后妈……"他停住了,我能看到他鼻孔里冒着怒气,"一开始,我以为艾伦是个骗子。我一直把他们当作亲生父母。我去问他们,他们……"我看得出他正在回忆中挣扎,"他们承认了。那两个人,那两个我一辈子都以为是家人的人,他们看起来得到了解脱。他们说不出来我是谁。我的兄弟姐妹中也有人是寄养的,但威廉姆斯夫妇一直都说我是他们的孩子。他们说他们也不了解更多的情况,除了他们在我七岁的那年,在不知道我名字的情况下收留了我。"

"七岁?"奥德丽倒吸了一口气,"难怪没人知道你是谁。中间那两年你经历了什么?"

"我不……记得了。"杰里米仿佛在脑子里搜索着什么不存在的东西。也许是年纪太小,也许是受了太多的毒打和虐待,那些都成了被压抑的记忆。剑齿党的人担心奥德丽会泄露他们的秘密,所以告诉她,他们杀了她的儿子,以确保她不会出卖他们,但后来剑齿党的人却没胆量亲自动手,干脆把他扔在街上等死。剑齿党关了他多久,他自己一个人又过了多久,我永远都无从知晓。但那样的经历会给一个幼小的心灵造成什么样的阴影——可想而知。三十多年前,亲子鉴定还没有被广泛使用,走失孩子的信息也不会传遍寻亲网站。毛发分析可以查出血缘关系,却不能作为法庭上的证据——这个问题只要问问那位不惜开车跨越州界,只为了指控一个姓坎宁安的人的昆士兰警探就清楚了。经常打架,在州界的另一边,杰里米在一个对他来说陌生的城市里,成了一个无名的孩子。

"但艾伦说他知道我是谁。"杰里米又说话了,"他说他一直都在关注我,在我小时候还照顾过我。他说他本该杀了我,但却放走了我,我应该为这个而感谢他。他知道威廉姆斯家很有钱,他想用他们的钱买照片,他说这些照片可以帮助我获得平静。但我让他滚蛋了,等我下一次再看到他就是在新闻上。他被杀了。"

"所以你就去找威廉姆斯夫妇对峙?"我提示他说。

"那两个人竟敢骗我说他们就是我的家人,他们一直都在撒谎。他们只会不停地撒谎,后来又说他们不知道我是谁!我气急了……我不是故意的……我发现了一种方法,能让他们感受到我的感受——"他用力扯着衣领,揪着自己的脖子,"在我不高兴的时候,我就会喘不过气来。"

"那艾莉森呢?你找到她是因为她参与了麦考利夫妇的案子。你是怎么知道的?"

"不,我找到她是因为我想问她一些问题,多了解一些艾伦的情况。我知道她过去是他的上司。"他的领子现在在做伸展运动。"我并没有意识到这都是她的错。为了掩盖自己的错误,她不惜让我父亲,我的亲生父亲,一直做那些会招致杀身之祸的事。我原本当时只是想问她一些问题。"他揉了揉额头,用舌头舔着自己的牙齿。

看得出他在有意识地努力为自己开脱,仿佛杀人的手不是他自己的。不过那不太可能,因为他专门带去了那些重现古老酷刑的装备。不过我不打算纠正他。

"你们都能明白,不是吗?"他的话里隐藏着一丝阴险,像是在以平等的身份向我们寻求同情。

"如果你渴望归属感,那我们都在这里。"我张开双臂,"为什么要杀死迈克尔?"

"迈克尔本来应该像我一样。"杰里米哀怨地说,"我的意思是,有一天,一个我不认识的人告诉我,我其实姓坎宁安,后来我在新闻中看到,这个人被一个姓坎宁安的人杀了。然后我开始调查罗伯特,发现他杀了布赖恩·克拉克,于是我开始想,也许我终究没有那么孤独,我不是唯一一个感到……格格不入的人。"

"所以你在那时联系了迈克尔?"

"他没有回我的信。我能理解他为什么不相信我,所以我需要用另一种方式去接近他。他的妻子更愿意和我联系,她告诉了我迈克尔出狱的时间,以及你们周末都会到这来。我简直迫不及待:不仅因为要见迈克尔,还因为要见你们其他人。"奇怪的是,回味起准备第一次见到我们——真正的家人——的激动心情时,他的脸上出现了微笑。"但我想把事情做好——我想第一次见他的时候只有我俩,我想证明自己配得上这个家庭。我提前一天去了监狱,但他已经走了。于是我又赶到这里。那个当地警察在错误的时间停在了错误的路肩上,他的献祭让我得到了向你们展示我是谁的机会。"

听到"献祭"这个词,朱丽叶和我交换了一个担忧的眼神。杰里米现在正兴致勃勃地说话,陷入了他的自我神话。

"也让我得到了和迈克尔单独待在一起的机会。我可以用我的理由来说服他,因为我知道他在出狱的时间上对你们所有人说了谎。我打算一上来就告诉他,但每个人都在讨好他,我知道只有这种方式才能让我们在这个周末里独处。后来每个人都开始大喊大叫,也许我在装扮上的选择并不像我以为的那么聪明,因为突然间我就得帮着处理所有的事情,朱丽叶像胶水一样黏着我,她不在我身边的时候人们就开始问我问题。我不能突然走开去找迈克尔。只有在你和他谈过之后,欧内斯特,我才能向他展示……向他展示我是什么样的人。让他知道我和他一样。"

索菲娅的理论成立了：黑舌头正在自曝。他想让我们知道他在这儿。

杰里米以为他在一个杀手家族中找到了自己的位置。巡佐的死不过是一只野猫送上门的死鸟，如同一个献祭品。

"但迈克尔并没有对你很热情，对吗？"我反驳说，"他当时很震惊。我在他的话里可以明显地听出，他在过去的三年里一直在学着去接受他杀了一个人的事实，而且他已经渐渐从中走了出来，他想好好生活，好好做人。但这并不是你所期望的，不是吗？他是不是让你觉得，到头来，自己还是一个局外人？"

"他本来应该跟我一样。你本来也应该跟我一样！我试着去说服他。我知道他一有机会就会告诉你。而且他知道——他有那些艾伦最初想卖给我的照片，他知道当我还是个孩子的时候，是谁伤害了我，是谁伤害了我们，但他拒绝告诉我。他说我只会杀了他们，而他已经知道这不是解决恩怨的方法，那一刻我意识到，他根本不像我。他让我感到孤独，就像我的假父母一样。有时候……当人们……我就喘不过气……"他又在扯自己的衣领了，"他说的那些话。我喘不过气来……然后是那个女人……"

"露西。"听到奥德丽纠正他，我在惊讶的同时也有点被打动。

"我想要想办法离开，但你们都不愿意离开，而我只能继续扮演警察的角色，我怎么走得了呢？她发现了事情的真相。她之前一直在等我，而我却没有出现。所以当她知道第一个死的人是警察时，我就已经暴露了。我求她不要说出去。我给了她选择的机会，你们明白吗？她选择了自己跳楼。"他又换上了可怜巴巴的声音，乞求我们的认同。他真的一直都以为我们会跟他一样，当他发现我们不是的时候，感到非常震惊。

"凭什么?"凯瑟琳说话了。她语气中的厌恶代表了房间里所有人的感受,"凭什么会有人觉得,这样才能融入我们的家庭?"

"迈克尔没有权利!"杰里米开始喊叫了,"他没有权利告诉我我属于哪里,告诉我我做的事都是错的。伪君子!"他吐出了下一句话:"看看你们自己吧,坎宁安家的人。你们都是杀人犯,不是吗?"

我们互相看了看。安迪想要举手,大概是想说他没有杀过人,但想了想还是放下了。

我想象着杰里米靠墙坐在艾莉森·汉弗莱斯的公寓里,房间中烟雾缭绕,卫生间的门关着。他打量着自己颤抖的、沾满灰的双手,他刚刚了解到他的亲生家庭。网络搜索轻而易举,每个人都知道我们是什么样的家庭。迈克尔、罗伯特、凯瑟琳——以及后来的索菲娅——他们的事情都是公开事件,他们也被报道为"双手沾满鲜血的人"。在媒体和警界,我们都臭名昭著。杰里米发现了我们,恢复了自我控制,想:我终究没有那么格格不入。

身后传来一阵忙乱的脚步声,我们转身看到了加文。加文看到每个人都这么激动,显得很惊讶。"行李都装上车了。"他说,随后自己反应过来了,"谁又死了?"

这两句话分散了大家的注意力,让杰里米有时间采取行动。我们回过头,看到他咣当一声把壁炉的炉膛打翻了,手里握着拨火棍。朱丽叶朝他走过去,杰里米挥起拨火棍,她只能撤回来。他现在无处可去,不顾一切地挥舞着手中的铸铁武器。

"我原本可以让你们都死在这儿。"他低吼着,"即便是现在,我也可以这样做。露西死了之后,我觉得差不多可以收手了。但现在我知道了,我是被留下的那一个,我得独自战斗。抛下我,丢弃我,就是你。"他冲着我们所有人说话,但眼睛却盯着奥德丽。"至少我们会一起被烧死。"

他拿着拨火棍猛冲过来,每个人都后退了一步。但他把拨火棍插到了火堆中,用它当作撬棍,把一根巨大的木柴拨到了地毯上。燃烧的木柴砰的一声落地,火星像萤火虫一样飞入空中。我们都屏住了呼吸。朱丽叶告诉过我,这座旅馆是她父亲在二十世纪四十年代末建的,这说明它是由木材和石棉水泥板偷工减料地搭起来的——墙不仅是墙,可能也是柴火。地毯的有些地方开始冒烟,被烧成了褐色,但因为受了潮,所以看不到火苗。那根木柴则在原地默默冒着白烟。所有人都沉默了,杰里米一副破罐破摔的样子,我们其他人则惊叹于他的逃跑计划是多么的缺乏新意。

然后,仿佛就在突然之间,墙上的一本书炸开了。一个火花碰到了它,点燃了清脆得像枯叶一样的书页。

星火燎原。这些书大概是度假村里包括我在内唯一没有潮湿到骨子里的东西。但愿我可以告诉你爆炸的是《简·爱》(这本书的内容很贴近后面要发生的事情),但并不是这样。

一旦第一本书炸了,其他的也就一本接一本地跟着炸了,就像微波炉里的爆米花一样,随着火花四溅,所有书猛烈地燃烧起来。我怀疑其中有些书几乎是自燃的,不过是屈服于来自周围书的同行压力。紧接着,墙纸也烧起来了。地毯被热气蒸干,干燥的地方出现了点点火光。

我们全都飞快地逃向门口。埃琳是第一个跑出去的。我把索菲娅拽起来,用我那条没事的胳膊把她揽到我的肩上。马塞洛拖着奥德丽,奥德丽震惊之余哭了起来。他们把一个红色的宝座打翻了,那把椅子在房间中间燃起了一堆小篝火。朱丽叶挥动着双臂大喊。火现在已经下定决心要烧起来了。杰里米丢掉拨火棍，用手肘猛击身后的窗户，打碎了玻璃。空气进入房间，助长了火势，火焰嗖的一下变成了原来的三倍。F-287被烧成了一个黑色的躯壳。不等马塞洛和奥德丽出去，我和索菲娅是不会先走的，我必须保证他们俩的安全。我看不到我姑妈和姑父了，但过了一会儿我瞥到了凯瑟琳，她在朝错误的方向移动。

"凯瑟琳，快跑！"我喊道。但火焰以我难以想象的方式狂吼，那种要吞噬一切的架势湮没了我的声音。热气熏得我龇牙咧嘴，我知道时间已经不多了，我能清楚地听到身后门边的蒸汽嘶嘶作响。

一旦门框被烤干，火焰就会往上蹿，走廊上的地毯、扶手、楼梯都会随之烧着，用不了多久，整栋楼就会陷入火海。

马塞洛经过我身边，奥德丽现在可以自己顾自己了。我把索菲娅换到他身上，跑向窗户，一步跃过红椅子烧成的火堆。当我跳起来时，那堆篝火完全消失了——它烧穿地板，砸向下面那层楼。如果我们动作不够迅速，它会烧着其他东西，等火势蔓延到门厅，就会把我们截在大门口。

凯瑟琳找到杰里米，他一只脚已经伸到窗户外面。他从窗台边缘砸掉了那些最尖锐的碎片，做好了往下跳的准备。凯瑟琳伸手抓住他的肩膀，但杰里米察觉到了她的动作，他扭转过来，一把掐住了她的喉咙，让她喘不上气来。杰里米把凯瑟琳猛地推到壁炉上，她的头砰的一下磕到壁炉的尖角。他手上的力气更大了。凯瑟琳的眼睛鼓了出来。我再次大叫起来，但我的声音却消散在了被风吹来的一团火里，熊熊燃烧的火燎到我的脸，我闻到了烧焦的头发的味道。我离他们太远了。杰里米看到了我，然后回头看了看凯瑟琳。壁炉角上有血迹。杰里米的眼中反射着火光，但其中同时还有别的东西在燃烧。他把凯瑟琳的头往后拉，又一次把她推向……

安迪发出响亮的战吼，征服了火的号叫。他捡起拨火棍就跑。杰里米的眼睛睁得大大的。安迪伸长手臂——向后挥出一条长长的弧线，整个动作一气呵成，如同高尔夫发球，尽管他在房顶打高尔夫时从没打中过——然后把拨火棍甩了出去。拨火棍砰的一声击中……

我的姑父

杰里米的侧脸，打在了他的耳朵下方，之后又划过脸颊。他的下巴似乎脱臼了，他瞪大眼睛，露出了惊讶的表情。紧接着，血从他嘴里大口大口地涌出。他放开凯瑟琳，凯瑟琳慌忙扑到了安迪展开的双臂中。杰里米朝我走了两步（下巴像钟摆那样摆动着）。

他没能走到我身边。当脚下的地板裂开时，杰里米按说应该被惊掉下巴，但当时他已经没有下巴可掉了。他消失了，掉入了一楼猛烈的火焰中。

安迪、凯瑟琳和我这回真的是脚底下着火一样离开了房间。我和安迪把凯瑟琳架在中间，把她拖下楼梯，凯瑟琳的双腿吧嗒吧嗒地撞击着台阶。埃琳站在入口处，向我们招手让我们快点走。门厅里飞舞着点点火光，还没有形成障碍，但天花板上的油漆正在冒泡，火苗在房梁上蔓延。就在我们到达门口时，吊灯轰然砸向地板。

我瘫倒在门前最后一节台阶上。不戴手套在雪地中爬行的感觉，就像在热沙子里飞奔一样——雪撕裂和刺痛着我的皮肤。然后我被人抬起来，我意识到是埃琳在扶着我，拖着我走过雪地，直到我们终于扑通一下倒在了一摊水洼里。我们直愣愣地看向那片火海，不停地咳嗽，惊讶于我们竟然还活着。这就是我想象中度假村宣传册上出现的那种噼里啪啦的火光。

暴风雪还没退去。风呼呼地刮着，风中的雪花依然会刺痛我们的眼皮和脸颊，但此时此刻，我一点都不在意。

40

没过多久,屋顶就坍塌了。墙壁紧跟着朝内塌陷下去,在夜色中发出阵阵火光,还伴随着噼噼啪啪的声响。如果这是另一家酒店,如果这本书是另一种题材,那这幅画面可能预示着一种精神解放。

朱丽叶转身对加文说:"既然我房子都已经替你拆了,我想我已经做好出售的准备了。"

我们之中还有些精力的几个人都笑了。大家搂抱在一起。如果让我言简意赅地描述此刻的场景,那么安迪抱着凯瑟琳,仿佛她是世界上仅剩的东西。马塞洛和奥德丽抱在一起,把索菲娅夹在中间。朱丽叶拍着加文的背,传达着同志间的情谊。埃琳和我没有做这么老套的事,但我们站得很近。我知道火离我们很远,没办法在我们之间起到打火石的作用,重新点燃我们的激情,不过这也挺好。

"那是什么?"凯瑟琳指着废墟问道。

一个黑影在白色的雪地上移动,在燃烧的余烬中形成一个剪影。那人离开大火大概走了五十米之后,倒在了雪地上。

"咱们离开这儿吧。"安迪说。

"他还在动吗?"我不记得这句话是谁问的。

"不管他是谁,干过什么,"朱丽叶说,"如果他受伤了,我们不能就这样把他留在这里。"

"我过去看看他。"我惊讶地听到自己主动请缨。其他人发出一阵犹犹豫豫的反对声，但抵不过不用自己亲自过去的解脱。于是我强撑着站起来，蹒跚地走向那个人形。我清楚地记起同样是一片白色地里的另一个黑影，但我把它赶出了脑海。

我走到那人跟前——是杰里米。他仰面躺着，双眼紧闭。他的头发被烧焦了，脸上有几处烧伤，还有斑斑灰痕。他的胸口上下起伏，非常缓慢。我在他身边坐下来，因为除此之外没有别的事能做。

"谁？"杰里米慢慢开口说。他脱臼的下巴向下一坠，发音模糊不清，舌头让嘴里的血弄得发黑。

"欧内斯特……你哥。"

然后是一段沉默。

"你梦到过窒息吗？"他问。

"有时梦到过。"我承认说。我现在理解了灰烬、窒息和折磨。一直被压抑的创伤流露出来，那是被困在车里的创伤。他自己都记不清的事情，却在一而再再而三地困扰着他。我一生气就会喘不过气来。

"好。"他听起来很高兴。我的心情也许和他一样。这就是他想得到的全部回答。

他喘息了很长时间，胸口终于停止了起伏。

接着，就在我准备离开时，他的胸口又开始起伏了。

我把目光从我弟弟身上转到了加文那辆黄色的大坦克上。那里站着一群人，其中只有几个人和我有血缘关系，跟我同一姓氏的人就更少了，他们都在等我。他们有的姓氏里有连字符，有的名字有前缀，有的用的是夫姓，有的是前什么什么，有的是继什么什么。这里还有一个姓坎宁安的人，就躺在我身边，想要挣扎着活过来。

我曾经迫切地想要组建一个家庭，为此不惜给埃琳极大的压力，为我生一个孩子，然而我却忘记了我身边这个原生的家。家是一种引力。直到这时，我才明白索菲娅在一切的开头对我说的这句话。家人不是指你身体里流着谁的血，而是你的血为谁而流。

我 ———

41

"我们可以走了。"我说。我费劲地挪到最高一级台阶,钻进了"超雪"里。

当我回来时,他们都已经挤进了这个奇特的装置里。加文启动了车子,发动机在夜晚的空气中发出一串让人清醒的突突声。

"怎么样?"我坐到凯瑟琳旁边,她问我。

"我过去之后,他就咽气了。"

"他咽气了?"

"他咽气了。"

"他死了?"奥德丽问。她的声音中带着一种期望,但我说不准她是期望他死了还是期望他活着。

"对。"

"你确定?"

"确定。"

"怎么死的?"

"他就那么咽气了。咱们回家吧。"

尾声

"房屋出售"的牌子钉在地上，带着一分歪歪斜斜的慵懒，表明房产中介对这笔佣金志在必得的态度。朱丽叶过来帮我收拾最后剩下的东西。埃琳和我已经决定了未来的道路，如果我们想清清爽爽地开启新生活，最好的办法就是卖掉这个地方，把所有的记忆和事情都抛在身后。我和朱丽叶约定在房子门口见面，我吃过早餐就来了，那顿早餐出乎意料地平平无奇。

朱丽叶打开门锁。屋子里的东西都搬光了，家具的魂魄在地板上投下黑影；其他地方的木地板被太阳晒得发白。我的最后一个箱子放在阁楼上。她把梯子拉下来，爬上了阁楼；我站在梯子下面，随时准备接住她扔下来的东西。她先递给我几个箱子，然后递给我一个带轮的小行李箱，这个箱子适合在机场用，但不适合在滑雪度假村用。当我终于回到家里——在经历了警察局、医院和众多媒体之后——已经没有心思再去打开它了。

当然，我还是从最上面把那个运动包取出来了。麦考利夫妇不愿意再把它拿回去。他们已经接受了永远不会找到照片的事实，但还是请潜水员去湖里打捞出了那口棺材。我希望他们会为女儿举办一场他们一直想要举办的葬礼。

我把钱的事告诉了大家，作为一家人，我们共同决定了怎么处理这笔钱。我们把其中一半给了露西的父母和兄弟姐妹，还支付了她的葬礼费用。然后我们一致同意分掉剩下的钱。我自愿放弃了我的份额，因为我觉得我的那一部分已经被我花了。

迈克尔的葬礼简短、清冷而压抑。这不是他的错，是天气不给他面子。棺材入土之前，我特地检查了一遍。露西的葬礼由她的家人组织，悲痛、伤感而美好。教堂里挤满了人，我用了一会儿才搞清原因，但谜底已经昭然若揭了：我从来没有在守灵时被人推销过这么多的商机。尽管露西已经不在我们身边了，但我非常确定就在上周，她被提拔为大洋洲分公司的副总了。

安迪和凯瑟琳从没这么亲热过，凯瑟琳也从没这么松弛过，甚至有点过了。安迪仍然是那种人，你在酒吧里遇到他，就会把目光越过他去搜寻更有趣的人，但鉴于我已经见过他把某人的下巴打掉了，我愿意忍受至少十五分钟索然无味的谈话。

结果索菲娅是那场大火中烧伤最严重的人，但到头来却给她带来了一些好处，因为你可以猜一猜，他们给她服用了什么止痛片？泰勒宁。她的体内循环系统有了有力的脱罪保障，检测官即便给她检测也测不出任何结果，因为根本拿不到有效的样本。她的行为被认定是符合合理预期的行为。凯瑟琳负责监督她，她的情况越来越好。她们两个人差不多要处成朋友了。

马塞洛、奥德丽和我每周一起吃一次饭。奥德丽站起来的次数少多了，这是好事。再过一阵子，我也会邀请埃琳参加；无论有没有火花，她永远是我的家人。离婚是一个可怕而正式的字眼，但我们正在努力实现它，讽刺的是，我们是作为一对搭档去实现的。朱丽叶和我在媒体的宣传活动中增进了彼此的了解，因为她也以这个故事为蓝本签了一份书约。她的书好像叫《恐怖旅馆》。我的出版商正在努力让我的书赶在她的之前一个月出版。

还有呢？

我觉得还有些技术上的问题需要交代一下。

你可能会认为我母亲没有杀过人。你说得有道理。但我会争辩说我之前告诉过你，我讲述我所了解到的真相，都是我在那个时间节点上我自认为了解到的真相。我还告诉过你，我并不是故意不好好使用语法的。也许我可以这样阐释我的论点：在一个炎热的夏日里一辆被锁住的车，那就是杰里米·坎宁安最后的结局。我的母亲对于这个结束的生命以及由此诞生的另一个生命都负有责任：后者是一个会在梦中体验窒息的人。哪里是杰里米的终结，哪里又是"黑舌头"的开端，这取决于你。至少我给出了这个借口。我们可以稍后再讨论这种推理写作的文学价值，给我的经纪人发邮件就行。

安迪和我也算是都有了自己的章节？我不知道还有什么能说的了。安迪用拨火棍打了杰里米，我把它称作致命一击。杰里米被烧伤了，浑身是血，当我赶到他身边时，他因为伤势过重已经在雪地上奄奄一息了。而我呢？我的律师提醒我要在这个问题上谨慎行事。我告诉你的就是事实：我弟弟死的时候，我就坐在他旁边。你不妨自己判断。

顺便说一下，如果把凯瑟琳·米洛[①]这个名字中的字母调换一下位置，就能得出"我不是杀手"这句话。达利斯是古代波斯的一位国王，而波斯是灰烬窒息法这种酷刑的发源地。不过我不是专门为了这本书而起的这个名字，这个名字确实是杰里米给自己起的。他没有瞄准历史教授群体实在太遗憾了，否则他们一下就能解决这个问题。

朱丽叶的电话响了，铃声响彻阁楼。她的笑声从阁楼的门板中传出来，而我就站在下面等着。她的脸出现在我的头顶上方。"凯瑟琳正在计划下一次团聚。"她说。她现在也在我们家的聊天群里：我知道，这是重大的一步。"她想让我们给些建议。"

[①] Katherine Millot，字母调换后可为 I am not the Killer（我不是杀手）。——编者注

"找个暖和的地方吧。"

她笑了起来，然后咣当一声又去倒腾其他箱子了。我又看向我的运动包，从里面拎出一件皱了吧唧的发霉外套。当初走得匆忙，我把它塞进去的时候它还是潮的，你就知道它的味道有多恶心了。这样一来，我只能把整个包都扔了。反正里面没有我需要的东西，我也没有那份耐性再去筛一遍。以防万一，我还是检查了一下衣兜，掏出了一张折叠的纸片。索菲娅的宾果卡。

我看着迈克尔改过的文字：欧内斯特搞砸定了一件事。

我确实做到了。尽管"搞定"的背后还有许多事情，但当我掏出笔划掉那个小方格时，心里依然感到一股暖流。这种感觉比不上赢得一局宾果游戏，但也让人相当舒爽。

这时我才意识到我还没有听从自己的建议。

我拿出我的新手机（电量：4%；惭愧，现在的电量比在山顶上经历暴风雪时还要低）。我下载了一个放大镜应用程序，虽然没有目镜效果好，但我想应该也够用。

我记得迈克尔在卡片上写字之前想了一会儿。或者他在那快速的几秒钟时间里摆弄着其他东西，当时他的隐形眼镜盒就在旁边（我知道他不戴隐形眼镜！）。那个东西应该非常小，小到我父亲必须用针头来处理……但我觉得用笔尖也可以。他嘱咐我别丢了，把宾果卡还给我时，他用拇指紧紧地捏着，好像是在把墨水压进去。"我相信你。"他在上面写了字，但同时也加了一个句号。我告诉过你：在一本悬疑小说中，每个字都是线索——该死，是每个标点符号都有线索……

伴随着即将要发现什么东西的紧张感，我的心提到了嗓子眼。我打开放大镜应用程序（电量：2%），把手机摄像头对准迈克尔添加的那个句号上。是照片。一共十六张，呈现在一个

4×4 的网格中。

照相的人应该位于一条宽阔车道的尽头,仰视着一座宫殿式的庄园,防护栏笔直的线条强行出现在画面中。一辆轿车穿过大门的立柱,后备厢是打开的。这十六张照片的景物是一致的,但画面里出现了两个面目模糊的人,他们在照片里是移动的。在第五张照片中,两个人不见了,但前门黑洞洞的,说明门开着。在第八张照片中,这两个人回来了,手上多了什么东西——看起来像是一个睡袋,两人各抬一头。在第九张照片中,他们走到了前门和轿车的中间位置,能看到睡袋的一头耷拉出一绺长长的卷发。在第十张照片中,睡袋不见了,汽车的后备厢也关上了。在第十六张照片中,汽车的位置有了变化。其中一个人留在门廊上,看着车开走。最后是一张脸。

你可能会感到失望,因为我没能给你一个大快人心的结尾,让恶人得到恶报。但我的编辑告诉我书稿必须要下印厂了,而这个案子法庭还没审完,所以我并不太了解真实的细节。你只需要知道,当我把照片放到最大时,埃德加·麦考利的脸显露在自家豪宅门廊的灯光下,而且如果他的名字在书中没有被编辑过,那么可以认定他要在监狱里待很久了。

迈克尔给你看过那些照片吗?

埃德加·麦考利问过我两遍这个问题。我记得第二次的时候,他的态度很严肃。我原本以为他只是恼火,但我现在意识到,他的语气不是不耐烦,而是很绝望。他想知道我有没有看过那些照片,有没有在照片中见过他。我想起了茜奥班得知尸体不见时的沮丧,以及他用平静的口吻对她说:我们可以请潜水员。

麦考利夫妇不愿意为女儿平安回家支付赎金,却愿意为了女儿的尸体和杀害女儿凶手的照片付两倍的钱。艾伦把这些东西卖给麦考利夫妇,不是为了帮他们了却心愿,而不过是老套的敲诈。他先去找杰里米,希望杰里米能从威廉姆斯夫妇那里骗到钱,那样一来,艾伦就不必承担把东西直接卖给麦考利夫妇那样的风险。当那条路没走通时,他不得不选择了更危险的方式。他需要有人在他和埃德加之间做挡箭牌,而且坎宁安家的人也能让他的威胁具备合法性,这就是为什么他后来找到了迈克尔。迈克尔从监狱里被释放出来,看到照片里的人后,他认为麦考利夫妇也欠他的。还记得他在烘干室里跟我说过的话吗?他们应该给钱。他们。

用假绑架来掩盖真谋杀,这很聪明。雇一个有名的帮派来装点门面,在不存在的赎金中制造动机,然后摇身一变,从嫌疑人变成受害者。就像马塞洛告诉我的那样,这是一个老套的故事,其中的起承转合大家都知道:很容易理解,也更容易接受。就像当时的所有人一样。在要求第一笔赎金之前,丽贝卡就已经死了。

我打电话报了警。一个侦探说他们当天下午会过来取证,然后我的手机就没电了。

"嘿,埃尔恩。"朱丽叶的脸又出现了,她举着一个布满灰尘的酒瓶,"这要么是瓶陈年老酒,要么就已经变质了。你要上来吗?"我答应过不在这本书里涉及某些内容,所以我最好就此停笔,以免到最后一章了晚节不保。我也上了梯子。

致谢

每篇得体的致谢都应该具备这种基调：谢谢你包容我。我在写这部小说的过程中，得到过许多人的包容，他们在各个阶段给予我的热情、耐心和帮助都让我感激不尽。

我的出版人贝弗利·卡曾斯，感谢你从来不会被我的奇思妙想所吓到，感谢你读了无数页不成形的书稿，感谢你相信我有能力找到自己的风格，讲述我想讲述的故事。能成为你的作者，我感到既幸运又骄傲，谢谢你。

我的编辑阿曼达·马丁，感谢你在编辑工作中的敏锐性和同理心，感谢你高超的搭纸牌技能：往往一张牌没放好，整个东西都会垮掉。编辑有如黏合剂，有了它，纸牌塔才能立得更稳。很抱歉我在第27章里吐槽了编辑。我在这里特地写了章节序号，而不是页码，以防你对页码有创伤后应激障碍。既然说到这儿了，那我也为页码的事儿跟你道个歉。

内里利·韦尔和艾丽斯·理查森完成了一项不可思议的工作，他们让这本书有机会触达世界各地的读者，一想到我的故事能被这么多人读到，就觉得自己何德何能。感谢大家的辛勤付出，感谢那些不分昼夜的视频会议。负责市场的凯利·詹金斯和负责宣传的汉娜·勒德布鲁克，感谢你们为这本书如此卖力地吆喝——能有人这样力挺自己的作品，是任何一位作者的幸运。

我可太喜欢詹姆斯·伦德尔设计的封面了。（别人在聚会上展示爱犬的照片，我在聚会上展示书的封面，但我和他们有一个共同点，就是都被人绕着走。）感谢你绝妙的创意。还要感谢索尼娅·海涅的精心校对，感谢米德兰排版公司出色的内页设计和排版——再次为页码致歉。

我的经纪人皮帕·马森和在背后给予大力支持的凯特兰·库珀-特伦特，感谢你们的鼓励和指引，感谢你们始终相信我可以把这本书写得更好，没有你们的支持，就没有今天这一切。我想对杰里·卡拉吉安说，感谢你在影视版权方面的积极推动，"人生转折点"已不足以表述你的帮助为我的写作生涯带来的影响。我还想说的是，经纪人的工作等同于顾问加心理治疗师，确实应该享受医疗保险退费政策。

丽贝卡·麦考利为支持澳大利亚山火重建，向新州乡村消防局慷慨解囊，特将书中一个角色以她的名字命名——谢谢你。

感谢我的父母彼得和朱迪，感谢我的兄弟姐妹，詹姆斯和艾米丽，还要感谢帕斯一家——加布里尔、伊丽莎白和阿德里安，感谢他们支持我在创作上的尝试。詹姆斯，不好意思，我把书里的兄弟都写死了。我发誓我没有别的意思。另外，我们家真的没有人杀过人。反正据我所知是如此。

我想对阿丽莎·帕斯说，我在很久以前就向你许诺，会把第三本书献给你。说来也巧，如果没有你，我想我永远都写不出来第三本。所以这本书就归你了。我这是在骗谁呢——我的三本书都是献给你的。

感谢所有不辞辛苦，为我的书写过推荐语或在社交媒体上表达过支持的作者。我在此不一一列举，但我要对读者说：去读澳大利亚的推理小说吧，读得越多越好。澳大利亚的推理小说是世界上最棒的。我相信等到一百年以后，我们回过头来看，会觉得经历了一段属于我们自己的黄金时代，到时候，没准儿还会有一些自作聪明的作家写评论拿我们开涮呢。所以我的意思是：现在入股不亏。

最后我想说，感谢你的阅读。这世界上有那么多书，你却选择了我这一本，这对我而言意义重大。祝你阅读愉快。

Everyone In My Family Has Killed Someone
Text Copyright © Benjamin Stevenson, 2022
First published by Michael Joseph Australia Pty Ltd. This edition published by arrangement with PENGUIN RANDOM HOUSE Australia Pty Ltd.
由新星出版社与企鹅兰登（北京）文化发展有限公司 Penguin Random House (Beijing) Culture Development Co., Ltd. 合作出版

"企鹅"及其相关标识是企鹅兰登已经注册或尚未注册的商标。
未经允许，不得擅用。
封底凡无企鹅防伪标识者均属未经授权之非法版本。

图书在版编目（CIP）数据

家人皆凶手？/（澳）本杰明·史蒂文森著；郎子译 . —— 北京：新星出版社，2023.8
ISBN 978-7-5133-5277-2

Ⅰ . ①家… Ⅱ . ①本… ②郎… Ⅲ . ①长篇小说 – 澳大利亚 – 现代 Ⅳ . ① I611.45

中国国家版本馆 CIP 数据核字（2023）第 134052 号

家人皆凶手？
[澳] 本杰明·史蒂文森 著；郎子 译

责任编辑　刘　琦
责任校对　刘　义
责任印制　李珊珊

出 版 人　马汝军
出版发行　新星出版社
　　　　　（北京市西城区车公庄大街丙 3 号楼 8001　100044）
网　　址　www.newstarpress.com
法律顾问　北京市岳成律师事务所
印　　刷　北京天恒嘉业印刷有限公司
开　　本　910mm×1230mm　1/32
印　　张　12.375
字　　数　197 千字
版　　次　2023 年 8 月第 1 版　　2023 年 8 月第 1 次印刷
书　　号　ISBN 978-7-5133-5277-2
定　　价　59.00 元

版权专有，侵权必究。如有印装错误，请与出版社联系。
总机：010-88310888　传真：010-65270449　销售中心：010-88310811